ギルド追放された

雑用係の下剋上

～超万能な生活スキルで世界最強～

3

桜ユノ

o Yozakura

Ascendance of a Choreman Who Was Kicked Out of the Guild.

TOブックス

CONTENTS

Ascendance of a Choreman Who Was Kicked Out of the Guild.

第二部　世界を変える三人の〝せんたく〟Ⅰ

イラスト ゆつもえ　デザイン 世古口敦志+清水朝美(coil)

CHARACTERS

Ascendance of a Choreman
Who Was Kicked Out of the Guild.

旅の仲間

ティム

禁術【失墜《エクリプス》】の使用により、神童《デウス》の力を失った元シンシア帝国の王子。城の召使いに雑用を教わり、その後冒険者ギルド『ギルネリーゼ』の雑用係として生活スキルを極めた。ギルネと"最高の冒険者"を目指している。

ギルネ

巨大冒険者ギルド「ギルネリーゼ」の元ギルド長。魔術の天才で、様々な魔術を編み出した。【失墜《エクリプス》】もその一つ。ティムに惚れ込んだことでギルドを辞め、共に冒険者として名を上げるための旅をしている。

アイリ

ティムとは血の繋がらない兄妹。

不治の病に罹《かか》るも、ティムが禁術を使用したことで快復。神童《デウス》の力によって生命力を与えられ、ほぼ不死身の状態。シンシア帝国から逃亡中。

レイラ

リンハール王国の元孤児。

一つのことに秀でた才能を持つギフテド人であるがゆえに、「ブベツ」として虐げられていたが、ティムに救われ共に旅することに。

アイラ

レイラの妹。リンハール王国の元孤児でギフテド人。

瀕死の状態からティムに救われた。九歳とは思えない頭の良さがあり、レイラやティムをよく助けている。

フィオナ・シンシア救護院

フィオナ

冒険者ギルド「ギルネリーゼ」を変革しギルド長になった少女。

治療術師《ヒーラー》。

ガナッシュ

博打と酒好きの剣士。腕が立つが、その実態は不明。フィオナをギルド長に仕立て上げげた。

獣人国

ロウェル

冒険者ギルド「ギルネリーゼ」の元幹部。ニーア側についてギルドから追放された。実は獣人《ビースト》族。

英雄《アルゴノーツ》

オルタ

リンハール王国の貴族嫡男。冒険者スキルは全て最低レベル。だが膨大な魔力を持つがゆえに、英雄《アルゴノーツ》の二人に拉致された。

イスラ

英雄《アルゴノーツ》の幹部。巨人《ジャイアント》族。

テレサ

英雄《アルゴノーツ》の幹部。妖精《フェアリー》族。

シンシア帝国

エデン

シンシア帝国の皇帝で、ティムの父親。世界征服を目論んでいる。

セシル

シンシア帝国の第四王子。アイリにゾッコン、絶賛思春期中。

リンハール王国

ベリアル

リンハール王国の第一王子。

アサド

リンハール王国の第二王子。

第二部

世界を変える
三人の〝せんたく〟I

Ascendance of a Choreman
Who Was Kicked Out of the Guild.

第一話　旅の始まり

僕たちはリンハール王国を旅立って東へとしばらく歩いていた。

まだ王国からはそんなに離れていない。

ここから東へは人間族の国は確認されていないから交易商人の馬車も通らず街道は敷かれてない。

でも、ダンジョン攻略や魔物退治のために冒険者たちが踏み荒らしたことで草原はところどころ地表がむき出しになっていた。

さすがに道と呼べるほどではないけれど、まだいくらかは歩きやすい。

僕はモップを構えて周囲を警戒しながら歩く。

本当はフライパンの方がいいのかもしれないけど、長さ《リーチ》が心許ないからね。

魔物が向かって来たら、これで誰よりも最初に攻撃を仕掛けてみんなを守るんだ。

アイリにもお兄ちゃんとして格好いいところを見せたい。

そして、何よりも一番はギルネ様に僕の〝男らしい〟ところを……！

意気込んで周囲をキョロキョロと見回しながらモップを構えているとギルネ様が僕に声をかけた。

「――ティム？」

「うひゃっ⁉　は、はい！　なんでしょうか⁉」

魔物に備えて神経を張り詰めていた僕はギルネ様の声に驚いてしまった。

うぅ、レイラに笑われちゃってる……。

「あはは、そんなに警戒しながら歩いていると疲れてしまうぞ？　まだ王国の近くだから強い魔物は出ないはずだし――って以前あんな経験をしたなら無理もないか……」

「いいえ、僕のことならご心配なく！　魔物が出たら僕がみなさんをお守りしますから！　アイラは歩き疲れてない？　僕がおんぶしようか？」

鼻歌を歌いながら楽しそうに歩くアイラに尋ねると、アイラは首を振った。

「ティムお兄ちゃん、大丈夫だよ！　私も自分で歩くくらいはしないと！　ティムお兄ちゃんの背中に乗れないのは残念だけど……」

「アイラはまだ身体が小さいんだから、無理はしちゃダメだよ？」

「うん！　えへへ～」

僕がそう言って頭を撫でると、アイラは嬉しそうに僕の手に頭を擦り付ける。

まるでネコみたいだ。

そんな様子を微笑ましく見つめるアイリにレイラは小声で囁いた。

「アイリちゃんはお姫様だった訳だから、いっぱい歩くのも大変でしょ？　疲れたら遠慮なく私に言ってね」

「レイラさん、お気遣いありがとうございます！　ですが、ご心配はいりません！　昔は少し歩くとすぐに息切れして倒れてしまっていたのですがティムお兄様が私を救ってくださってからは疲れたことがないんです！」

「えぇっ⁉　す、凄いわね。ティムの恩恵がそんなところにもあるなんて……あとは、魔物が出たらしっかりと身を守ってね」

「それも大丈夫です！　私もこんなに立派な盾をいただきましたし、リンハールの王族の血筋《ロイヤルライン》持ちですし、何より……不死身です！」

アイリは小さな胸を張って答えるとレイラは驚いたように開いた口を手で覆った。

「そ、そっか……よく考えたらアイリちゃんも潜在能力が高いのよね」

「はい！　ですから私も最前線でティムお兄様や皆様を――」

「こらこら、アイリ」

僕はそんなやる気に満ちたアイリに横槍を入れる。

「アイリは戦いなんてしたことないんだから魔物の相手はできないでしょ。傷は治るのかもしれないけれど、無茶をして怪我なんかしたらみんなが心配しちゃうよ」

凶悪な魔物《スライム》を倒した実績のある僕はすかさず先輩風を吹かせた。

妹のアイリよ、お前はまだモンスターの恐ろしさを分かっていないのだ。

「うぅ……それはそうかもしれませんが、私も守られてばかりではなく誰かをお守りしたいです」

レイラはそんな悔しそうな表情のアイリに提案した。

「なら、アイラのそばにいてくれないかしら⁉　私とティムは前線で戦うからアイラを守れないし、ギルネも魔法で手一杯になっちゃうかもしれないから」

「かしこまりました！　アイラちゃんをお守りします！　アイラちゃん、私のことは使い捨ての肉壁だと思っていつでも都合よく身代わりにしてくださいね！」

「アイリお姉ちゃんありがとう！　でも、ちゃんと盾を使ってね……？」

「そ、そうですね！　この盾でお守りしますっ！」

そう言って、アイリは得意げに小盾を掲げた。

太陽の日差しに照らされて、刻まれたリンハール王国の紋章が輝く。

それを見てギルネ様がアイリに語りかけた。

「アサドが渡してくれたその小盾はかなりよさそうな装備だな。アイリ、調べてみてもよいか？」

「はい、いいですよ！　見た目の割に凄く軽いです！」

「本当だ、これなら私でも持てそうだな。どれ、【鑑定《インスペクト》】」

ギルネ様の《鑑定スキル》が発動する。

なんだかこういうのはワクワクする。

きっと冒険者っていうのはこういうお宝とかを鑑定するワクワクがあるからやめられないんだろうなぁ。

「ど、どうでした？」

「そうだな、せっかくだから鑑定結果を読み上げてやろう」

僕が聞くと、ギルネ様は一つ一つの項目を僕たちに教えてくれた。

名称：『リンハールの守護者』
分類：小盾
物理攻撃力：５０
物理防御力：１００
魔法攻撃力：０
魔法防御力：１００
重さ：０．５kg《キログラ》
特性《エンチャント》：軽量化
総合ランク：C

「――以上だ、とてもよい装備だぞ。攻撃力補正もあるから、守るだけじゃなくて攻撃にも使える。『殴れる盾』だな」

そう言ってギルネ様はアイリに盾を返した。

「あ、有難うございます！　攻撃にも使えるんですね！」

「あはは、アイリが誰かを殴るなんて考えられないけどね」

「確かに、私は殴るよりティムお兄様に殴っていただく方が――いえっなんでもありませんわ！」

アイリは何かを呟くと慌てて首を振った。

ギルネ様の説明を聞いて、僕は考える。

【鑑定《インスペクト》】はいつか僕もどうにか身につけた方がいい気がする。

僕はモノ作りをする職業《ジョブ》なわけだし……。

装備の性能などを知るのは重要なはずだ。

どうにかして僕も——そうだっ！

「アイリ、盾を貸して」

「……？　はい、どうぞ」

「ちょっとごめんね。すぐに【洗浄《クリーン》】して返すから」

そう言って僕はアイリの盾を少しだけ舌で舐めた。

（《料理スキル》……【味見《テイスティング》】！）

多分、同じことだと思う。

僕はこのスキルでなんでも食材として成分や性質を知ることができる。

装備だって同じだろう。

僕の頭の中にアイリの盾の情報が流れ込んできた。

名称：『リンハールの守護者』
分類：小盾
主成分：テラート鋼鉄
味：少し苦い

栄養素：鉄分
物理攻撃力：50
物理防御力：100
魔法攻撃力：0
魔法防御力：100
重さ：0.5kg《キログラ》
特性《エンチャント》：軽量化
隠し特性《エンチャント》：悲願の姫君（アイリ＝リンハールへの想いが込められている）
総合ランク：C

……成功だ！

というより、なんか僕の方が情報が細かい。

試しに少し舐めて【味見《テイスティング》】しただけだから、もう少し舐めて味わえばもっと詳しく分かるような気もする。

そんなお試しの【味見《テイスティング》】を終えて周囲を見ると、突然の行動にみんな目を丸くして僕を見ていた。

レイラやギルネ様は分かってくれていると思うけど、そりゃ突然だとびっくりしちゃうか。

「あはは、すみません。僕も【味見《テイスティング》】で装備の性質が分かるかと思いまして」

「――あ、あぁっそうか！　ティムが突然盾に舌を這わせたからびっくりしたぞ」

ギルネ様は顔を赤くして咳払いをした。

レイラは鼻を抑えていた、また鼻血だろうか。

「アイリ、ごめんね。【洗浄《クリーン》】ですぐに綺麗にしたから――って言っても気分的に嫌だよね。ごめん、あまり深く考えないでこんなことを」

「――い、いえっ⁉　嫌なことなんてありませんわ！　ぜ、全然！　全く！」

アイリは僕に気を使ってそう言ってくれた。

僕が盾を返すと、顔を赤くして僕が舐めた場所を見つめている。

ごめん……やっぱり嫌だったよね……。

子どもの頃の感覚が抜けないけど、アイリはもう立派な淑女だ。

僕もアイリに対して軽率な行動は控えなくちゃ。

再びみんなで歩き始めると、僕の真似をしてアイリもこっそりと盾に口づけをしていた。

アイリは【味見《テイスティング》】を使えないのに。

僕の真似をしたがるところは相変わらずだ。

「あはは、アイリじゃ盾を舐めても分からないよ」

僕が小声で指摘するとアイリは顔を真っ赤にして咳払いをした。

「ティムお兄様、私もティムお兄様の妹です。やってみればできるかもしれません。次はティムお兄様のお靴で試してみてもいいですか？」

そう言ってアイリは僕に顔を近づけて息を荒くする。

「く、靴なんて舐めたら汚いよ……アイリはたまに変なところで負けず嫌いだなぁ」

「ご安心ください、ティムお兄様。ティムお兄様のお身体や、ティムお兄様が身に付けている物全てに汚いところなんてございませんわ」

「確かに【洗浄《クリーン》】を使えばそうなんだろうけど……いや、やっぱりダメだよ⁉」

「そうですか……残念です」

不満そうな表情を浮かべるとアイリはため息を吐いた。

ずっとお城の中にいたから感覚が少し浮世離れしちゃってるみたいだ。

「レイラ、鼻血はもう大丈夫か？」

みんなで歩きながら、ギルネ様は心配そうに小首をかしげた。

さっき僕が盾を調べた時にもレイラは鼻血が出てしまっていた。

「大丈夫よ、ごめんなさいこんなことで何度もみんなを心配させちゃって」

「なんでレイラはまた鼻血が出ちゃったんだろう？」

「あ、暖かくて乾燥してるからかしら？　うん、きっとそうね！」

僕の疑問にレイラは何やら焦るようにして頷く。

「確かにポカポカしていいお天気だね！」

「そうですね、風も心地いいです」

アイリとアイリは手を繋いで笑い合う。

最高の冒険日和だ。

あまりに心地よくてつい警戒を解きそうになる。

暖かい日差しが身体を温めてくれる……。

吹き抜ける風が草原の草花を揺らす……。

獰猛な魔獣が唸り声を上げながら向かってくる……。

——あれ？　魔獣？

視線を戻すと、魔獣が現れて一直線にこちらへと走ってきた。

鋭い爪に牙、殺意に満ちた瞳。

何人もの冒険者を食い殺している犬型の魔獣、ヘルハウンドだ。

「ま、魔獣ですっ！　みなさん、僕にお任せください！」

僕はみんなの最前線に立つと果敢にモップを構えた。

「よし、かかってこい！　僕が倒してやる！」

襲い来るヘルハウンドを前にして気合十分に叫ぶ。

そして、ヘルハウンドが近づいた瞬間——

空から雷がヘルハウンドに直撃し、僕は剣を構えたレイラに小脇に抱きかかえられていた。

雷に撃たれてこんがりと焼けたヘルハウンドを見て、レイラは大きくため息を吐く。

「ギルネが倒してくれたのね、焦っちゃったわ。ティム、大丈夫？　どこにも怪我は——」

そう言いかけてレイラは腕に収まった僕を見ると顔を真っ赤にした。

そして、すぐに僕を腕から離す。

「ご、ごめんなさい！　ティムを守りたくてつい抱えちゃったわ！　し、下心はなかったのよ！」

「う、うん……ありがとう」

やばい、レイラに守ってもらって、ちょっとキュンとしちゃった。

いやいや、僕が守られてどうするんだ。

バチバチと右手を帯電させながらギルネ様が笑う。

「今の魔獣はまだティムには早かったからな。もうちょっと弱い――子ねずみくらいの魔獣から戦っていこう」

そんなギルネ様の提案に僕は必死に腕をブンブンと振ってアピールする。

「で、ですが！　僕もうベリアルを倒したくらい強くなったんですよ！　あれくらい僕にも倒せます！」

正直、ヘルハウンドが向かってきた時は凄く怖かった。

でも、ベリアルが突進した時の迫力や殺意に比べたら生まれたての子犬みたいなものだと思う。

あの時は後ろにレイラもいたし、僕がみんなを守らなくちゃいけないから立ち向かうことができていたけど……本当の僕は臆病なんだろう。

いやいや、僕は今日から男らしくなるんだ。

「そ、そうよね……ティムは私なんかが守らなくても大丈夫なのよね。ごめんなさい、余計なことをしたわ……」

「あ、謝らないで！　ほ、ほんのちょっとだけ怖かったし……そうだ！　【調理時間《クッキングタイム》】を使えば僕には敵なしです！　次こそ僕に戦わせてください！」

頭を下げてしまったレイラに僕は慌てつつ、ギルネ様に提案した。

すると、レイラも後押しをしてくれた。

「そうね！　リンゴを投げて、調理さえ始めちゃえばティムは最強よ！　ギルネたちも見ておいた方がいいわ、すっごく格好いいんだから！」

レイラは目を輝かせて僕を持ち上げてくれた。

「うむ……分かった。じゃあ弱い魔物が出てきたら、今度はティムに任せてみよう！」

「アイラちゃんは私が守りますから、ティムお兄様は安心して戦いに集中してくださいね」

アイリもそう言って僕を応援してくれた。

よし、今度こそ僕の男らしいところをギルネ様たちに見せるんだ！

倒したヘルハウンドのお肉も少し千切ると、加熱をして【味見《テイスティング》】をしておく。

あまり美味しくはない……。

でも、牙とか毛皮は素材として使えそうだ。

僕はヘルハウンドの死骸も【収納《ストレージ》】して取っておいた。

これで、以前倒したスライムとヘルハウンドの死骸が僕の【収納《ストレージ》】の中にある。

【収納《ストレージ》】の中では時間の流れが現実《ここ》とは違うみたいで【収納《ストレージ》】した物が傷んだりしたことはない。

だから死骸も腐らないだろう……一応、冷凍保存しておくけど。

歩いていると、だんだん草原の草も高くなってきた。

リンハール王国の人たちもあまり足を踏み入れない場所まで来た証拠だ。

そんな時、草陰から魔物が飛び出してきた。

僕の膝上くらいの大きさの兎の魔獣、アルミラージだ。

アルミラージは僕を敵意に満ちた瞳で睨んでいる。

やはり僕の【神童《デウス》】の特性〝神聖〟のせいでモンスターには恨まれてしまうようだ。

「みなさん、これくらいなら僕でも倒せます！　手出しは無用ですよ！」

「わ、分かったわ……ティム、気をつけてね」

僕は今度はフライパンを構える。

たかが角が生えただけの兎だ、大したことない。

ちょっと立派な……輝く一本角が生えているだけだ。

刺さりどころが悪いとさすがに死にそうな鋭い角が生えているだけ……。

（大丈夫、大丈夫だ……ベリアルの時と同じように条件を揃えて――）

僕は恐怖に打ち勝つと【収納《ストレージ》】からリンゴを出して、自分の目の前に放り投げた。

そして、僕はフライパンを構える。

よし、これで時間が遅くなるはず……。

僕は宙を舞うリンゴ越しにアルミラージを見つめて、リンゴの空中回転が遅くなるのを待つ。

しかし、【調理時間《クッキングタイム》】の発動を待っている間にアルミラージが飛びかかってきた。

――あっ、刺さった。

そして、その立派な角にリンゴが刺さったままアルミラージは僕に襲いかかってきた。

押し倒された僕は地面でバタバタと必死に抵抗する。

「――ティ、ティム⁉　それはやられているのよね⁉　さすがに手を出していいわよね⁉　あっ、ティムに手を出すってそういう意味じゃないわよ⁉」

「ティム、今助けに行くぞ！　アイリはアイラを守っていてくれ！」

「ギ、ギルネ⁉　大丈夫よ、私が助けるわ！　ギルネが素手で突っ込むのは無謀よ！」

レイラは聖剣《フランベル》を引き抜く。

「酔剣技【朝日の太刀《スーパードライ》】！」

レイラがスキルを発動すると、アルミラージは剣撃に吹き飛ばされていった。

「あ、焦ったけど、弱い魔物でよかったわ。ティム大丈夫⁉　怪我は⁉」

「レイラ、服の上からじゃ怪我が分からん！　い、一旦ティムの服を脱がして身体の状態を見よう！」

「――服をっ⁉　ティムお兄様のお怪我が心配ですわ、私もそちらへ行きます！」

「そうだね、アイリお姉ちゃん！　急いで行こう！」

僕は地面に倒されたまま、ギルネ様たちのそんな声を聞いた。


みんな、アルミラージに押し倒されて泥だらけで地面に横たわる僕の周りに集まって来た。

す、凄く格好悪い……。

「だ、大丈夫です！　僕の作った服が攻撃を防いでくれました！　で、ですからご心配はいりません！」

心配からか、息を荒くして僕の服に手をかけるギルネ様を制止して、急いで立ち上がる。

泥だらけの服を【洗浄《クリーン》】すると、どこも破れていない服を見せて無傷をアピールした。

周囲に集まってくれていた女性陣はホッとため息を吐く。

僕は頬をかきながらレイラに謝った。

「ご、ごめん……僕が『手出しをしないで』なんて言っておいて結局レイラに助けてもらっちゃって……あはは、格好悪いや……」

「大丈夫よ、きっと調子が悪かったんだわ！　ティムはやればできるんだから何度でも挑戦しましょ！」

「そうです！　ティムお兄様が格好悪いことなんてありえません！」

そう言ってレイラとアイリは僕を励ましてくれる。

一方でギルネ様とアイラは剣技で吹き飛ばされたアルミラージの死骸のそばに歩いて行った。

二人とも可愛い小動物が好きだし、アルミラージというウサギ型の魔獣の死に悲しんでいるのかもしれない……。

「——くそ、根性のないアルミラージだなティムの身体が見られなかったじゃないか。いや、ティムの玉のような柔肌が傷つく方がダメか。焦るな私……これから一緒に旅をしていればチャンスは

いくらでもあるんだ」

「ティムお兄ちゃんに襲いかかるなんてとんでもない害獣だよね。せめて美味しい魔獣肉でティムお兄ちゃんを喜ばせてね」

この距離じゃ何を言っているかは分からないけど、二人とも少し暗い表情で死骸を見つめている。死を悼んでいるのだろう、慈愛の心に満ちたお二人だ。

僕も死骸を回収＆【味見《テイスティング》】をするために近づいた。

「――アルミラージのお肉はたまに冒険者の方が食肉として持ってきていましたが、角が光っている個体は初めて見ました」

僕はそう言って、リンゴが刺さったまま輝きを放つアルミラージの一本角を指差した。

「あぁ、これは変異種だな。魔鉱石が角に含まれているんだ、ごく稀にこういうのもいる」

「魔鉱石……？」

僕が首をひねるとギルネ様が説明を始めてくれた。

レイラ、アイラ、アイリも近寄って耳を傾ける。

「主にダンジョンの深部で発見される鉱石だ。魔獣はこの魔鉱石の影響で生まれているとも言われているな」

「そ、そうなんですね……初めて見ました」

「普段見ることはないだろうな。魔鉱石には強い毒素が含まれているんだ、だから誰も持って帰ってはこない。このアルミラージは何かがキッカケで角にその魔鉱石の欠片が入り込んでしまったんだな」

「いきなり角で突いてきましたからね……魔鉱石に突進でもしていたのでしょうか」

僕はしゃがみこんで、アルミラージの光る角を観察した。

「では、魔鉱石の【味見《テイスティング》】を――」

僕はナイフを生成すると、魔鉱石が含まれたアルミラージの角を少し削って粉末を口に入れた。

するとアイリが慌てて僕の肩を掴んで揺さぶる。

「――⁉　ティムお兄様⁉　魔鉱石は毒ですわ！　い、今私が急いで口で吸い出してあげますから！

これは人命救助のためで仕方がない行為であって――」

ま、また説明しないとダメなのか……。

「アイリ、僕は毒素を消せるんだ。心配しなくても大丈夫だよ」

「な、なんだそうでしたのね……私ったら焦ってしまいましたわ」

なぜだか少し残念そうな顔を見せるアイリを他所に僕は魔鉱石入りのアルミラージの角を分析した。

(――これはっ！)

分析の結果、魔鉱石には毒素とともに凄いエナジーが含まれていることが分かった。

魔獣を生み出しているという噂もあながち間違いじゃないのかもしれない。

口に入れた僕の身体中の細胞が活性化しているような感覚がある。

毒素さえ無ければ豊富な栄養を持った優秀な食材だ。

多分、薬としても利用できる。

自分の身体に【洗浄《クリーン》】を使い、魔鉱石を体内から消し去ると、僕は尋ねた。

「――ギルネ様、この魔鉱石はダンジョンの深部にあるんですよね？」

「あぁ、大抵最深部には一番大きな魔鉱石があってな。冒険者たちはその一番大きな塊を小さく砕くことで強大なモンスターの発生を抑えている。それが一般的に『ダンジョン攻略』と呼ばれるものだな」

『ダンジョン攻略』……！

ついに憧れていた冒険者の言葉が出てきて僕は内心興奮した。

この魔鉱石だけでも食材や薬の材料として凄い価値があるんだ。

他にも僕の能力と相性のいいお宝がダンジョンには眠っているかもしれない！

何より、すごく冒険者っぽい！

「――ギルネ様！　僕たちもダンジョン攻略をしましょう！」

僕の決心に背中を押すようにギルネ様も頷いた。

「うむ、ダンジョンには装備やお宝が眠っている場合もあるからな。モンスターがたくさん出るし、冒険者の修行としても最適だ」

「それに、最深部の魔鉱石を壊せば人を襲うモンスターを減らせるんですよね？」

「あぁ、魔鉱石がモンスターに影響を与えているのは間違いないからな。危険じゃなさそうなダンジョンがあったら試しに潜ってみようか」

「はい！」

そうして僕は再びモップを構えて警戒しながら歩みを進めていった。

もう一度気合を入れ直す。

今度こそ僕一人でモンスターをやっつけるんだ！

そろそろ男らしいところを見せないと、アイラにまで一生懸命励まされちゃいそう……。

「――そういえば、ギルネはどうしてティムが襲われている時に自分から突っ込もうとしたの？

いつもみたいに雷の魔法で遠距離からやっつけちゃえばよかったのに」

レイラがそう言うと、ギルネ様は決まりの悪そうな表情で頬をかく。

「私は魔法の制御が苦手だからな。万が一私が放った魔法がティムに当たってしまったら、私は魔法を放った自分の手が憎くて見る度に斬り落としたくなってしまうよ」

「そっか、雷だとティムまで感電しちゃいそうだしね……でも、ギルネは素手でも強いのね！　だからティムを助けるために立ち向かったんでしょ？」

「さすがギルネ様です！　魔法以外でもモンスターと戦うことができるんですね！」

そう言うと、ギルネ様は首を横に振ってため息を吐いた。

「いや、私は素手でなんて戦えないよ。ティムが魔獣に襲われているのを見て冷静じゃなくなったんだ。私が飛び込む前にレイラが倒してくれて助かった」

「えっ!?　だ、ダメよギルネったら！　そんなことをしたら共倒れじゃない！」

レイラがそう言って注意をするとギルネ様は反省しながら困ったように笑った。

ギルネ様の話を聞いて、僕は背筋が凍る。

またギルネ様は僕のために危険に飛び込もうとしたんだ。

これじゃ何も変わってない。

僕が一人で無謀なことをしているせいで、ギルネ様をまた危険に晒《さら》してしまっているじゃないか。

(僕は馬鹿だ……プライドなんかよりギルネ様の安全の方が考えるまでもなく重要だろ)

心の中で自分を叱りつける。

そもそも、〝自分一人で戦おう〟なんていうのが仲間への裏切りだ。

そばで一緒に戦おうとしてくれていたレイラがどんな気持ちになるかも考えなかった。

僕はまた……自分のことばかり……。

僕はレイラに向き合い、深く頭を下げた。

突然の僕の行動にレイラは戸惑う。

「ティ、ティム？　突然頭を下げて、どうしたの？」

僕が危険になると優しいギルネ様は身をていして守ろうとしてしまう。

いや、ギルネ様だけじゃない。

みんなが慌ててバラバラになってしまう。

そして僕のせいで仲間が全員危険に晒されてしまうんだ。

「レイラ……やっと気がついたんだ。レイラは大切なパートナーだって、僕一人じゃダメだ――」

僕はレイラにそんな思いを伝える。

ともに前線でモンスターと対峙するパートナーとして、これからの冒険ではずっと協力することが不可欠だ。

「――だからずっと僕の隣にいてくれないか……？　そして、僕をそばで支え続けて欲しい」

「え……？　えぇ⁉　えぇぇぇえええ⁉」

そんな僕の話を聞くと、レイラは大げさに驚いた。

都合のいい話だ。

僕は自分で拒絶をしておきながらまたレイラに助けを求めているんだから。

でも、未熟な僕にはまだレイラがずっとそばにいてくれないとダメなんだ。

「だ、ダメよティム！　私なんかじゃ！　他にもっとふさわしい人がいるはずよ！」

レイラは顔を真っ赤にして首を振る。

怒って手を貸してくれないのも当然だ。

それでも僕は頭を下げた。

「レイラ、ごめん。都合がよいことを言っているのは分かってる……でもやっぱり僕は弱かった。

レイラが助けてくれないと僕のせいでまたギルネ様が傷つくことになっちゃうから」

そう言うと、レイラは言葉を失ったように開いていた口から大きくため息を吐いた。

「あ、あぁ～なんだ、〝一緒に戦おう〟ってことね。もちろんよ！　今のを見て私も肝を冷やしちゃったしね。ギルネも安心して！　絶対に私がティムを守るから！」

レイラはそう言って胸を叩いた。

アイラは「なんだぁ～」と残念そうに頭を落として、アイリとギルネ様も何やらため息を吐いていた。

どうやら僕はまたみんなを幻滅させちゃったみたいだ。

大口叩いておいて、こんなザマなんだから当然だよね……。

――そのまま、モンスターには遭遇せずにやがて日が暮れてきた。

ギルネ様は足を止めて提案する。

「ティム、今日はここまでにしよう。これ以上歩くと植物が生い茂って見晴らしもさらに悪くなってくる。歩くのは明るいうちがいい」

「はい、そうですね！　では、テントを作ります！」

そう言って僕は野営の準備を始めた。

第二話　生活スキルを活用しよう！

リンハール王国を出発してからここまでおよそ六時間。

明日はこのままもっと東へ、アイリをシンシア帝国から引き離しつつモンスターを倒してレベルを上げる予定だ。

冒険者になる第一条件はモンスターを倒して強くなることだからね。

僕はまだスライムしか倒せてないんだけど……。

日没まではまだ時間があるけれど、ギルネ様の提案で今日の冒険はここまでにした。

暗くなる前に僕たちはテントを作り始める。

「レイラ、もう少し右！　うん、その辺《あた》り！」

「分かったわ！　とりゃー！」

――グサッ！

僕が《工作スキル》で大きな木の杭を生成すると、円を描くようにしてレイラに地面に突き刺してもらう。

そして、最後に支柱となる大きな杭を中心に刺してもらった。

以前、ロックや商人のみなさんと野営をしていた時は複数人で協力してようやく刺していたけれど、レイラは力持ちだから一人で次々と刺していってしまう。

力仕事だし、本当は僕が男らしく杭を刺していきたいんだけど……。

力不足で上手く刺さらずにレイラに笑われてみんなに励まされちゃう未来が見える。

「アイリお姉ちゃん、そっちを持って～」

「はい！　アイラさん、任せてください！」

次にアイラとアイリが僕の生成した布を杭に沿《そ》って巻いていく。

僕は布と杭を《裁縫スキル》で縫い付けていった。

「そらっ！」

――パチンッ！

――バリバリ、ピシャーン！

ギルネ様は周囲の魔物が近づいたら指を鳴らして雷を落としていた。

こうして、僕たちは安心しながらみんなで大きなテントを張る。

実は雷が落ちる度に大きな音にびっくりしていたのは内緒だ。

「できました！　みなさん、お手伝いいただきありがとうございます！」

十分くらいで野営用のテントが出来上がった。

下にはぶ厚い一枚布を敷いて、その上に全員分のベッドが用意してある。

「うむ、やっぱりティムの能力は凄まじいな！　これならいつもと変わらない心地で寝ることができるぞ！」

ギルネ様は早速ベッドにダイブしてゴロゴロと転がり、幸せそうに笑った。

「いえっ！　強そうな魔物も全く寄せ付けずに倒してしまっていたギルネ様の方が凄いです！　ぼ、僕も早くお役に立てるようにならなくちゃ……」

結局、今日はモンスターを一匹も倒すことができなかった僕が少し落ち込むように言うと、ギルネ様は身体を起こして僕に微笑んだ。

「ティム、大丈夫だ。人には向き不向きがある。だから慌てなくていい。それにティムがいるだけで三大欲求が全て満たされるからな、十分役に立っているよ」

「ギルネ様……ありがとうございます！」

また励まされてしまった……。

えっと、確か三大欲求って〝衣・食・住〟とかだっけ？

確かにそれくらいは僕も力になれてるとは思う。

ギルネ様の言うとおり、もう少し自信を持たなくちゃ。

レイラはベッドに腰掛けると、夕日が差し込むテントの入口から屋外を見つめた。

「快適だけど、テントの中からだと外の様子が分からないわね……。夜間に襲ってくるモンスターを撃退できるように見張りは必要だわ」

「うむ、外に火を焚《た》いて交代で起こしあって寝るか――」

「でしたら、わたくしが寝ずに見張りをいたしますわ！　みなさんはどうぞごゆっくりおやすみになられてください！」

アイリはそんなことを言って手を合わせ、満面の笑みを浮かべた。

レイラは慌てて首を横に振る。

「だ、ダメよアイリちゃん！　寝ないと倒れちゃうよ！」

「わたくし、ティムお兄様が出ていかれてから切なくて半年ほど全く眠れない日々が続きましたの……それでも、わたくしの身体は何の問題もありませんでしたわ！」

「えぇ⁉　半年も⁉」

嘘みたいなことを言って、得意げに小さな胸を張るアイリに僕はレイラと一緒に驚く。

ギルネ様とアイラは顎に手を添えて考察を始めた。

「なるほど……【失墜《エクリプス》】の効果で睡眠を取らなくても生命力から補填されて身体の健康が保たれる

……のか？」

「アイリお姉ちゃんは常に万全の状態ってことかな？　もしかして、食事も取らなくて大丈夫だったり――」

そんな二人にアイリは慌てて首を横に振った。

「い、いえっ！　わたくしはどうしようもなく卑《いや》しい存在ですのでティムお兄様のお料理を食べないともうこの身体は保ちませんわ！」

「ア、アイリ……ご飯を食べるだけでそんなに自分を卑下しなくてもいいよ……？」

物凄く焦った様子のアイリを見つつ、僕は考える。

たとえ寝なくても大丈夫だとしてもアイリだけを外に残して眠れるはずなんてない。

僕はアイリの綺麗な青い瞳を見ながら語りかけた。

「アイリ、一晩中一人で外にいるのは凄く寂しい気持ちになると思う。だからそれはやめておこう」

「いえっ！　ティムお兄様の上着かシャツさえいただければアイリは一晩中の見張りでも大丈夫ですわ！」

「確かにそれなら寒さは凌げるのかもしれないけど……」

気丈なアイリを説得しようとしていると、ギルネ様もそれを後押ししてくれた。

「アイリ、それだと私たちもアイリのことが心配で眠れそうにない。やっぱり別の方法を考えよう」

「そ、そうですか。みなさん、わたくしの身体を大切に思ってくださっているのですね……」

なんだか少し不都合そうな表情を見せつつもアイリは頭を下げて感謝した。

アイリとしてはもっと頼って欲しいんだろう。

でも、無茶はさせたくない。

誰しもがアイリに対してそう思っているはずだ。

「アイリお姉ちゃん、ティムお兄ちゃんとよく似てるね！」

「ふふ、そうね。張り切りすぎちゃうところがそっくり！」

アイラとレイラはそう言って笑い合う。

そっか。僕も今日、魔獣と戦う時、アイリと同じようなことをしていたんだ。

一人で無茶をしようとしてみんなを心配させてしまっていた。

「アイリ、僕たちは仲間なんだから。みんなで助け合おうね」

「はい！　ティムお兄様っ！」

自分にも言い聞かせるように僕がそう言うと、ギルネ様たちは笑顔で頷いた。


テントの入口で僕たちは野営の作戦を練っていた。

ここは国の中ではなく、人食いのモンスターが跋扈《ばっこ》する草原だ。

常に危険と隣り合わせで生活しなくちゃならない。

「火を焚けば小さな魔獣や獣は襲って来なくなるが、昼間のヘルハウンドみたいな中型魔獣は関係なしに襲ってくるからな……。私も一晩中起きて守ることができればいいんだが」

「今日出会った魔獣くらいなら私でも撃退できるわ！　ギルネも安心して寝てちょうだい！」

「そうだな、レイラにも頼らせてもらおう。交代で見張りをすればお互いに眠れるだろうしな」

このパーティの主たる戦闘員であるギルネ様とレイラが話し合う。

本当は「僕も戦えます！」って口を挟みたかったけどぐっとこらえた。

もしかしたら、お二人を困らせてしまうことになるかもしれないから……。

（でも、僕にも何かできることはないかな……？）

戦闘では残念ながら僕はまだお役に立てない、それは認めないと前に進めない。

なら、他の方法でなら僕はお役に立てるんじゃないだろうか。

僕は無い頭を使って必死に考える。

何か、寝ている間にモンスターに襲われないようにするための方法——そうだ！　アサド王子が僕に使ったあの薬品！

怪鳥ガルディアの幼体を倒したアサド王子が僕に振りかけた『モンスター避けの薬』を思い出す。

あの薬も僕はアサド王子の薬品部屋で【味見《テイスティング》】を済ませている。

手持ちの薬草、木の実の材料を使えば再現は可能だった。

僕は手早く作成に移る。

「《調理スキル》、【湯煮《ボイル》】！　【加熱《グリル》】！」

材料に《調理スキル》で手を加えて成分を抽出し、ゴマすりのすり鉢を使って材料を混ぜ合わせる。

素材同士が反応し、刺激の強い香りがしてきた頃に薬草の煮汁を加えて稀釈《きしゃく》。

完成した透明な液体――『モンスター避けの薬』を生成した竹筒の水筒に分けて入れていった。

シンシア帝国の王宮で使用人をしていた頃、「ティム坊ちゃま。料理の基本は化学です！」なんてことも言われたけどまさか読んで字の如く化学を利用して薬品を作ることになるなんて思わなかったなぁ。

「みなさん！　この水筒の中に入った薬品をテントの周囲に撒けば弱いモンスターは近寄らなくなると思います！」

僕がそう言うと、ギルネ様たちは僕を称えるように手を叩く。

「おお！　ティムはそんな物も作れるのか！　凄いぞ！」

「とはいえ、過信はできません。やはり見張りは必要になりますね」

「そうだな、二人一組でテントの外を見張ろうか。常に私かレイラ、戦えるどちらか片方が居るようにしよう」

ギルネ様の提案にレイラが頷く。

「で、ですが、テントの周囲全体を見回すことは難しいですよね……テントの周囲を一晩中くるくると見回らないと――」

アイリがそう言うと、アイラが元気よく手を挙げた。

「それなら、いい方法があるよ！　ティムお兄ちゃんは糸が出せるし、鈴も作れるよね？」

「うん、鈴は服飾の飾りだから《裁縫スキル》で生成できるよ？　アイラの服にもたまに付けてるよね」

「じゃあ、今からみんなでそのお薬を撒きに行こう！　その時に説明するね！」

アイラに促され、僕たちはテントを出て少し離れた場所へ。

「ティム。この辺りがいいんじゃないか？」

「はい、ではここからテントの周囲に円を描いて薬を撒いていきますね！」

ギルネ様に頷き、僕は水筒から適量の薬を地面に撒いた。

そして、アイラの言う〝いい方法〟を聞く。

「じゃあ、ティムお兄ちゃん。細い木の杭を作って、薬を撒いた場所の少し内側に刺してもらっていい？」

「分かった！」

僕はアイラにお願いされた通りに木の杭を刺した。

細い木の杭なら僕にだって地面に刺せる……なんとかって感じだけど。

何を作るんだろう？

「それで～、糸を巻いて～、鈴を付けて～。このまま周囲に薬を撒きながら一定間隔で杭を刺して糸を張って、鈴を付けていくの！」

「なるほど、〝柵〟か！　テントに近づいて、柵にぶつかったモンスターは鈴を鳴らして、その音で私たちも気がつけるということだな！」

ギルネ様がアイラの考えに気がついて手を叩いた。

「アイラさん、凄いです！　これなら見張りはわたくし一人でも問題ありませんね！　もしも音が聞こえましたら私がみなさんを起こしますので、どうぞみなさんはごゆっくりと――」

「ダメよ、アイリちゃんもしっかりと寝なくちゃ」

レイラがジト目でアイリを叱りつけると、アイリは「や、やっぱりダメですか……」と呟いてため息を吐いた。

アイラがしっかりとしすぎているせいで忘れがちだけど、レイラはお姉ちゃんだ。

アイリが無茶をしてしまわないように一緒に面倒を見てくれるのは凄くありがたい。

「アイラ、本当に凄いよ！　こんなことを思いつくなんて！」

「えへへ、ティムお兄ちゃん撫でて～！」

僕が頭を撫でるとアイラは吐息を漏らしながら幸せそうに頭を擦り付ける。

《雑用スキル》を組み合わせてこんな仕掛けを思いつくなんて、アイラは本当に頭がいい。

僕も頑張って考えてみよう、何かもっとよくする方法はないかな……。

僕は自分の【収納《ストレージ》】に入っている素材から考えを巡らせた。

市場で購入した材料の他にも〝倒した魔物の素材〟がある。

最初に倒したスライムの死骸……確か、【味見《テイスティング》】して分かった特性の一つに……！

「《裁縫スキル》！」

僕は《裁縫スキル》で糸を生成する際に〝スライムの死骸〟を使って糸を編んでみた。

素材の性質の通り、青く伸び縮みする『スライム糸』が完成する。

「ギルネ様、この糸に雷を流してみてください」

そう言って、僕は長いスライム糸をギルネ様に持ってもらった。

「青くて綺麗な糸だな。分かった、みんな危ないから離れていてくれ。【発電《エレクト》】！」

ギルネ様が魔法で雷を発するとスライム糸がバチバチと雷を纏った。

スライムの特性の一つ、雷伝導の効果だ。

「このスライム糸をアイラの言うとおりに周囲に張り巡らせれば、鈴の音がした瞬間にギルネ様の雷を流して撃退できるかもしれません！」

「おお！　私の雷を利用するんだな！　ティム、凄いぞ！」

「ありがとうございます！　とはいえ、ギルネ様が見張りで起きている時だけ使える手段なのですが……」

「いやいや、素晴らしいぞ。私とティムの共同作業なところが特に！　この糸を張り巡らせていこう！」

そう言ってギルネ様は僕が作ったスライム糸を手で伸ばしたり縮めたりしてアイラたちと遊んでいた。


「――まだ少しだけ日があるわね。どうする？　剣の鍛錬でもする？」

テントの周囲に柵を張り巡らせ終えると、そう言ってレイラは僕に首をかしげた。

「そうだね、そうしようかな――」

「いや、ティムはどうやら自分で生成した武器の方が上手く扱えるみたいだ。武器は剣よりもフライパンやモップで戦った方がよさそうだな」

ギルネ様はそう言って、何やらワクワクしたような表情を僕に向ける。

「そ・こ・で・だ！　まだ試していない〝魔法〟をティムが試してみるのはどうだろう？」

「ま、魔法ですか!?」

ギルネ様のご提案に僕は少し気後れする。

幼少期の僕は魔法も自由自在に操れた。

でも、【失墜《エクリプス》】を使った後はすべて忘れてしまったし、魔術書を読んでも全く分からなかった。

正直、僕は頭が悪いから魔法の習得は自信がない。

そんな僕をアイラとアイリとレイラが元気付けてくれた。

「ティムお兄ちゃん、大丈夫！　私も一緒に習うから、ティムお兄ちゃんも一緒に頑張ろう！」

「そうですわ！　わたくしも一緒に学びます！」

「わ、私もお馬鹿だから自信はないけど……ティムが頑張るっていうなら一緒に頑張るわ！」

全員で僕に付き合ってくれるみたいだ。

なんだか心強くなり、僕はギルネ様にお願いする。

「みんな、ありがとう……！　ではギルネ様、僕にも魔法を教えてください！」

「うむ、みんなで頑張ろう！　最初級の小さな火を出す呪文、【小火炎魔法《ファイア》】から！　まずは私がお手本を見せるぞ！」

ギルネ様は腕まくりをすると、気合十分に僕たちに魔法を教えはじめてくれた。

◯°

「よ～し、今度こそ！　いきます、【小火炎魔法《ファイア》】！」

僕は元気よく叫ぶと、手を突き出した。

……しかし、火炎は出てこない。

僕は地面に手をついて四つん這いになり、肩を落とした。

「うぅ……すみません。ギルネ様やアイラがあんなに一生懸命教えてくださったのに……」

「う～ん、ティム。私の教え方はどうしても感覚的になってしまうから。もっとアイラに丁寧に教えてもらった方がいいのかもしれん。私も昔からもっと丁寧に魔法を覚えていればティムに上手く教えられたのに」

そして、ギルネ様まで少し落ち込んでしまった。

確かに、「ティム、そこでググッと魔力を貯めて！　ドカーンと手から解放するんだ！」って感じでギルネ様に教えられたのは僕には少し理解が難しかった。

「ギルネお姉ちゃんは天才だから感覚がズレてるのかもね……私もコツとか以外は教本で魔法を覚えちゃったし。だ、大丈夫だよティムお兄ちゃん！　焦らなくても少しずつ覚えていけば！」

すでに魔法陣を使った中級魔法まで覚え始めているアイラは僕を必死に励ます。

アイラはリンハールにいた頃からギルネ様に教えてもらって魔術式の勉強をしていたみたいだし、

基礎はすでに出来上がっていたみたいだ。

「目の前に相手がいる方が出やすいかもしれませんわ！　ティムお兄様、わたくしをモンスターだと思って攻撃魔法を放ってみてください！　容赦はいりませんわ、さぁ！　火責めをっ！」

「で、できないよアイリ。治るからといっても痛いことには変わりないんだし、万が一魔法が出ちゃったら……」

僕たちの中で一番大きな火炎を出したアイリは興奮した様子で僕のためにに身をていしてそんなことまでしようとしてくれた。

アイリは今までやらなかっただけで、王族の血筋《ロイヤルライン》持ちだからいつでも簡単に習得できたんだと思う。

「ティム、大丈夫よ！　私も魔法は出せなかったから！　だ、だから落ち込まないで！」

「レイラ……ありがとう……ごめんね」

レイラもそう言って必死に僕を慰める。

——でも、僕は知っている。

実はレイラはギルネ様の真似をすると意外にも〝一番最初〟に【小火炎魔法《ファイア》】を出せてしまっていた。

慌ててすぐに消していたので本人はバレていないと思っているんだろうけど、僕は偶然見てしまっている。

レイラは僕を気遣ってできないフリをしてくれているんだろうけれど、嘘をつかせてしまっていると考えると心が痛い……。

「ティム、今日はここまでにしてご飯を食べよう。別に今日覚えないといけないわけじゃない。続けていればいつかは上手くいくさ」

「そうですね……はぁ、僕も手から火を出してみたかったなぁ」

ギルネ様のお言葉に僕はため息を吐きながら料理の準備をする。

「今夜はアルミラージの肉を使った料理をお作りいたしますね」

そう言って、僕は下処理をすると大きな塊のままのアルミラージの肉を取り出す。

このお肉は焼くと表面がパリパリになるのが特徴だ。

熱に耐性があるけれど、強火で一気に焼き上げれば香ばしくて非常に美味しい。

「みなさん、少し離れていてください。《料理スキル》、【強火《ハイ・グリル》】」

僕の《料理スキル》で大きな炎柱が上がる。

熱気が渦を巻き、周辺の草から水分を蒸発させて萎えさせていった。

僕はその火で一気にアルミラージの肉を焼きながらみなさんに尋ねる。

「ステーキか赤ワインとバルサミコの煮込み、野菜との炒め物にすることもできますが、何にいたしますか?」

「…………」

僕が聞いても、なぜだかみなさんは呆然とした様子で炎柱を見上げていた。

そんなに悩んでいるのかな?

少し震えるような声でレイラは僕に尋ねた。

「……ティムは魔法で火が出せないのよね？」

「レイラ、僕は諦めてないよ！　魔法の練習をして、いつかは僕も【小火炎魔法《ファイア》】を使えるようになるんだから！」

僕はそう言って拳を上に突き出す。

ひたむきに努力を続けて、いつかは僕だって手から火を出してモンスターを討伐してやるんだ！

レイラたちはなんだか納得がいかないような表情で首をひねっていた……。

第三話　いざ、冒険者の頂点へ

「うわぁ～、綺麗～！」

みんなで美味しくアルミラージ肉のご飯を食べた後。

満天の星空を眺めてアイラは嬉しそうに声を上げた。

「あら？　星空なんて別にいつでも見れるじゃない」

僕が淹れた食後のミルクティーを飲みながらレイラがそう言うと、アイラは首を横に振る。

「大好きなみんなと一緒に見るから凄く綺麗なんだよ！　スラム街にいた頃は『私ももうすぐお星さまになるのかなぁ……』なんて思いながら見てたんだけどね。あはは」

そんなアイラのつぶやきを聞いて、アイリがホロリとこぼれる自分の涙を拭う。

「そ、そうでした……アイラさんとレイラさんはティムお兄様とお会いになるまでスラム街で大変なご苦労をされていたんですよね……」

そんなアイリを見ると、アイラは慌てて言葉を付け足した。

「で、でもっ！　そのおかげでティムお兄ちゃんたちに出会えたんだから、私はそれも良かったと思ってるんだ！」

「アイラさん……それはとても立派なお考えですわ！　わたくしも今、こうして元気でティムお兄様とともにお城の外で自由でいられるのですから、これまでの辛い経験もよかったのかもしれませんも！」

「そうだよね！　アイリお姉ちゃん、一緒に喜ぼう！」

「はい！　アイラさん！」

そう言ってアイリとアイラは手を繋いで「うふふ、あはは」と跳ねながら楽しそうに焚き火の周りをくるくると回り始めた。

僕は椅子に座ったまま、そんな様子を微笑ましく見ていた。

本当なら生きることも叶わなかった二人が今こうして元気に動いてる。

それを見ている今の僕の気持ち……これが幸せというものなんだと思う。

ギルネ様はそんな気分に浸っていた僕の隣に椅子を持ってきて腰をかける。

「ほら、ティム。私の言ったとおりだろう？　君が冒険者を目指したおかげで誰も自分に後悔していない。ティムがみんなのハッピーエンドを作っているんだ」

そう言って、いつもと変わらない、何度でも見惚れてしまうような美しい表情で僕に笑いかけた。

「ギルネ様、ありがとうございます……。僕がリンハールで冒険者を諦めていたら、アイリもここにはいないし、この光景は見られなかったんですよね。本当によかったです……」

僕が感謝を伝えると、ギルネ様も星空を見上げた。

「ティム、立ち止まることはいつでもできる。今は夢に向かってともに歩もう。そして、疲れたら私に寄りかかってくれればいいさ。――な、なんなら今寄りかかってもいいぞ！」

そう言ってギルネ様はそわそわした様子で僕を見つめる。

何かと落ち込んでいるかもしれない僕を気遣ってくれているんだろう。

「ギルネ様、確かに今日も失敗ばかりでしたが僕はまだまだくじけませんよ！」

僕はギルネ様に元気だとアピールした。

これ以上、甘えてばかりもいられない。

そ、それに……触れるのも畏れ多いギルネ様に寄りかかるなんてできるはずもない。

僕が自分の胸を叩くとギルネ様は何やらため息を吐いた。

「そ、そうか……。無理のしすぎはやや心配だがティムが前向きで私は嬉しいぞ！」

「あはは、もうご心配をおかけしてしまわぬよう立派な冒険者になってみせます！」

「うん、ティムならなれる。ティムにしかなれない、立派な冒険者にな！」

「はい！」

頑張っていつかは僕がギルネ様を支えてあげられるくらいの立派な男になるんだ！

そんな僕の意気込みを聞いたレイラも僕の隣に椅子を持ってきた。

「――でも、どうすれば立派な冒険者になったって言えるのかしら？　最終目標はシンシア帝国の王子たちの考えを改めさせることよね？」

レイラがそう言って小首をかしげると、僕は困って頭をかく。

「うん、そうなんだけど。僕は冒険者になったら強くなって、王子たちをぶん殴って反省させられる……なんて短絡的に考えて城を出ちゃったから。あはは」

「性格が丸くなる前のティムって結構ワイルドよね～」

「く、黒歴史だからあまり触れないで……」

「私はワイルドなティムも好きだぞ！　たまにはそういう一面も見せて欲しいくらいだ！」

フォローしてくださるギルネ様に僕は思わず顔を赤くする。

あの頃はまだ王子の時の生意気な性格が抜けきってなかったから……。

いや、今でもたまに出てきちゃいそうになるんだけど。

「セシルを見た感じ、神器もある程度使いこなせているようだしシンシア帝国の王子たちはかなり力をつけているだろう。決闘などでこちらの要求を通す場合もそうだが、国王と対等な立場にならないと話にもならないからな」

「対等な立場……冒険者ならそうなれるんですか？」

ギルネ様は頷いた。

「実力さえあれば血も生まれも肩書きも一切不問で権力を得ることができる。平凡な生まれの者が国王や王子との交渉も可能になる。それが〝冒険者〟だ」

「す、凄いわ！　じゃあ、冒険者の最高の地位を目指しましょ！　実力も権力も手に入れちゃえばシンシア帝国の王子なんてきっとどうとでもなるわ！」

レイラは無邪気にそんなことを言った。

今の僕の状態を考えると途方もないことだけど、レイラは全く疑うことのない綺麗な瞳で僕を見つめている。

僕もそんな瞳に勇気づけられて拳を握る。

「冒険者の最高の地位……うん、夢はそれくらい大きくないとね！」

「そうよ、ティムなら絶対に成れるわ！　ギルネ、冒険者の一番上になるにはどうすればいいの？」

レイラの質問を受けて、ギルネ様は腕を組んだ。

「まず、『冒険者とは冒険者ギルドに主戦闘員として所属している、または冒険者《パーティ》として実績を上げている』のどちらかになるな。そうすることでTier《ティアー》ランクに登録されて、世界的に冒険者として認めてもらえる」

「Tier《ティアー》ランク……？」

「あぁ、世界的な冒険者の格付けだな。紙に書いて説明してやろう、ティム、紙とペンを」

僕が【収納《ストレージ》】から出してお渡しすると、ギルネ様はさらさらと書き出していった。

「冒険者ギルド・冒険者パーティ・冒険者個人の3種別で『基礎ステータス・冒険者スキルレベ

ル・実績』を参考に格付けが行われるんだ。上になるほど権力と実力が強い」

そう言ってギルネ様が見せてくださった紙をレイラとともに見る。

Ｔｉｅｒ１（世界主要国の王室レベル）
Ｔｉｅｒ２（中規模国家の王室レベル）
Ｔｉｅｒ３（小規模国家の王室レベル）
――以上は世界会議《カンタービレ》に参加可能――
Ｔｉｅｒ４（上位冒険者ギルドレベル）
Ｔｉｅｒ５（中位冒険者ギルドレベル）
Ｔｉｅｒ６（下位冒険者ギルドレベル）

「とまぁ、あくまで目安だが……。冒険者ギルド『ギルネリーゼ』はＴｉｅｒ４だったな。シンシア帝国内では大きな力を持つ五大ギルドの一つだったが、世界的に見れば世界会議《カンタービレ》にも呼ばれない程度ということだ」

「Ｔｉｅｒ４⁉　ギ、ギルネ様でも真ん中より下だったんですか⁉」

「こんなに強いのに⁉　う、嘘でしょ⁉」

僕たちが驚愕の声を上げると、ギルネ様は首を横に振る。

「違うぞ二人とも。『ギルネリーゼ』の総戦力でＴｉｅｒ４だ、幹部も全員含めてな。私個人だと

Ｔｉｅｒ５だった。ガナッシュなんかは常に飲んだくれてて登録すらしてなかったがな」

そんなギルネ様の説明に僕とレイラは一瞬言葉を失って顔を見合わせた。

そして、ツバを呑み込む。

「せ、世界って広いんですね……でも確かに僕たちはまだ人間族《ヒューマン》しか住んでない国にしかいなかったわけですし……強力な種族の冒険者もいるって考えたら当たり前なのかも……」

「で、でも個人じゃなくて冒険者パーティでもいいみたいだし、私たちも強くなれば大丈夫よ！最高の冒険者ランクＴｉｅｒ１を目指してみんなで頑張りましょう！」

レイラがそう言うと、ギルネ様は何やら複雑そうな表情をした。

「実は……厳密に言うとＴｉｅｒ１が最高じゃない。さらに上の存在がいるんだ」

そう言ってギルネ様は頭を痛めるようにこめかみに手を添えた。

「――Ｔｉｅｒ１よりもさらに上……『英雄』がな」

「――え、英雄？　それって確かアイラが図書館から書き写してくれた秘蔵書に書いてありましたよね……？　アサド王子との決闘の後、リンハール城の前で」

覚えのある単語に僕が反応すると、レイラも頷く。

「私もアイラと一緒に本で見たわ！　詳しくは分からなかったけど、何か凄い人たちなんでしょ!?」

ギルネ様はそんな曖昧な理解の僕たちに説明を始めてくれた。

「英雄というのは正確には『アルゴノーツ』という特級ギルドのメンバーのことだ。彼らは個人で

Ｔｉｅｒ１以上の戦闘能力を持っている。だがまぁ……彼らは冒険者の中では規格外だ」

「規格外……？」

レイラが復唱して首をかしげると、ギルネ様は頷いた。

「うむ、以前クエストで遠出をしている時にたまたま巨人族《ジャイアント》の英雄《アルゴノーツ》メンバーと出くわしたことがあってな。遠目で大型の人型モンスターだと勘違いした私は全力で雷を落としたのだが――」

ギルネ様は当時を思い出すように、遠い目をした。

「私の雷を受け続けながら笑ってポージングしていたよ。サイドチェストで筋肉を見せつけながら『あっはっはっ、私は魔物じゃありませーン。この雷はスポットライトみたいで気持ちがよいデスね！　筋肉が映えマス！』とか言われてな。なんかもう……めちゃくちゃだ」

「えぇ……化け物じゃない……」

レイラは引きつった表情でため息を吐いた。

ギルネ様は忘れ去ろうとするように首を振って僕を見る。

「英雄《アルゴノーツ》は、魔族と戦う強力な個人の戦士の集団だ。その飛び抜けた強さによって世界的に権力を持っている。特に国々から援助などは受けていないがな。ただ、その実態は謎に包まれていているし、入ろうと思って入れるものでもないらしい」

ギルネ様は「――だからまぁ、気にしなくていいさ」と続けて笑った。

「ティム、私たちはＴｉｅｒ１を目指そう！」

「そうね、私もティムのためだったらなんだって協力するわ！　みんなでがんばりましょう！」

お二人が大きな声で僕を勇気づけると、焚き火の周りで一緒に遊んでいたアイリとアイラも気がついて走り寄って来た。

「なになにっ⁉　みんなでティムお兄ちゃんを応援してるの⁉　じゃあ、私も！」

「わたくしもティムお兄様のためなら、利用され尽くしてボロ雑巾のように捨てられたとしても幸せですわ！　誠心誠意尽くさせていただきます！」

そう言ってアイラは僕に抱きついて、アイリは瞳を輝かせた。

アイリはちょっと意気込みすぎな感じもするけど……。

みんなの想いに勇気が湧いてくる。

「みなさん、ありがとうございます！　頑張って冒険者ランクを上げて、シンシア帝国を僕の手で変えてみせます！」

僕は拳を突き出して意気込んだ。

こんなにも僕を信じてくれている。

僕自身も僕を信じて頑張らなくちゃ……！

今はまだランク外だけど……きっと！

「それにしても英雄《アルゴノーツ》かぁ――」

ギルネ様のお話を聞き、僕は期待に胸を膨らましながら夜空を見上げた。

「一体どんな凄い人が英雄になれるんだろう……」

第四話　特級ギルド『アルゴノーツ』へようこそ

僕――オルタニア＝エーデルは、リンハールの王城のバルコニーで拉致をされてからテレサに抱えられて一晩中飛び続けた。

途中、魔獣の襲撃もあったがテレサがワンパンで沈めていった。

中にはドラゴンみたいなのもいたが、テレサが「こ、怖いですわ、でも頑張ります！　えいっ♡」と小突くとみな凄い速度で墜落していく。

空はすでに薄明るくなっていた。

「――はっくション！」

「きゃっ！」

地上に降り立ってからすぐにイスラが大きなくしゃみをする。

あまりの風圧に布の羽を広げたままだったテレサが飛ばされそうになったので、僕は慌ててテレサの腕を掴んだ。

「あ、ありがとうございます……」

テレサは小さな悲鳴を上げたあと、少しだけ顔を赤らめて僕に感謝をした。

僕はテレサの腕を離すとイスラに尋ねる。

「イスラ、今のはどんな魔法だ？　風魔法か？」

「ただのくしゃみデスよ。失礼シマした。誰かが私の噂をしているようデス」

「くしゃみで突風が起きるのか……巨人族はスケールが違うな」

「えぇ、本当にびっくりしましたわ！」

テレサは青筋を立てながらイスラに貼り付けたような笑顔を向けると、イスラは慌ててもう一度頭を深く下げた。

「すみません、テレサさん。殺さないでくだサイ……。意外にも可愛らしい悲鳴でシタ」

「巨人族は余計な一言を言う習性でもあるのか？　ようやく目的地に着いたんだ、テレサもイスラを許してやってくれたまえ」

僕がそう言うと、テレサは僕に掴まれていた自分の腕をチラリと見てため息を吐いた。

「分かりました。まぁ、あなたはパッと見モンスターにも見えますからね。誰かがそんな貴方の噂をしていたということにいたしましょう」

「ほっ、ありがとうございマス」

テレサの辛辣な物言いにもイスラは胸を撫で下ろした様子だった。

「……それで、ここが本部か？」

僕は目の前の大きな古城を見上げて二人に聞いた。

イスラが大きな扉を手で開くと、テレサは僕に笑顔を向ける。

「えぇ、ようこそ！　特級ギルド『アルゴノーツ』の本部、ステラード城へ！」

「――ささ、オルタさんどうぞ中へ」

扉を開いたイスラはそう言って僕を城の中へと誘導する。

「少し待ってくれたまえ、今から英雄《アルゴノーツ》のメンバーと会うのだろう？　少し身だしなみを整えたい」

僕は手鏡を取り出して、哀れなほど短くなってしまった髪を何とか見られるようにいじる。

しかし、以前の僕に比べるとどうにも華やかさが著しく欠けてどうにもみすぼらしい見た目となっていた。

なんだ……この地味な服と威厳のない髪型は。

「大丈夫ですわ！　身だしなみなんか整えなくてもすっごくイケてるので！」

「はいはい、ありがとうよ。はぁ～……」

満面の笑みのテレサに皮肉を言われたので僕は馬鹿馬鹿しくなり、手鏡をしまった。

そしてそのまま二人に案内されて城の中へと入っていく。　城内の大広間は人っ子一人もいなくて閑散としていた。

大小様々な椅子と大きな円卓が中央に置いてあり、綺麗な女神の像がステンドグラスの前に建っている。

「今、団長のアレンを呼びますわね。クソ暇じ――休まれていることが多いのですぐに来ると思いますわ」

そう言って、テレサは右手の親指と小指を立てて自分の顔の横につけた。

親指は耳元、小指は口元に近づけていて、よく見ると親指と小指には糸が巻き付いていた。

「《裁縫スキル》、【糸電話《テレフォン》】……もしもし、団長？　新しい英雄、オルタさんを拉致——スカウトして快く来てもらいました。大広間に来てくださいますか？」

テレサがいつもの如く慌てて言い換えながらアレンなる人物に呼びかけると、「うぃーす」という返事がテレサの親指の糸から聞こえてくる。

直後、大広間の右側の通路の先から扉が開いて閉まるような音が聞こえると、黒髪でティムと同じくらいの身長の小柄な男が純白のスーツを着てにこやかな表情で現れた。

まだ若々しい見た目だが、彼がこの特級ギルドを取り仕切っているのだろうか。

そして、アレンという名前らしいその男はまず、テレサとイスラのもとへと近づく。

「おぉ、連れてこれたのか！　良かった、テレサが協力してくれなくて失敗するかと思ってたんだが——」

「あら？　団長ったら何をおっしゃっているのですか？　わたくしはいつも協力的でしてよ？　尽くすタイプの女性ですわ」

テレサはやけに僕に視線を送りながらそんなことを言った。

その様子を見て、アレンは何やらたじろいでいる。

「えぇ……な、なんだ？　テレサのその気味の悪い喋り方……なぁ、俺何か怒らせちゃったかな？」

口元を手で覆いながらアレンはおそるおそるイスラに囁いた。

「団長サン、私たちを労うよりも早くオルタさんに挨拶をした方がいいんじゃないデスか？」

「おぉ、そうだな！　君がオルタか。うん――？」

アレンは、僕を見ると「へ～、ふ～ん」などと言いながらジロジロと頭の上から靴の先までを見る。

僕の今のへんてこな容姿から美的感覚が疑われているんだろう。

不本意だ、つい昨日まではエーデルへアーと金装飾やバラをあしらった完璧《おかっぱ》な姿だったというのに……。

「なるほどな、テレサが協力した理由が分かったよ。だがテレサ、彼はお前には若すぎるんじゃないか？　だってお前は――」

「団長？　何をおっしゃろうとしているのですか？　わたくしは見た目通りのうら若き乙女ですが？」

意図が読めないアレンの言葉にテレサが額に血管を浮かべながら微笑むと、アレンは納得したように手を叩いた。

「あっはっはっ、テレサのその喋り方は猫をかぶってるのか！　だが、〝見た目通り〟と言うならお前は若すぎてロリっ子になるだろ！」

「余計なことを言うな」とでも言いたげなテレサの瞳に睨まれながらもアレンはそう言って大笑いしていた。

僕はテレサの素の性格もすでに何となく察しているのだが……。

「――でも、団長も子どもみたいに小っちゃいデスよね。いい歳なのに」

「うぐぅっ⁉」

また、イスラが持病の発作のように素直な意見を呟いてしまうとアレンは苦しむような声を出した。見た目からは分からないが、いい歳らしい。

誤魔化すために大きく咳払いをすると、襟を正したように背筋を伸ばして僕に向き合う。

「いや、失敬！　俺たちだけで勝手に盛り上がっちまったな。オルタだったか、君はとんでもない逸材だからつい興奮してな」

世に『英雄』とまで呼称されるほどの実力と名声を持った特級ギルド。

その割には気の抜けたようなメンバー同士のやり取りに僕はやや集中が途切れる。

しかし、すぐに気を取り直して僕は胸元に手を添えると高らかに名乗りを上げた。

「よく分かっているじゃないか！　僕は神ですら嫉妬するほどに完璧な存在なのだからね！　改めて名乗ろう、僕はオルタニア＝エーデル、人々を救うためにこの場所にきた！　僕の力が必要なのだろう？　なんたって僕こそが本当の英雄だからね！　あーはっはっはっ！」

高らかに笑い声を上げると、アレンも嬉しそうに名乗りを返す。

「おぉ、やっぱり若者は元気があっていいな！　ちょっと変わっている感じもするが、このギルドは俺以外みんな変わり者だからな！　すぐに俺みたいにみんなと仲よくなれるだろう！　俺はアレンシア＝ウェイカーだ、特級ギルド『アルゴノーツ』のギルドリーダーを務めている。よろしくな！」

そう言って差し出されたアレンの手を僕は握った。

『入団式』と称して厳しい洗礼を受けることも覚悟していたが、どうやらちゃんと歓迎されているようだ。

お互いの名乗りが済むと、テレサがアレンに尋ねる。

「団長。今、他のメンバーは誰がいますか？」

「お、おう。テレサの敬語は違和感が拭えないな……今はみんな出払ってる。いるのはいつも部屋にいるゲルニカだけだ」

「あら、じゃあわたくしが連れてきますわね。オルタに紹介しないとですから」

「ああ、お前じゃないと来てくれないだろうしな。頼むぞ」

テレサはアレンとそんなやり取りをして左の通路に行ってしまった。

ゲルニカという名前のメンバーを連れてくるらしい。

それにしても、『ゲルニカ』か……ふむ。

アレンは人懐っこい笑顔のまま、再び僕に話しかける。

「俺は基本的にメンバーは呼び捨てなんだが、君のこともオルタと呼んでいいか？」

「うむ、構わないよ。アレンは『団長』と呼ばれているのか？」

「あぁ、メンバーからは敬意を込めて最近『団長』と呼ばれているな。だが、悪口じゃなければ好きに呼んでくれていいぞ」

アレンが少し得意げにそう言うと、イスラが人差し指を上げて口を開いた、

「アレンさんは世界最強のギルドのマスターなのに、見た目や言動が幼いので私たちで話し合って

なんとか威厳を持たせてあげられるようにと『団長』と呼ぶことになったんデス」

イスラの解説にアレンは僕の前で腕を組んだまま硬直する。

そして、大量の冷や汗を流しながらイスラの方へとゆっくり首を動かして視線を向けた。

「……えっ、そうなの？　そんな哀れみを込めた呼び方だったの？　俺はてっきり偉大な俺様に尊敬の念を込めてそうなったのかと――」

「はい、アレンさんへの悪口大会で盛り上がっている時になんかかわいそうになってきて、そうなりマシたね」

陰口《かげぐち》という言葉を知らないらしいイスラは全てを本人に公開してしまう。

アレンの目尻に少し涙が浮かんでいた。

「えぇ……というか、また俺抜きで集まってたのか……？　オ、オルタ！　俺たちは友達だよな！　後で君の部屋も案内してやるからな！」

「う、うむ……」

アレンは必死な表情で困惑する僕の手を握ってブンブンと振って、冷や汗を頬に伝わせながらイスラに尋ねた。

「――なぁ、イスラ。俺ってメンバーに嫌われてるの？」

「女性陣が、『絡みがウザい』って言ってましたね。あと、『自分は城で寝てばっかりのくせして指示してくるのが嫌だ』って言ってました。私はお仕事好きなので絡み以外は気にしないのデスが……」

「いや、お前もちょっとウザいと思ってたのかよ。指示を出すのは、俺が城を離れられないんだから仕方ねぇだろ。体力温存も必要だし……くそっ、グレてやるからな」

「やめてくだサイよ、いい歳して……。アレンさんがグレたら人類負けちゃいマスし。ほら、オルタさんも困惑してマスよ」

イスラの言うとおり、目の前で公開される想像を超えたギルド内の生々しい人間関係に僕は戸惑っていた。

しかし、それ以上に戸惑ったのはアレンシア＝ウェイカーという目の前の男についてだ。

『英雄《アルゴノーツ》』のトップ――どんな人物だろうかと僕はここに来るまでの間に想像をしていた。

きっと厳かで仲間からの信頼に厚く、畏怖すら禁じ得ないほどのカリスマを持ち、掴みどころがなく時に冷徹な判断をくだせる人物……そんなふうに想像していた。

――しかし、実際には掴みどころだらけで仲間から陰口を叩かれ、今目の前で駄々をこねて拗ねている。

そんなアレンはまた咳払いをして取り繕うと僕に向かい合った。

「す、すまないな、オルタ。少し見苦しいところを見せた。……みんな俺に遠慮してるみたいでな」

明らかな人望の薄さについてアレンはそんな理由をつけた。

またイスラが真実を突きつけようと口を開きかけたので、僕は面倒なことになる前に慌てて声を上げる。

「――だ、大丈夫さ！　このギルドは色々、想像と違って少し目眩《めまい》がしたがね……ところで、どうやってこの僕を見つけ出したんだ？」

　確か、リンハール城に来た時にイスラが少し話していた気もするが、情報を正確にするために僕は改めて聞いてみた。

「先日、この城にまで及ぶ強大な魔力を感じ取ってな、魔力の残響を辿れるイスラと嫌がるテレサにスカウトに行ってもらったんだが……いや、本当に逸材だな。お前ならスターになれる。一緒に劇団として世界を回ろう」

　僕の朗々とした語り口に感心したのか、アレンはそんなことを言い始めた。

　イスラが呆れた表情で眉をひそめる。

「いやいや、外見《そっち》じゃなくてステータスを見てくだサイよ」

「せっかくみんなの敬意（同情）を集めて『団長』なんて呼び名になったんだ。同じ団長なら期待に応えて劇団を作ってもいいだろ。俺の悪口を言った奴は全員、背景の木の役をやってもらうからな」

「いつまで拗ねてるんデスか……しかも仕返しが陰湿デス。もっと嫌われちゃいマスよ？」

「じょ、冗談だよ……。では、オルタ。失礼してステータスを確認させてもらうぞ。あれだけの遠距離から魔力を観測できるほどの魔導師だ、一体何十レベルなんだ――と」

　そう言って、アレンは僕を見つめた。

　その黒い瞳がほのかに光を放つ。

　テレサが言っていた、「レベルが30辺りを超えると相手の実力を見極めることができる」……と。

　アレンも今、まさに同じ方法で僕の実力を見ているのだろう。

そんなアレンは僕を見ながら頬から一粒の汗を流す。

そして、何やらイスラを手で招いてまた口元を手で押さえながら二人でこそこそと話し始めた。

「──えっ、彼まだ『レベル1』なんだが？」

「そうなんデスよ、異常デスよね。私は計測不能でしたが、団長はオルタさんの魔力計測デキます？」

「できるが……引くほど高いぞ。これもう人類側の勝ちでは？　だが、魔術のスキルレベルが見えないな……一体どんな魔法を扱えるんだ……？」

「おそらく、我々の想像もつかないような凄い魔法だと思いマスよ。これだけの魔力を持っていて何も習得してことはないでショウし……それにこれだけ自信に満ち溢れているんデスから」

「そうだよな……。やばい、俺より強かったら団長降ろされちまう。団長じゃなくなったらついに誰も相手をしてくれなくなる……イスラ、オルタを元の場所に戻してくるんだ」

「そんな、拾ってきた猫じゃないんデスから……。魔族との戦いに役立てまショウよ」

「──オルタを一人放っぽりだして、何を二人だけでこそこそと話しているんですか？」

叱るような目つきで腕を組んで、二人の後ろにテレサが立っていた。

どうやら、仲間を部屋から連れ出してここまで戻ってきたらしい。

その背後には、アレンと同じくらいの身長の少女──恐らく例のゲルニカがテレサの小さな背中に必死に身を隠していた。

「おぉ、ゲルニカを連れてこれたのか！　よくやった！」

「散々部屋の中でゴネられましたけど、私の『説得』に応じてくれましたわ。団長、あとで壊れたゲルニカの部屋の扉を直してもらえますか？」

「扉を壊して部屋から引きずり出したのか、俺の知ってる説得とは違うな……。分かった、扉はあとで俺が直しておこう」

「いや、なんで引き受けちゃうんデスか……。リーダーなのにそんな雑用係みたいなことするから威厳が無くなっちゃうんデスよ」

「イスラ……俺はこれ以上嫌われたくないんだ。特にテレサは口が悪いから心がしんどい」

「団員に媚びてる団長を見てる方も色々としんどいデスよ……」

イスラは痛めるように自分の頭を手で抑えて首を横に振りながらため息を吐いた。


アレンとイスラのやり取りなど気にもとめずに、テレサはゲルニカという名の少女を背中に貼り付けたまま、僕の前に来た。

彼女は自分よりも小さいテレサの背中に顔を押し付け縮こまり、酷く身体を震わせている。

「ごめんなさい、オルタ。ゲルニカは少しコミュ障——恥ずかしがり屋なの」

「なに、構わないさ。ふむ、僕の身長が少し高いから怖いのかもしれないな。椅子を借りるぞ」

僕はそう言って、威圧感を無くすために大広間に置いてある椅子を一つ拝借してテレサとゲルニカの前に浅く座った。

礼節を欠く格好にはなるが、この場では適した振る舞いだろう。

「ほら、大丈夫よ。オルタは噛まないわ、頑張って自己紹介しましょ？」

「僕は猛獣か？」

テレサがそう言って背中のゲルニカに話しかけるが、ゲルニカは激しく首を横に振った。

そして、手で覆いながらテレサの耳元に口を近づけて何やらゴニョゴニョと話し始める。

「む、むむ、無理！　気遣いもできるイケメンとか、ハードルが高すぎるよぉ……」

「大丈夫よ。オルタは見た目はイケメンだけどここに来るだけあって中身はちゃんと変な奴だから。ほら、彼氏欲しいんでしょ？　頑張らなくちゃ」

「か、かか、彼氏⁉　そ、そこまで高望みはしてないよ！　同年代の友達が欲しいだけ！」

「ダメよ、そんなこと言ってたらすぐに行き遅れるんだから。貴方ももう二十歳《ハタチ》なんだから油断しちゃダメ、手当たりしだいにいい男を漁――アプローチしていかないと」

「で、でも見て！　あ、あんな素敵な笑顔を見せられたら私なんて根暗な引きこもりは消滅しちゃうよ……す、住む世界が違う！」

「いやいや、貴方も『英雄』なんだから基本的に住む世界は一般人とは違うわよ。ほら、頑張って。――殴るわよ？」

「ひぃっ⁉」

よく聞こえない声でテレサとゲルニカは何かを囁き合っていた。

ゲルニカが勇気を出してくれようとしているんだろう、僕はできるだけ怖がらせないように笑顔を向け続ける。

――十分後、ゲルニカはようやくテレサの背中の後ろから出てきて僕の前に一人立つことができた。

自分の服の裾を握り、顔をうつむけながら、か細い声で僕に話しかける。

「ご、ごご、ごめんなさい……わ、私、男の子と話すの初めてで……緊張しちゃって……」

顔を覆う薄紫色の長い前髪の切れ間からは綺麗な緑色の瞳が見えていた。

その瞳はオドオドとした様子で僕の足元の床を見つめている。

「――おい、イスラ。俺たちはもう男の子じゃないらしいぞ、悲しいなぁ」

アレンが笑いながらそんなことを口走るとテレサが大きなため息を吐く。

「当たり前じゃないですか。オッサンが何気持ち悪いこと言ってるんですか？　生きてて恥ずかしくないんですか？」

「うぐぅ⁉　も、盲点だった。テレサは敬語になった方が罵倒が鋭い……！　なんか、マジで拒絶されてる感じがする……」

「アレンさん、ゲルニカさんが必死に頑張ってるのにそういう茶々入れをするから嫌われるんだと思いマスよ……？」

僕を前に身体を震わせて頑張るゲルニカの背後ではそんな醜いやり取りが行われていた。

気弱なゲルニカにとっては地獄のようなこの環境に僕は心から同情する。

「ご、ごご、ごめんなさい……い、いっぱい待たせちゃって！　め、めめ、迷惑だよね⁉　挨拶だけしたらすぐに消えるからっ！」

「かまわないさ、テレサに無理矢理連れてこられてしまったのだろう？　君は被害者だ、それに――」

目の前で震えるゲルニカを怖がらせないよう僕は優しく静かな声で語りかける。

貴族としての庇護欲だろうか、せめて僕くらいは彼女の居場所になってあげたいと思った。

「とても光栄だ。緊張するということはそれだけ僕に興味を持ってくれているということだからね。僕はオルタニア＝エーデル。気安くオルタと呼んでくれたまえ」

僕が椅子に座ったままそう言うと、ゲルニカは僕の顔をチラリと見て緊張で顔を真っ赤にする。

まだ少し怖いのだろう、しかしゲルニカは何とか名乗りを返してくれた。

「わ、私はゲルニカ＝アイオライト……です。オルタ君、よ、よろしくお願いしま――」

「ゲルニカ＝『アイオライト』……っ⁉」

衝撃的な名前に僕は椅子から転げ落ちるようにして床に膝をついた。

ゲルニカという名前を聞いた時に「まさか――」とは思っていた。

そして今、ファミリーネームも聞いて確信した……！

僕は床に膝をついたまま、胸に手を添えて低く頭を下げる。

「先生、『著作』をいつも心躍らせながら拝読させていただいております……！」

「…………」

ゲルニカは僕の言葉に口をぽかんと開いたまま固まる。

彼女の髪からほのかに香るインクと紙の匂い、よく見るとモジモジと動かしている指にもインクが付着している。

――間違いない、僕の尊敬する作家、ゲルニカ＝アイオライト先生本人だ。

代表作の『フレンズ・ディア・ノーブル』は僕の人生の教科書、いや聖典と言っても差し支えないだろう。

自分の重度の障害を自覚し、絶望の淵に立たされていた僕は彼女の小説に出会った。

そして小説の中の貴族に――ひいては『弱き人々を助ける存在』に憧れて僕は腐らずに努力を続けることができた。

屋敷を出たキッカケもそうだ、僕はゲルニカ先生の小説の中の友情に憧れ、友人を求めて外に出た。

そして自分の足で歩き、ティムたちにも出会ったんだ……。

「ゲルニカ先生……お会いできて感無量です。先生は、僕がこの世で一番尊敬する人だ……！」

喜びのあまり、胸に手を添えると涙を流して頭を下げた。

僕の好きな小説の作者は『英雄』として人々を救っていた。

まるで小説のようだ、こんなに素晴らしいことがあるだろうか。

「――ちょ、ちょっと待って！　私の妄そ――小説の読者なの⁉」

「貴方の大ファンです！　貴方の本は僕に〝生き方〟を教えてくれた……！」

目の前のゲルニカ先生はそんな僕を見ると、顔をみるみる赤く染めていった。

そして――叫ぶ。

「えぇぇぇぇぇぇぇえ～～⁉」

何やら頭を抱えて、涙目のまま真っ赤な顔で目を回すゲルニカ先生にテレサは驚きの表情で声をかけた。

「いつも部屋に引きこもって何をしているかと思ったら小説なんか書いてたの？　しかも出版まで⁉　凄いじゃない！」

「――ち、違うの！　私が原稿をテーブルに置き忘れたのをロジャーが見つけて、勝手に本にしちゃって、新聞と一緒に各国に配ったみたいなの！　私はやめさせたいんだけど、ロジャーはいつも世界中を飛び回ってるから捕まらなくて――」

「あぁ、あの自由人ね……あれは速すぎて捕まえられないわ。ご愁傷さま……」

ロジャーとは別の英雄の名前だろうか。

テレサは同情するようにそんなことを言うと、先生の手を握った。

「何にせよチャンスよ！　オルタは貴方の熱心なファンみたいだし、ファンなら『食える』わ！」

「そ、そんな……純粋な好意を利用するようなことできない！　と、というか『食える』とか言わないで！　そういうのは大切な人と――も、もちろんオルタ君がそうじゃないってわけじゃないんだけど！」

先生は相変わらず目をぐるぐると回しながらよく分からない内容の会話をテレサと続けていた。

「ゲルニカ、引きこもりの貴方にはこんなチャンスもう二度とないわ！　こうなったらオルタに関しては私も貴方の応援にまわるわ！　最悪、押し倒せば貴方の方が強いんだからイケるはずよ！」

「そ、そんな無理矢理っ⁉　で、でも私の作品が凄く好きって言ってくれてたし……く、食えるのかも……」


先生とテレサは僕を置いてそんな話を続ける。

僕を食べるとか話しているが……先生はモンスターか何かなのだろうか？

いや、きっと作家としての何か文学的な表現なのだろう。

もっと色んなことを知りたい、偉大なる先生のことに関しては興味が尽きない。

アレンとイスラもこの話題に反応する。

「ロジャーのやつそんな面白いことしてたのか。しかもゲルニカは小説家だって？　この件は知らないの俺だけじゃないよね？　またハブられてたわけじゃないよね？」

「アレンさん、気にしすぎデスよ……。それにしても、一番見つかっちゃいけない人に見つかっちゃいマシたね……ゲルニカさん、気を落とさないでくだサイね」

そんな話をしていた。

──直後、不意に大広間の大きな扉が荒々しく開け放たれた。

「……失礼するぜ」

そして、身体中が傷跡だらけの大男が現れる。

イスラほど膨れ上がってはないものの、鍛え上げられた肉体と巨体は視覚的な〝強者〟を表すには十分だった。

そして大きな獣耳と灰色の尻尾――身体能力に長けた種族、獣人族《ビースト》の特徴だ。

「あら、オルタに嫉妬してライオスまで来ちゃったわ！　美少女作家ゲルニカの奪い合いが始まるのね！」

テレサが嬉しそうな表情で興奮気味にそんなことを言うと、アレンが否定する。

「――いや、ライオスは俺との約束だ」

「あぁ、アレン。お前と戦いにきた。今日こそ、そのふざけた顔面に拳をぶち込んでやるぜ」

肌がひりつくほどの闘気を放ちながらその獣人族《ビースト》――ライオスは不敵にアレンに近づく。

アレンは真剣な表情で自分よりも随分と身長の高いライオスの瞳を見上げた。

「勝負を受けよう。だがしかし負けたら……分かってるな？」

「ふん、調子に乗んな。負けた時のことなど考える必要もねぇ。今日こそ引導を渡してやる」

そう言って、二人は城の奥へと歩いて行ってしまった。

あまりの迫力に、僕は思わず頬から冷や汗を伝わせながらテレサに尋ねる。

「お、おい。あれは誰だ？　かなり険悪で自己紹介する間もなかったが――」

「彼はライオスよ。〝獣人族最強《ビースト》〟の戦士ね」

僕との関係に慣れてきたからだろうか、テレサは僕への敬語をやめていた。

明らかに無理をしていた様子だったのでこっちの方が話しやすい。

「仲間割れか？　ライオスは見た感じこの英雄《アルゴノーツ》の中でもかなり強そうだったが」

僕がそう言うと、テレサは首を横に振った。

「ライオスは英雄《アルゴノーツ》のメンバーじゃないわ、『入団志願者』よ。アレンは今、ライオスの入団試験をしてあげているの。何度も落ちてるけどね」

「じゅ、獣人族最強の戦士でも英雄《アルゴノーツ》には入団できないのか⁉」

僕が驚くと、イスラは頷いた。

「英雄《アルゴノーツ》は強力な魔族と戦う組織デスからね。入りたいからといって誰でも入団させるわけにはいきまセン。ライオスさんも英雄になるために三年ほど前から定期的に入団試験を受けているのデスが……実力が伴わずうまくいかないようデスね」

「な、なるほど……。では僕もその入団試験とやらを受けるわけだな？」

僕がそう言うと、テレサはクスクスと笑う。

「いいえ、オルタはもう英雄よ？　私と同じでスカウト加入だから入団試験なんか要らないわ」

「そうなのか？　……ちなみに入団試験はどのようなことをするんだ？」

僕の質問にイスラが答える。

「私とゲルニカさんは志願者として入団試験を合格して英雄《アルゴノーツ》に入ったのデスが……私は団長に『一撃、攻撃を当てる』ことデシたね。ゲルニカさんも同じデシたか？」

イスラの質問に先生はコクリと頷いた。

さすがは先生だ、素晴らしい文章を書けるだけでなく実力も備わっている。

——であれば、僕もそんな先生を見習わないわけにはいかない……！

「ならば、僕も入団試験をクリアしてから『英雄』になるとしよう！　試練を避けるような真似は僕の美学に反するからね！」

胸に手を添えて高らかに宣言すると、周囲はどよめいた。

僕は高潔な生き方を先生の著書から学んだ。

『フレンズ・ディア・ノーブル』の主人公、ルーニーは決してここで甘んじたりはしないだろう。

「オルタさんはレベル1デスから……団長さん相手だと流石にキツイんじゃ――」

「僕もすぐに上手くいくとは思っていないさ！　何より、僕が証明したいのは『僕も熱い血の通った人間だ』ということだ！　高い魔力だけを当てにされて、道具のように扱われるつもりはないのでね！」

そんな僕の言葉にテレサも感心したようにため息を吐く。

「素晴らしい心意気ね。オルタ、貴方は最初に抱いたイメージと全く違う人物だわ。ゲルニカに譲るのがますます惜しい……。なら私もオルタを見習って団長をぶん殴――攻撃を当てる試験を受けるわ！」

「テレサさんは団長を殴りたいだけデスよね……倒しちゃ駄目デスよ？　団長がまた落ち込んだら面倒くさいんデスから」

拳を握って決意を固める僕を先生は顔を赤くして見つめていた。

そして、テレサに何やらゴニョゴニョと耳打ちをする。

「オルタ、ゲルニカも応援してるって言ってるわ」

「先生……！　ありがとうございます！」

あまりにも光栄なことに、僕は嬉しさに打ち震えながら先生に顔を向ける。

しかし、先生はすぐにテレサの後ろに隠れてしまった。

第五話　VS.ロードランナー

テントの前で僕とレイラとアイリは眠気覚ましのミントティーを飲みながら朝日を眺めていた。

「もうすっかり朝だね……二人とも、眠たくない？　体調は大丈夫？」

見張りのせいで普段よりも短くなってしまった睡眠時間を気にして僕はレイラとアイリに尋ねる。

「大丈夫よ。ティムが作ってくれたベッドは気持ちよくて深く眠れるから。モンスターの襲撃がなくてよかったわ」

「私も平気です！　お二人とも、お疲れ様でした！」

アイリも元気よく返すと、目を覚ましたギルネ様がアイラの手を引きながらテントから出てきた。

「おはよう、レイラとティム……とアイリもいるのかっ⁉　とにかく、お疲れ様。昨夜はモンスターの襲撃はなかったか？」

「みんな～、おはよう！　ティムお兄ちゃんたちのおかげで安心して眠れたよ！」

そして、お二人は見張りをしていた僕たちを労ってくれた。

「おはよう、問題なかったわ！」

「おはようございます！　僕の作ったモンスター避けの効果があったようですね！」

「ギルネさんも昨晩はお疲れ様でした！　夜をご一緒できて、楽しかったですわ！」

ギルネ様は僕たちと一緒にいるアイリに心配そうな視線を向ける。

「アイリは私とも一緒に起きていたよな。結局、一晩中寝なかったのか？」

「はい！　わたくしは寝ることもできますが、意識していれば眠くなることはありません！　夜の見張りは心細いと思いますから、わたくしのような者でも一緒にいてあげられたらと思いまして！」

レイラも心配そうな視線を送る。

「アイリちゃん、一緒に居てくれるのは凄く嬉しかったけど、本当に無理はしちゃダメよ？」

「わたくしもみなさんとご一緒できて嬉しいんです！　今までずっと孤独を感じていましたし……わたくしは元気いっぱいですから、心配は御無用です！」

そう言って、アイリは得意げに小さな胸を張る。

どうやら寝なくても大丈夫というアイリの話は本当だったみたいだ。

アイリの目の下にクマもないし、全く疲れが見られない。

「とりあえず、野宿が上手くいってよかったですね！　みんな、身体を休めることもできました！」

「うむ。結局、取り越し苦労だったが……しかし、モンスターはいつ襲いかかってくるか分からないからな。用心するに越したことはないだろう」

——昨夜、僕たちは二回に分けて寝ることにしていた。

戦力を考えて二分割。

前半は一番強いギルネ様とまだ戦うことはできないアイリ。

そして、後半は一応二人とも戦うことができるから僕とレイラだ。

結局アイリもベッドから抜け出してきてずっと一緒にいたんだけど……。

ギルネ様は何かあったら必ずすぐに起こすように僕たちに何度も言って、ベッドに向かう時も心配そうな様子だった。

でも、寝る前に僕が淹れたハーブティーのおかげか、心を落ち着かせて朝までぐっすり眠っていただけたみたいだ。

強い眠気を引き起こす薬草を煎じて……少し騙すようで気が引けたけど、こうでもしないと心配性なギルネ様は安心して寝てくれなかったと思う。

そして、アイラは子どもなのでさすがに見張りには参加させずにしっかりと一晩中寝てもらった。

「――私もティムお兄ちゃんたちと夜ふかししたかったけど、迷惑はかけたくないから大人しく寝るね！」

意地を張らずにすぐにそう言ってくれたアイラは本当に素直で賢くていい子だ。

幼少期の僕に爪の垢を煎じて飲ませたいくらいだ……今からでも遅くないかも。

「では、朝食にいたしましょう！　今朝はパンケーキをお作りいたしますね！」

僕はエプロンを装着すると、テーブルを用意する。

みんなモンスターを警戒するあまり、緊張で疲れているかもしれない。

だから、甘い物でリラックスさせてあげたい。

甘い物はみんな大好きだしね。

僕はすぐに材料を混ぜ合わせて、フライパンを焚き火にかけて生地を流し込み、焼き始めた。

「よっ――と」

僕がフライ返しでパンケーキをひっくり返すと、アイラが「すごーい！」と言いながらパチパチと手を叩いた。

「アイラもひっくり返してみる？」

「できるかな～⁉」

僕はアイラにパンケーキが乗ったフライパンとフライ返しを渡した。

アイラが火傷をしてしまわないように細心の注意を払う。

「大丈夫、僕が手伝うから。――そう、フライパンを水平に持って、優しくすくい上げてひっくり返すんだ」

「う、うん――！」

僕がアイラの手を上から包み込むように握ると、アイラは顔を真っ赤にする。

上手くいくか分からなくて緊張しているみたいだ、まずは感覚を掴ませてあげよう。

「じゃあ、いくよ。一、二の……さんっ！」

僕はアイラの手を操ってパンケーキの生地をひっくり返した。

パンケーキは空中で綺麗に百八十度回転してフライパンに落下し、小麦色の生地をプルプルと揺らす。

「こんな感じ！　次はアイラ一人でできるかな？」

「で、できない！　ティムお兄ちゃん、もう一回私の手を握って、同じようにやって！」

「あはは、失敗してもいいよ。多分、一人でやってみた方が上達するから頑張ってみよう」

「そ、そっか……うん、やってみるね」

僕がそう言うと、アイラは残念そうな表情で頷いた。

そして、残りの三人分もアイラ一人で上手にひっくり返して焼き上げた。

フワフワに焼き上がったスフレ風のパンケーキをお皿に乗せると、僕はそれぞれのパンケーキに切り絵を乗せて、上から粉砂糖を振りかける。

切り絵を取り除いたら、パンケーキの上には切り絵の模様——猫の絵が浮かび上がった。

アイラにはチョコレートソースが出てくるペンを持たせてそれぞれのパンケーキに好きに文字を書いてもらった。

最後に、ベリーソース、カスタード、はちみつ、バターソース、シナモンをテーブルに用意して、ミントの葉と生クリーム、バナナを飾り付ける。

「できました！」

「「ふわぁ～!!」」

甘い匂いが周囲を包み込む。

お皿が揺れると分厚いスフレ風のパンケーキも連動するようにプルプルと揺れる。

それくらいふっくらと焼き上がったパンケーキを見てアイリ、レイラ、ギルネ様も瞳を輝かせて

声を上げた。

「すごいですわ！　王宮のパンケーキよりもずっと美味しそうです！」

「アイラの『大好き』って文字が……うぅ、泣きそう」

「ね、ねねね、猫ちゃんの絵だ～！　なんだこれは、可愛すぎるぞ！　ティムほどじゃないが！」

三人とも感動しながら料理を褒めちぎる。

「みなさん、ありがとうございます。アイラもいっぱい手伝ってくれたんですよ」

「えへへ～、お料理楽しかったな！　少し大変だったけど、ティムお兄ちゃんはこれを毎日やってるんだもんね。ティムお兄ちゃん、いつもありがとう！」

そう言ってアイラは僕に抱きついた。

僕は「どういたしまして」とアイラの頭を撫でた。


朝食のパンケーキを食べ終えると、僕たちはテントの中で今後の冒険について話し合っていた。

まだギルネ様とアイラは寝間着のままだ。

自分で作った服ではあるんだけど、普段凛々しいギルネ様のリラックスしたような寝間着姿は今でも見るとドキドキしてしまう。

そんな愚かな下心を抱いていると、不意にギルネ様がお願いをしてきた。

「――そうだ、ティム。寝ている間に汗をかいてしまったかもしれん。何度も悪いが【洗浄《クリーン》】をしてもらってもいいだろうか？」

「か、かしこまりました！」

僕は二つ返事でギルネ様に【洗浄《クリーン》】をかけると、他のみなさんも僕にお願いをしてきた。

何やら嬉しそうな表情のレイラ、アイリ、アイラの頭に順に手を乗せて【洗浄《クリーン》】を発動していく。

「ギルネ様とアイラも冒険用の服に着替えますか？」

僕が寝間着姿の二人に聞くと、二人とも首を横に振った。

「いや、まだいい。ティムが仕立てる寝間着は凄く心地がいいからな、出発までこの格好でいたい」

ギルネ様がそう言うと、アイラはギルネ様の腰に抱きついて頬を擦り付けた。

「ティムお兄ちゃんが作る寝間着ってすっごく肌触りがいいからずっと触りたくなっちゃうよね！」

「分かるぞ、アイラ！　ほら、ティムもアイラみたいに身体を擦り付けてきてもいいぞ！」

「じょ、冗談はよしてください……。ですが、ご満足いただけているようで嬉しいです！」

からかうギルネ様に、僕はいちいち顔を熱くさせながら反応してしまう。

こんな調子で僕はいつまでも変な気を起こさずに我慢できるのだろうか……。

「でも、不思議なんだよね。ティムお兄ちゃんの【洗浄《クリーン》】って汚れを完全に消し去るスキルなんだよね？　でも、ギルネお姉ちゃんたちの香りはいつもちゃんと残ってるの。あっ、もちろん安心するいい匂いだよ！」

「確かに、アイラもいつもお日様みたいなよい香りがするな。汚れが無くなれば無臭になるかと思ったんだが……」

「――よ、汚れを完全に消し去ってしまうと身体の免疫力が落ちてしまうんですよっ！　だから【洗浄《クリーン》】はいつも加減をしています！」

「なるほど！　流石はティムだな！」

僕は上手く理由を作ると、慌てて誤魔化した。

言えない……。

『ギルネ様たちの匂いが好きだから、完全には消したくない』なんて変態的すぎる理由は……。

「さ、さて！　では冒険の方針も少し固まりましたから整理しましょうか！」

すぐに話題を僕たちの冒険に戻すと、ギルネ様たちもそれぞれ椅子に座り直してテーブルを囲んだ。

僕が今【収納《ストレージ》】から出した物だ。

テーブルの上には僕たちがいるこの『ソティラス大陸』の地図が広げられている。

この地図は出発前にリンハール王国で購入した。

「――まず、セシルはあの様子だと恐らくシンシア帝国には戻っていないと思います。あいつは責任だとかそういうモノからは目を逸らす性格でしたから。そうなると、シンシア帝国によるアイリ捜索が始まります。僕たちは手がかりを残さずにリンハール王国を急いで出る必要があったので目的地を決めずに東へと歩いてきましたが、やはりどこかの国を目指すべきでしょう」

僕がそう言うと、レイラは頷きながら口を開いた。

「正直、ティムさえいれば国になんて寄らなくてもずっと冒険できそうだけど……モンスターのいない、安心した場所で寝たりもしたいものね」

そう言ってレイラは心配そうにアイラをチラリと見た。

アイラはまだ九歳だ、しっかりしているといっても心理的な負担は大きいはず。早くどこかの国に行って安心させてあげたい。

「シンシア帝国はわたくしが城に帰らないことで捜索を始めている頃だと思いますわ。恐らくシンシア帝国内と隣のリンハール王国はもちろん、シンシア帝国の南部や南東部、南西部に点在する小国にも兵士を派遣すると思います」

「――ようするに、周辺の人間族《ヒューマン》の単一国家を調べ始めるということだな。まぁ、シンシア帝国にとってのアイリの重要性から考えても捜索はその程度の範囲になるだろう」

「ってことは、人間族《ヒューマン》の単一国家が無い東の地に逃げてきた私たちは、捜索の範囲から外れて、今こうしてようやく一息つけるってことだね！」

すでに頭から煙が出そうになっているレイラとは対照的にアイラはすんなりと僕たちの状況を理解した。

アイラは本を読んでて外の世界の知識も得ているんだろうけれど、レイラはずっとリンハールにいて大陸地図も今初めて見たんだろうから仕方がない……。

「ギルネ様はクエストなどでこの辺りに来たことはないのですか？」

僕が尋ねると、ギルネ様は首を横に振った。

「私はここまで東に来たことはないな。野宿が嫌でクエストは基本的に日帰りで済ませていたし……。あっ、今はティムがいるから野宿は大好きだぞ！」

ギルネ様は慌ててそう言うと、地図を見つめておおよそ僕たちのいる場所に人差し指を置いた。

「シンシア帝国の捜索から逃れつつ、どこかの国を目指す……地図を見る限りだと一番近い国は〝ここ〟になるな」

ギルネ様はそう言って、地図の上に指を滑らせる。

ここからさらに東の地へ、大きな森林を抜けると一つの国の上でその指を止めた。

多種族国家『オルケロン』。

「多種族国家……ってことは人間族《ヒューマン》だけでなく色々な種族が共生しているんですね!?」

「おそらくそうだろう。我々もすんなりと入国できるのかは分からないが……少なくとも単一種族の国だと他種族の入国は基本的にできないからな」

「じゃ、じゃあここを目指すしかないわね！」

どうにか会話に加わろうと必死な様子でレイラは相槌を打った。

「海の近くの国だし、お魚が食べられるかも！」

「そうですわね！　わたくし、いつか海を見てみたいと思っていましたの！　行くのが楽しみですわ！」

アイラとアイリはそう言って、興奮するように手を合わせる。

気を使ってくれているのかもしれないけれど、二人とも冒険が楽しそうで僕は少し安心した。

「――それにしても、『オルケロン』に行くためには森林を抜ける必要があるのか……越えてしまえばシンシア帝国の捜索からは完全に振り切れると思うが……ふむ」

ギルネ様が何やら少し難しそうな表情でそう呟いた。

「何か問題がありますか？」

「こういう広大な森林は獣人族《ビースト》やエルフ族が隠れ住んでいる場合があると話に聞いたことがあってな。彼らは排他的な種族だからもし見つかったらマズイかもしれん」

ギルネ様はそう言った後にすぐ首を横に振った。

「――とはいえ、いるかも分からんし我々は森林を通過するだけだ、問題はないだろう。ティム、『オルケロン』を目指すぞ！」

「はい、では出発の準備をいたしましょう！」

僕はそう言って、ギルネ様の冒険者服、アイラのドレス服を【収納《ストレージ》】から取り出す。

「ギルネ様の冒険者服は〝動きやすく〟仕立ててありますが、このままでよいですか？」

「あぁ、私は動きが遅いからな。いざという時にすぐ動けるように敏捷性強化でいいだろう。本当は魔法の精度を上げたいんだが、こればかりはティムの服じゃどうにもならないからな～」

「そ、そうですね……ギルネ様の〝感覚〟にまで影響できる服はまだ……。お力になれず申し訳ありません。他にも何か……これからは森林を通るんですよね――あっ、そうだ！」

僕は特殊な糸を使って、ギルネ様の冒険者服、アイラのドレス服、それぞれの服を縫い直す。

「虫除けを施しました！　これで森林を歩いていても虫に刺されたりすることは無くなると思います！」

「おぉ、ありがとうティム！　虫はどうにも苦手でな……」

「あはは、ギルネお姉ちゃん可愛い！」

ギルネ様の意外な弱点に僕も可愛らしさを感じつつ、レイラとアイリのドレス服も一度脱いでもらって、僕は虫除けを施した。

もちろん、みんなが着替えている時、僕はいつものようにテントの外で耳を塞ぎながらスライムの数を頭の中で数えて煩悩を消し去りながら待っていた。

レイラも恥ずかしくてギルネ様たちと一緒には着替えられないということで僕の隣にいた。

「ヘルハウンドが一匹、ヘルハウンドが二匹、ヘルハウンドが三匹……」

レイラは数を数える練習をしているようで、顔を赤くして耳を塞ぎながらそんなことをブツブツと呟いていた。


旅立ちの準備が終わると、テントの周囲に張り巡らせていた柵を【収納《ストレージ》】する。

柵は何度でも再利用できるし、『スライム糸』も今後どこかで活躍の場がありそうだ。

「では、ベッドやテントも【収納《ストレージ》】していってしまいますね！」

そう言って、僕はまず自分のベッドをしまうために近づく。

そして、違和感に気がついた。

「……あれ？　僕のベッドは整えておいたはずなのですが……何だか酷く乱れてしまっていますね？」

「「――っ⁉」」

何気なく疑問を口にすると、ギルネ様とアイラが何やら慌てだす。

「わ、私が一度間違えてティムのベッドに入ってしまったんだ！　い、一回夜中に目が覚めてな！暗かったし！　も、もちろんすぐに出たからな！　枕に顔を押し付けたりはしてないぞ！」

ギルネ様はそう言って滝のような汗を流す。

「じ、実は私も夜中に目が覚めて、寝ぼけてティムお兄ちゃんのベッドに一回入っちゃったから！そ、それで乱れてるのかも！　布団の匂いを嗅いだりはしてないよ！」

アイラはそう言って視線を逸《そ》らした。

「あはは、お二人ともそんなに恥ずかしがらなくても大丈夫ですよ。まだ慣れない環境ですし、間違いも起こります」

「そ、そそ、そうだよな！　間違えるよな！」

「ま、また間違えたりしたらごめんね、ティムお兄ちゃん！」

僕が笑うと、二人は安心して大きくため息を吐いた。


テントを解体して【収納《ストレージ》】、焚き火も消すと僕たちは多種族国家『オルケロン』を目指して再び歩き出した。

東の森林地帯へ向かうにつれて草原の雑草も背が高くなっていく。

「アイラさん、草が高くなってきて歩くのが大変ですよね？　よろしければわたくしが抱きかかえて歩きます！」

アイリはそう言って満面の笑みで腰を落として両手を広げた。

草原の草花はすでにアイラの腰くらいまでの高さになっている。

身長が低いアイラにしてみれば確かに歩くのが大変そうだ。

本当は僕が抱えてあげられればいいんだけど、僕はみんなの先頭でモンスターの警戒をしているからアイラを危険に晒してしまう。

「大丈夫だよ、アイリお姉ちゃん！　それに、私を抱えて歩くのはアイリお姉ちゃんが大変でしょ？」

「いいえ、わたくしは基本的に疲れたりすることはありません！　多分、これもティムお兄様の影響だと思うのですが……」

アイリの言葉に僕たちはまた驚き、ギルネ様とアイラに至っては少し呆れるような表情をした。

「ア、アイリは疲れもしないのか……？」

「疲労も有り余る生命力から癒やしちゃうんだろうね……でも、大丈夫だよ！　手だけ握ってくれれば嬉しいな！」

「はい！　何かあったらすぐにわたくしにお知らせくださいね！」

アイラはアイリの左手を握るとまた嬉しそうに歩き始めた。

僕はそんな二人を絶対に守るため、モップを握ったまま周囲をキョロキョロと警戒しながら歩く。

「……あまりモンスターがいませんね？」

「うむ、すでに森林エリアが近いのだろう。草原を根城とするモンスターは近寄らないのかもしれないな」

「でも、モンスターはいつ襲いかかってくるか分からないわ。気をつけて進みましょう」

そう言って、腰に下げた聖剣に手を添えるレイラに僕も頷く。

僕を先頭にレイラがその少し後ろ、アイリとアイラは手を繋いでギルネ様のすぐ前を歩いていた。

いざとなったらギルネ様が魔法でやっつけてくださるんだろう。

だけど、魔導師は基本的に後方支援。

近づかれてしまうとモンスターへの対応が難しかったはずだ。

だから、僕はモンスターがギルネ様やアイリとアイラに近づく前に討伐――はできないかもしれないから……レイラが倒すまでの足止め？

いやいや、弱そうなモンスターなら多分僕でも倒せるはず！

そんなことを考えながら、僕は心の中で意気込んで歩いた。

「――森林地帯に着きましたね……！」

そして、モンスターには出会うことなく僕たちは草原エリアを抜けた。

目の前には木々が立ち並んでいる。

この先に『オルケロン』があるんだ……！

「そうだな、ここからはかなり視界が悪くなる。大型のモンスターも増えるだろう、だから警戒を

――〝ドォォォン！〟」

ギルネ様の話の途中で僕たちの目の前に広がる森林の奥地から突如、大きな音がした。

遠くに見える小さな山が揺れ、振動で地面も軽く揺れる。

「一体何が……！　みんな、警戒しろ！　アイリとアイラは私のそばに！」

ギルネ様が声をかけると、僕たちは急いで陣形を組む。

「か、かしこまりました！　アイラさん、私の盾の後ろにいてください！」

「うん！　分かった、アイリお姉ちゃん！」

「ギルネも接近戦はできないでしょ！　後方に下がって、前衛は私とティムに任せて！」

僕とレイラはギルネ様とアイリたちを守るように前に出て剣とモップをそれぞれ構える。

この三人には絶対にモンスターを近づけさせない……！

大きな音がした森林を前に僕たちは神経を張り詰めた。

「ティムも気をつけて、私のそばに！　あっ、で、でもあんまり近づかれちゃうと私が動けなくなっちゃうから……えっと、ほ、ほどほどに！」

「近づきすぎると武器が振りにくくなっちゃうからね！　僕は左前方を警戒するから、レイラは右をお願い！」

「わ、分かったわ！　そうしましょう！　油断しないでね！」

レイラの指示に従って僕はレイラとは少し距離を空けつつ警戒する。

――直後、先程の大きな音から逃げるようにグリズリーやサラマンダー、サーペントなど大量のモンスターの群れが森林から僕たちのいる草原へと駆け出してきた。

「ちょ、ちょっと⁉　とんでもない数のモンスターが来たんだけど⁉」

「落ち着け、レイラ！　みんな森林の奥の大きな音に驚いてこちら側に逃げてきただけだ！　私たちが手を出さなければみんな走り去ってくれるだろう！」

「かしこまりました！　では、手は出さずに通り過ぎるのを待ちます！　みなさん、身を守りましょう！」

ギルネ様の言うとおり、大量のモンスターたちは僕たちの隣を走り抜けてゆくだけだった。

様々な魔獣が群れをなして森林から逃げて行く……。

先程の音はなんだろう、この先に強い冒険者パーティーでもいて魔法でも放ったのだろうか。

とにかく、このまま静かにしていればひとまずこの危機は凌げそうだ。

（アイラたちは大丈夫かな……？）

僕はモップを構えたまま、チラリと後ろを振り返る。

アイリが盾を構えてアイラの手をしっかりと握ってくれている。

そして、ギルネ様がその後ろで周囲のモンスターが近づかないよう目を光らせてくれていた。

よかった、これなら問題なく――

「ティム！　前っ！」

「――へっ？」

レイラが僕にそんな声をかけた直後、僕の両肩が黄色い何かに挟まれた。

そして身体が浮き上がり、視界が真横になる。

俊足で大型の鳥の魔獣――『ロードランナー』の群れの一匹が僕を咥《くわ》え上げたのだと分かった。

「――あっ！」

「ティムっ！」

僕は両手を完全に締め付けられたまま、握っていたモップを落としてしまう。

レイラがすぐに駆け寄って必死な表情で僕に左手を伸ばす。

――でも、僕を咥えて走り出したロードランナーの俊足のせいでその手は僕に触れることなく空をきった。

「くそっ、離せ！　この鳥め！　飛べないくせに！」

僕はもがいて逃れようとするも、激しい上下運動に揺さぶられて身体の自由がきかない。

並走している他のロードランナーたちも恐ろしい瞳で僕を睨んでいる。

連れ去り、僕を食おうとしているみたいだ。

――完全に油断していた。

神童《デウス》の特性〝神聖〟のせいで、僕はモンスターに狙われやすいんだ。

アイラたちばかりを守ろうとして自分への警戒を怠ってしまった……！

激しく揺られる視界からギルネ様たちがみるみる遠く離れていく。

「ティム!!　雷魔法――はティムにも当たってしまうが……いや、しかし！　だ、だめだ……もう射程外だ。――待っててくれ！　絶対に追いついて助けるからな！」

「ティムお兄様！　私たちが行くまで持ちこたえてください！」

「ティムお兄ちゃん！　食べられちゃダメだよ！」

悲鳴にも似た、ギルネ様たちの僕を励ます声が遠くから聞こえる。

激しく首を振って走るロードランナーに咥えられて、身体を揺さぶられる僕は舌を噛みそうになり、それに返事をすることすらできなかった。


「くそっ、躊躇せずにティムごと雷を落とすべきだった！　ティムを絶対に傷つけたくないなんて思った私の失態だ！」

ギルネはそう言ってすぐに駆け出した。

私はアイラを抱きかかえて、アイリちゃんとすぐにその後を追う。

ギルネはティムの服の効果で私たちよりも足は速いけれど、ロードランナーの俊足に比べると到底追いつきそうもない。

何より、体力がないギルネは数分ほど走った程度ですぐに荒い呼吸を上げてしまっていた。

――やがて、私とアイリちゃんは先を走っていたギルネに追いついてしまう。

「はぁ……はぁ……ティム、待ってろ……！　今、私が助けに行くからな……もう少しだけ我慢してくれ……」

「ギルネっ！」

ギルネはうわ言のように呟きながら必死に足を動かしていた。

疲労が限界に達し、目は虚ろでティムが連れ去られて行った方向だけをただ見つめている。

その姿があまりにも痛々しく、私はアイラを降ろすとギルネを抱きしめて止めた。

このままだと本当に死ぬまで走り続けてしまいそうだったから。

「レイラ……離してくれ……このままじゃティムが――」

「駄目よ！　ギルネはもう限界だわ！」

「そうだよ！　ギルネお姉ちゃんは休んでて！」

「ギルネさん、後は私たちが追います！」

私たちの言葉を聞いて、ギルネはようやく自分の足でティムを追いかけることを諦めてくれた。

そして、いつもの凛とした様子が嘘のように弱々しい瞳を向ける。

「お願いだ、ティムを頼む……このままじゃティムは魔獣たちに食われてしまう！　私は荷物になるからここに捨てて行ってくれていい！　お願いだ……！」

ギルネは吐き出すようにそう言って私の胸ぐらを掴み、咳き込んだ。

体力の限界などとうに越えていたんだと思う。

咳とともに軽く吐血する。

もちろん、私だって必死だ。

ティムを助けたい、そのためならなんだってやる。

でも――どうすればいいの!?

私の足じゃ追いつけない！
ガナッシュ師匠の剣技じゃどうにもならない……！
必死に考えを巡らせながら、
私はガナッシュ師匠と出会ってすぐの頃の剣の鍛錬を思い出した……。

「――三十点ってところだな」

リンハール王国の人気のない広場の一角。

私は言われた通りにガナッシュ師匠の剣技を真似してみせると、ガナッシュ師匠は首を振りながらそう言って大きくため息を吐いた。

私は思わずガナッシュ師匠に渡された剣を地面に投げ捨てて地団駄を踏む。

「な、何よっ！　私には『剣の才能がある』って言ったじゃない！　騙したの⁉」

「俺はそんなこと言ってねぇぞ？　『すごい才能がある』って言ったんだ。本物の猫みたいに飛び跳ねて屋根の上に上がっていったのを見てな」

「あのタイミングで言われたら剣の才能だと思うわよ！　渡した千ソル返して！」

「すまん、この練習場所に来る途中で酒を買ったろ？　あれで使っちまった」

そう言ってガナッシュ師匠は悪びれもせずに酒瓶を口に運んだ。

「じゃあ、もうお金はいいわ！　この剣だけもらって帰るから！」

「──あのなぁ。いいか？　よく考えろ？」

そう言ってガナッシュ師匠は再びため息を吐くと、ブロック塀に腰をかけて私の瞳を見た。

「俺は三十点だと言ったな？　これは〝百点満点中の三十点〟だ」

「えぇ！　私はお馬鹿だけど低いってことは分かるわ！　馬鹿にしないで！」

「どっちだよ……まぁいい」

ガナッシュ師匠は私が地面に投げ捨てた綺麗な剣を蹴り上げてまた私に渡す。

こんな扱いをするってことはこの剣の価値も見かけ倒しみたいだ。

「お前は今、初めて剣を握って俺の剣技を見て真似をした……そうだな？」

「えぇ……そうだけど？」

「たった〝それだけ〟で俺様が会得した技の三十パーセントが真似されたんだ。呆れてため息しか出ねぇさ」

ガナッシュ師匠はそんなことを言いながら私の頭に手を置いた。

「いいか、お前が持っているのは『剣の才能』なんてちんけなものじゃない……なんたってお前の職業《ジョブ》は──」


そうだ、思い出した。

私のギフテド人としての才能は──

「アイリちゃん、アイラとギルネをお願い。ここで守っていて、ティムは私が追いかけるわ」

「えっ⁉　ですが、私が走った方が！　私でしたら遅いですが、疲れることなくずっと全力で走り続けられますし……！」

「そうだよ、お姉ちゃん！　ここはアイリお姉ちゃんに追いかけてもらった方が――」

「大丈夫よ」

私はギルネをアイリちゃんに抱きかかえさせると、アイラの頭を撫でて安心させる。

そして大きく深呼吸をした。

「――絶対にあの鳥に追いついてみせるから」

私は身をかがめると、両手を地面に着けた。

腰を軽く浮かせて、私が相対した〝相手〟の、動作を一つ一つ思い出し、真似しながら私は呟く――

「〝オン・ユア・マーク〟……」

そして、ガナッシュ師匠の言葉を思い出す。

「お前の職業《ジョブ》は【舞台俳優《グランド・アクター》】だ。どんなモノだって演じて、なりきっちまう。いいか、普段から何でもよく見て観察するんだ。お前なら誰のどんなスキルだってコピーできるさ」

私はベリアル王子の【ソード・ランナー】のスキルを発動し、駆け出した――


「うぅ～～！」

ロードランナーのくちばしに挟まれたまま、僕は舌を噛まないように歯を食いしばって、もがき続けた。

ギルネ様たちとはもう随分距離がひらいてしまったはずだ、このままじゃ合流が難しくなる。

脱出できたところでこのロードランナーの群れに僕一人で勝てるなんて保証もないけれど……。

――とにかく、せめて地面にでも落ちないと連れ去られてしまう。

くちばしに挟まれる圧力からは服が身を守ってくれているけど、僕の力じゃ上手く身体を動かすことはできなかった。

そんな時、可憐でいて力強い声が僕の耳に届いた。

「――酔剣技、【一番しぼり《キリン》】！」

直後、高速移動する〝赤い影〟が僕を咥えるロードランナーの首を斬り落とした。

くちばしからは力が抜け、僕は放り出される。

そして、その影は空中で僕を抱きかかえて一緒に地上を転がった。

「――ティムっ！　無事!?　どこか食べられちゃってない!?」

「レイラ!?　す、凄い！　追いついたの!?」

赤い影の正体はレイラだった。

僕に覆いかぶさる形で僕の頭や腕や耳をペタペタと触ってちゃんと全部あるか確認している。

そして、大きくため息を吐いた。

「……よかった、全部ある――って、ご、ごご、ごめん！　ベタベタ触っちゃって！　す、すぐにどくから！」

レイラは慌てて手を引っ込めて顔を赤くした。

そうして、立ち上がろうとしてレイラは不意に僕に倒れかかってしまう。

僕は慌てて受け止めた。

「レイラっ⁉　大丈夫⁉」

「ご、ごご、ごめん！　わざとティムの胸に飛び込んだわけじゃないわ！　あ、足がしびれて立てないみたい……」

僕がレイラの足を見ると、酷い痙攣を起こしてしまっていた。

どうやってあの速度で走ることができたのかは分からないけれど、レイラの身体への負担が大きすぎたみたいだ。

僕はロードランナーたちが走って行った方向を確認する。

仲間の一体をレイラに討伐されたロードランナーたちはUターンして隊列を組み、怒りの瞳でこちらに走って向かってきていた。

マズイ、このままじゃレイラもろとも――

「……レイラ、僕の後ろに隠れていて」

僕は動けないレイラを守るためにロードランナーに立ちはだかる。

でも、レイラは酷く慌てて僕のズボンを掴んだ。

「ダ、ダメよ、ティムっ！　また連れ去られちゃうわ！　せ、せめて一緒にいましょう！　そうすれば運ばれても私がティムを守れるかもしれないわ！」

「レイラ……心配しないで、今度は僕が守るから。絶対に二人でギルネ様たちの元へ帰ろう！」

「ティム……」

レイラは不安そうな声で僕の名を呟きながらも僕のズボンから手を離してくれた。

今、レイラが頼れるのは僕だけだ、僕がなんとかしてこの状況を覆さないといけない。

ロードランナーたちの足は速い……ベリアルほどじゃないけど。

倒すか動けなくしないと、どこまでも追いかけてきて僕とレイラは連れていかれてしまう。

（【調理時間《クッキングタイム》】はまだ自由に発動できない……そもそもこんな数の鳥を利用した調理なんて思いつかない……！）

疾走してくるロードランナーの大群を目前に僕は必死に考える。

倒すのは無理でも足止めだけでも……。

あの〝速い足〟が厄介だ。

どうにか、とにかく足を止めさせないと。

「《洗濯スキル》……！」

僕はロードランナーたちが走り寄ってくる前方に大量の水を【生成《ジェネレート》】して水浸しにした。

「《料理スキル》、【冷凍《フリーズ》】」

次にその範囲を凍らせる。

そして、極めつけに僕はモップを取り出した。

「《清掃スキル》、【拭き掃除《ワイプ》】」

モップを氷の床に叩きつけてスキルを発動する。

氷の床は磨かれた上に洗剤を含んだ水が張り、非常に滑りやすくなった。

「「グエー！　グエェー」」

ロードランナーたちは急に止まることもできずに次々と氷の床に足を踏み入れて転倒した。

みんな、バタバタと身体を動かし泡まみれだ。

ロードランナーは大型の〝鳥〟の魔獣だ。

腕なんか生えていない、立ち上がるためにはその二本の細い足しか存在しない。

しかも、普通の鳥と違ってその足も木に留まることがないので鉤爪《かぎづめ》など存在しない。

そんな心許ない支えでロードランナーたちは立ち上がろうとして洗剤でぬかるみ、何度も転倒を繰り返していた。

そして、保険をかけて最後に僕は《裁縫スキル》で一本の非常に長い糸を網状にして上からかけて、さらに掛け布団のように巨大な布でロードランナーたちを包み込んだ。

暴れるたびに糸でがんじがらめになって、しかも覆っている布のせいで真っ暗だから目視もできない。

この間に簡単に逃げられるだろう。

「す、凄い……。みんな身動きが取れなくなっちゃった」

レイラは地面にへたり込んだまま、そんな様子を呆然と見つめている。

僕は自分の生活スキルを総動員して上手くいったことに安心してため息を吐くと、レイラに微笑んだ。

「あはは、身動きが取れないのはレイラもでしょ。ありがとう、そんな動けなくなるほどの無茶までして僕を助けに来てくれて」

僕がそう言うと、レイラは座ったまま腕を組んで頬をふくらませる。

「全くよ！　ティムは人の心配ばかりで自分のことはおろそかにするんだから！　ティムは美味しそうなんだからモンスターに狙われやすいのよ！　ちゃんと気をつけて！」

「うぅ……ごもっともです。ごめんなさい」

僕が反省すると、レイラは笑った。

「ギルネは私以上に無茶をしてティムを追おうとしたの。早く戻って安心させてあげましょ」

「ギルネ様……うん、早く戻ろう！　ほら、僕の背中に乗って」

僕がレイラをおんぶしようとすると、レイラは顔を真っ赤にして狼狽《うろた》えた。

「お、おお、おんぶ!?　いいの!?　ティ、ティムの背中にくっついてると、わ、私変なこと考えちゃうかも……」

「変なこと……首を締めたりはしないでね？　イタズラされちゃうと転んじゃうかもしれないから」

レイラを背中におんぶすると、僕の耳に「はぁ……はぁ……」と熱を帯びた荒い息がかかった。

あんな速度でここまで走ってきたんだし、レイラの呼吸も本当はまだ整っていないんだろう。

（うぅ……レイラの身体が密着してる……柔らかくて凄くいい匂いがする……こんな時までドキド

キしちゃう……僕の馬鹿ぁ……）

どうしようもない自分の下心に呆れながら、僕はギルネ様たちのいる場所へ向けて歩き出した。

第六話　獣人族の少女

森林の奥地の謎の大きな音から逃げ出したロードランナーたちは森林を右手に北上するように僕を連れ去っていた。

西のリンハール王国の方向へと逃げ出さなかったのは根城である森林エリアから遠く離れすぎないようにするためだろう。

なので、僕はレイラをおんぶしながらギルネ様たちが待つ場所へ、森林を左手に南下していた。

レイラはまだ呼吸が整わないのか、僕の背中でずっと「はぁ……はぁ……」と息を荒くしていた。

心臓の鼓動も凄いし、たまに僕の背中に顔を押し付けては「ご、ごめん！　つい！」なんて謝ってくる。

辛いなら頭ごと僕の背中に思い切りもたれかかってもいいのに、レイラは遠慮がちだ。

あれだけ凄い疾走をしてみせたんだ、僕が思う以上に負担も大きいはず。

ベリアル王子との戦いの時も立てないくらいに疲弊していたし、レイラにはいつも本当に無理をさせちゃってばかりだ。

「ティム……私、重くない？　大丈夫？」

それなのに、レイラは何度も僕の心配をしてきた。

レイラだって僕のことが言えないくらい人の心配ばかりだ。

「レイラなんて軽いくらいだよ！　僕は男らしいから、こんなのへっちゃら！　レイラは安心して休んで！」

「ありがとう、無理はしないでね？　休憩したかったら一旦降ろしてくれてもいいから」

「あはは、そんなに気を使わなくてもいいってば」

僕たちはモンスター避けの薬を身体に振りかけているから襲われることはなさそうだ。

それよりも、もしかしたらギルネ様たちの方が危険かもしれない。

ギルネ様は体力を使い切るまで走ってたって聞いたし。

——とはいえ、魔力はあるから流石に大丈夫かな。

でも、今までみたいに不測の事態はいつでも起こりうる。

早く戻った方がよさそうだ。

「レイラ、少し走るね。揺れたらごめん」

「大丈夫よ！　も、もし揺れた拍子にティムの首に私の口元がぶつかっちゃったりしたらごめんね！　じ、事故だから！」

「そ、それはできるだけ防いで欲しいな！」

「そ、そそ、そうよね！　大丈夫よ、安心して！　そんなことは絶対に起きないようにするわ！」

レイラは僕の背中で慌てて首を横に振っているようだった。

良かった、そんなことをされたら心臓が高鳴ってすぐにバテちゃう。

レイラは僕の夢を応援してくれてる仲間なのに、こんな不純なことばかり考えちゃう僕は本当に最低だ……。


「――ティム！　ティム、ティム！　ティム！」

「ティムお兄ちゃん！　よかった～！」

ようやくもとの場所まで戻ってくると、ギルネ様とアイラがすぐに僕たちに気がついて駆け寄ってきた。

ギルネ様は何度も僕の名を呼び、涙を流しながら僕に泣きつく。

本当に、申し訳ないことをしてしまった……。

「ギルネ様、アイラ……すみません、僕が油断してしまったせいで大変ご心配をおかけしました」

「いや、私の判断ミスだ！　私が決断できなかったせいでタイミングを失ったから――」

「二人とも、反省会は夜にでもやればいいでしょ。無事に帰って来れたんだから喜べばいいのよ」

レイラがそう言って、僕の背中で笑う。

ギルネ様は僕の背中のレイラの手を両手で掴んで、その手をご自身の胸元に引き寄せた。

「レイラ、本当にありがとう！　ティムを救ってくれて！　私にはもうティムを助ける手段はなかった！　レイラは私の命以上の恩人だ！　その足の怪我もすぐに治してやるからな！」

「ギ、ギギ、ギルネ!?　わ、分かったわ！　分かったから、私の手をその胸元から離して！」

「あはは、お姉ちゃんったら照れちゃって」

レイラがギルネ様のお礼に照れて顔を真っ赤にするとアイラが笑う。

よかった、これで一件落着。

後はレイラの足を治療して……あれ、アイリは？

「ティムお兄様〜！　よくぞご無事で〜！」

声のした方向に顔を向けると少しだけ小さな声でアイリは正座したまま少し離れた位置から僕に手を振ってくれていた。

「アイリ！　心配かけてごめんね」

「本当ですわ！　ティムお兄様はずっとわたくしと手を繋いでいるべきです！　私の位置替えの魔法さえ発動させてしまえば私は身代わりになれるのですから！」

「それはそれで凄く困るんだけど——うん？」

アイリの膝には、アイラと同じくらいの小さな女の子が膝枕で寝かされていた。

ただの女の子じゃない、灰色の〝獣の耳と尻尾〟が生えていた。

獣人族《ビースト》というやつだろう。

僕はレイラをおんぶしたまま近づいて見てみると、獣人族《ビースト》の女の子は気を失ったように眠っていた。

「ギルネ様、この子は……？」

「うむ、森林エリアの方角からモンスターに追われながら一人で逃げているのを見かけてな。私が雷を落としてモンスターを討伐すると、雷に驚いて気絶してしまったんだ。傷は魔法で治して、保護していた」

「先程の森林での大きな音といい、何かが起こっているのかもしれませんね……」

僕がそう言うと、ギルネ様は困ったように額に手を当てた。

「問題はこの子が〝目を覚ました時〟だ。獣人族《ビースト》は排他的で子どもなんて特に警戒心が強い。同じ種族でない私たちを見たらすぐに攻撃してくるか、逃げ出してしまうだろう」

「そうなんですね……。縛り付けるわけにもいきませんし、逃げてしまったらこの子は無事でいられるとは思えません、どうしましょう」

考えていると、アイリが僕を見て首をかしげた。

「――ところでティムお兄様、お怪我をされているならレイラさんもちゃんと休ませて差し上げた方がよいのではないですか？」

「あっ、レイラごめん！　ずっとおんぶしたままだった！」

「いいのよ！　な、なんならずっとこのままでも！」

「そ、それは多分お互いに疲れちゃうからやめよう！」

僕はベッドを【収納《ストレージ》】から出現させて、レイラをベッドに座らせた。

レイラは無邪気におんぶしてもらうのが楽しいんだろうけど、僕は邪《よこしま》な気持ちばかり考えてしまったから、レイラのためにも早く降ろしてあげなくちゃ。

今もレイラが密着していた背中のぬくもりにドギマギしてしまう……僕はクズだ……。

「――そうだ！　この子が警戒しないようにするいい方法があるよ！」

不意に、アイラが自分の手のひらを合わせる。

そして、満面の笑みを浮かべた。

「私たちも獣耳と尻尾を付けて、獣人族《ビースト》の格好になっちゃえばいいんだよ！」

「――獣人族《ビースト》の格好をするの……？」

アイラの奇抜な提案に僕はつい聞き返す。

「うん！　ティムお兄ちゃんはヘルハウンドの亡骸を【収納《ストレージ》】してたよね？　テントを作る途中でもギルネお姉ちゃんが魔獣を倒してさらに【収納《ストレージ》】してたし。その毛皮を使えば全員分の獣耳と尻尾くらい作れるんじゃないかな？」

「た、たしかに作れるだろうけど……そんなに上手くこの子を騙せたりするのかな？」

すると、ギルネ様は腕を組んで何やら早口で話し始めた。

「ティム、アイラの提案は実に論理的かつ効果的だ。考えてもこれ以上の案は出てこないだろう。まさに天啓《てんけい》、さぁティムに尻尾を付けよう。大丈夫、痛くないようにするさ」

「ギ、ギルネ様？　僕とレイラが来てからまだ考え始めたばかりだと思うのですが……あと、どうやって尻尾を付けようとお考えなのですかっ⁉」

冷静なようでいて、何だか様子がおかしい気がするギルネ様に僕は戸惑う。

しかし、そんなギルネ様に同調するようにレイラとアイリも真剣な瞳で頷いた。

「ティム、私とティムはお馬鹿だからこれ以上にいい考えはきっと思いつかないわ。アイラの考えに従いましょう。さぁ、ティム、可愛らしい獣耳を作ってその頭に着けて」

「レイラ……なんか、諦めがよすぎない？」

「そうですわ、ティムお兄様。獣人族《ビースト》というのは詳しく存じ上げませんが、ワンちゃんのようなものですよね？　わたくしもずっと（ティムお兄様の）犬になってみたいと思っていましたの」

「えっとアイリ、そんなこと言ったら獣人族《ビースト》に怒られちゃうよ？」

二人も早口でそう言いながら息を荒くして僕を見つめる。

とんでもないスピード採決のような気もするけど、みんなの意見は一致しているみたいだ。

「みなさんがそう言うなら、分かりました！　全員分の付け耳と付け尻尾を作成いたしますね！」

「「やったぁ！」」

僕がそう言うと、ギルネ様たちはとても喜び合った。

アイリも「獣（犬？）のような格好をしたい」みたいなことを言っていたけど、きっと女の子は色んな服を着るのが好きなように、仮装《コスプレ》も例外ではないんだろうなぁ。

少しだけ森林から離れて、僕たちはまたテントを建てた。

まだ日は高いけれど、今日は色々と問題が起こってしまったし、レイラも足を怪我してしまっているのでこのまま夜まで休んでしまってもいいだろう。

獣人族《ビースト》の女の子はベッドに寝かせてあげて、僕たちは変装を始めた――

「――おぉ！　凄い！　アイラにも可愛い獣耳と尻尾が付いているな！　これなら見た目でバレることはないだろう！」

「えへへ～。ギルネお姉ちゃんも凄く可愛いよ～！　モフモフだぁ～！」

まずは、僕以外のみなさんを仮装させた。

紫色の獣耳と尻尾を着けたギルネ様はアイラとお互いの獣耳と尻尾を触り合っていた。

獣耳と尻尾は魔獣の毛皮を綺麗に【洗浄《クリーン》】して、《裁縫スキル》で縫い合わせて作成。

実は獣毛に似せて生成した細い糸でも代用できたんだけど、多分本物の完成度には敵わないだろう。

色はギルネ様たちの髪の色に合わせて《裁縫スキル》の【染色《ステイン》】で染めた。

布地の色を染めるように、僕はこのスキルで何でも色を変えることができるので獣毛も例外じゃない。

目立たないカチューシャに獣耳を縫い付けて頭に装着。

尻尾はスカートの腰の近くに直接縫いつけている。

もちろん、そのまま縫い付けることなんてできないのでギルネ様たちにスカートを一度脱いでいただいて縫い付けた。

尻尾を動かしたりはできないから、上手く誤魔化さないとバレちゃいそうな気もするんだけど……。

そんなことより――

（――獣人族《ビースト》ギルネ様が可愛いすぎる……！）

見惚れて、思わず瞬《まばた》きを忘れそうになってしまう。

凛とした雰囲気をそのままに、獣の要素が加わったギルネ様は賢さと野性味を兼ね備えた神獣のようだった。

このままどこか森の奥まで駆けていってしまいそうだ……。

そうなる前にギルネ様を鎖か何かで繋ぎ止めてずっと僕のモノに――

（――いやいや、何を考えているんだ僕はっ！）

自分が恐ろしく馬鹿なことを考えていることに気がついて急いで首を横に振り、邪念を払った。

まだ僕の中に我儘な性格が残っているみたいだ……。

気を抜くと、つい本性が出てきてしまう、でも僕はもうそんな昔の自分とは別れを告げたんだ。

もう誰も傷つけない、今まで傷つけてきた分、人のために尽くす。

僕がシンシア帝国の使用人たちを救うのはそんな想いからだっただろう……！

心の中で自分を叱責して決意を新たにしていると、青い獣耳と尻尾を装着したアイリが僕に駆け寄って満面の笑みを見せた。

「ティムお兄様！　わたくしには〝首輪〟まで着けてくださり、ありがとうございます！」

「あはは、それは『チョーカー』っていうアクセサリーなんだけど……まぁ、いいか。アイリ、似合っているよ」

「ありがとうございます！　『私にはお似合いの格好』だと言ってくださり……」

僕の言葉にアイリは頬を染めて嬉しそうにした。

アイリは首輪を着けて欲しいと懇願してきたので僕はチョーカーを着けてあげた。

獣人族《ビースト》のイメージがアイリにはどうしてもワンちゃんになってしまうみたいだ。

お姫様として生まれた時から使用人たちにちやほやされて、甘やかされながら大切に育てられたせいで刺激に飢えていたり、世間知らずなのはしょうがないけど、失礼なことをしてしまう前に僕がたまに注意してあげないと……。

「では、ティムお兄様も変装しましょう！」

「そうだね、男らしい僕には可愛らしい獣耳は似合わないと思うけど――あれ、レイラは調子が悪いの？」

僕はベッドにうつ伏せで寝ているレイラに尋ねた。

後ろ姿だけだけど、レイラも赤い獣耳と尻尾がすでに似合っている。

スタイルがいいので、何となく一番獣人族《ビースト》っぽい感じだ。

「ごめんなさい……（獣人族《ビースト》のギルネたちを見てしまうと）我慢ができなくて……また鼻血を出して迷惑をかけちゃいそうだわ。（心の準備ができるまで）私はうつ伏せで寝てるわね」

どうやら体調が悪いらしいレイラに僕は慌てて声をかける。

「め、迷惑だなんて思ったことないよ！　無理はしないで、何かあったらすぐに僕たちに言ってね！　じゃあ、僕も獣人族《ビースト》の格好になろうかな」

僕は、《裁縫スキル》で金色の獣耳と尻尾を作成すると自分の頭とお尻に取り（縫い）付けた――

○○

僕は自分の頭とお尻にある、慣れない金色の獣耳と尻尾を触り、少し恥ずかしく感じながらギルネ様たちにお聞きした。

「あはは、どう……でしょうか？」

「ティムお兄ちゃん！　可愛い！　すっごく可愛いよ！　狐さんみたい！」

「ありがとうアイラ、お世辞で『可愛い』なんて言ってくれて。でもやっぱり雄々しい僕にはケモミミなんて似合わないよ」

すぐにアイラが僕に飛びついてきたのでしゃがんで受け止める。

そして僕の首元に頭をグリグリと擦りつけてきた。

アイラの赤くて柔らかい獣耳が僕の頬に当たってもふもふと気持ちがいい。

次にアイリが僕の姿を見て瞳を輝かせる。

「ティムお兄様、とっってっても素敵ですわ！　こんな狐さんになら化《ば》かされて騙されて弄《もてあそ》ばれて知らぬ罪を着せられて利用されて捨てられても許してしまいそうなくらい可愛いです！」

「アイリまで『可愛い』なんて……僕の内から溢れ出るダンディズムのせいで可愛いはずなんてないのに」

アイラとアイリは男らしい僕にそんなことを言う。

女の子はとりあえず何にでも「可愛い」っていうからね……うん。

「ギ、ギルネ様……僕の格好はどうですか……？」

最後に、僕から一切目を逸らすことなく、瞬《まばた》きすらしないで凝視するギルネ様におそるおそる聞いた。

せめてギルネ様には僕を男らしく見て欲しい……！

何やら我慢をするように身体をプルプルと小刻みに震わせながら、ギルネ様はゆっくりと口を開いた。

「――ティム、今の私たちは獣に変装している。獣なら獣らしく欲望のままに盛《さか》り合うべきなんじゃないか？　でないと、この獣人族《ビースト》の少女が目を覚ました時に疑われてしまうだろう」

「獣らしく欲望のままに……？　えっと、ご飯をお腹いっぱい食べるとか、草原を駆け回ったりする……みたいなことでしょうか？」

ギルネ様のおっしゃることが難しく、僕は首をひねる。

「そうではなくてだな……そ、そんな可愛い格好と穢《けがれ》を知らない瞳で可愛らしく首をかしげられると……ダ、ダメだ、もう我慢できん――！」

「う～ん……」

何やらギルネ様が息を荒くして僕の服に手をかけた瞬間に、獣人族《ビースト》の女の子が目覚めるような声を上げた。

「あっ、ギルネ様！　女の子が目を覚ましたみたいです！」

僕は急いで獣人族《ビースト》の少女が眠るベッドに駆け寄った。

「――はっ⁉　私は一体何をっ⁉　あ、危ない……ティムが可愛すぎてつい理性が飛んでしまっていた……」

「ギ、ギルネお姉ちゃん危なかったね……」

「この獣人族《ビースト》の女の子の前では獣人族《ビースト》になりきらなくてはならないのですね。えっと、とりあえず四つん這いとかになった方がいいのでしょうか？」

「今、ティムはケモミミと尻尾を着けてるのよね……ダメ、想像するだけで鼻血が出ちゃいそう。やっぱりこのまま動けないわ……」

ベッドでうつ伏せのままのレイラを除くギルネ様たちも何やら呟いてから獣人族《ビースト》の少女の眠るベッドに近寄る。

眠そうにゆっくりとまぶたを開こうとする獣人族《ビースト》の女の子をみんなで見守った。

「う～ん……」

獣人族《ビースト》の女の子は目覚めると目をこすった。

灰色の獣耳をピコピコと動かして上半身を起こすと、まだボーッとした様子だ。

僕はできるだけ優しく声をかける。

「こんにちは、気分はどう？」

「――っ⁉」

僕の声を聞いて、僕たちの見守っている姿を見ると、獣人族《ビースト》の女の子は驚いて布団を握りしめ、ベッドの上で後ずさりながら僕たちと距離を取った。

「――こ、怖がらないで！　僕たちも君と同じ獣人族《ビースト》だから！」

「そうですわ！　ほら、耳と尻尾があります！」

「うむ、同族の君が気絶して倒れていたからな、保護したんだ」

「心配しなくて大丈夫！　ティムお兄ちゃんもお姉ちゃんたちも凄く優しいから！」

「…………」

僕たちは彼女を騙すために口裏を合わせた。

嘘を吐くのは気が引けるけれど、これもこの子を安心させるためだ。

獣人族《ビースト》の女の子は怪しむような瞳で僕たちを見つめる。

でも、自分と同じくらいの年齢のアイラの笑顔を見て少し警戒心を薄めた感じはした。

いや、よく見るとこの子の方がアイラより二つくらいは年上かな……？

「痛いところはない？　お腹は空いてない？　まだ、混乱してるだろうけど、ここは安全だから心配しないで」

僕がそう言って微笑みかけると、獣人族《ビースト》の少女の表情からは一気に緊張の色が無くなった。

しかし、慌てたように首を横に振って気を張り詰め直すと、すぐにまた僕たちを怪しむような瞳で睨みつける。

そして、ゆっくりと口を開いた。

「わ、悪い人ではなさそうだけど……お兄さんたち、本当に獣人族《ビースト》なの？　私は森の外まで逃げたはず……森の外に獣人族《ビースト》は住んでいないわ」

「私たちは冒険しているからな、草原から森の中に戻るつもりでいたんだ」

獣人族《ビースト》の少女の質問にギルネ様は上手く答えた。

「……でも、お兄さんたち森に生きる獣人族《ビースト》にしては小綺麗すぎるわ。水浴び程度じゃここまで汚れは落ちないはず、なのにみんな匂いが薄い……冒険なんてしているならなおさら汚れているはず」

獣人族《ビースト》の少女は鼻をスンスンと動かす。

そうか、犬の獣人族《ビースト》だから嗅覚が優れているのか。

これに対しては僕が説明する。

「僕がみんなの身体を綺麗にしてるんだ！　君の身体も僕が綺麗にしたよ！」

そう言うと、獣人族《ビースト》の少女は顔を真っ赤にして布団をさらに強く抱きしめた。

そして、尻尾を軽く揺らし始める。

「あ、貴方は男の子……よね？　わ、私の身体を見たり触ったりした責任はちゃんと取ってくれるの……？」

「ティ、ティムお兄ちゃん！　言い方が！」

「――あ！　ち、違うよ！　僕のスキルでどこか一部分に軽く手を触れれば全体の汚れを落とせるんだ！　君の身体には何もしてないよ！」

僕は誤解を解くために急いでベッドの横に置いておいたこの子の泥だらけの靴を掴むと、目の前で【洗浄《クリーン》】を使ってみせた。

その様子を見て、この子の尻尾の揺れが止まる。

僕の雑用スキルで怪しさを増してしまったのだろうか、この子は機嫌を損ねたような表情でまた疑惑の目を向けてきた。

少女のじっとりとした疑惑の視線に晒されながら、僕たちは冷や汗をかく。

「怪しい……」

「あ、あはは……アヤシクナイヨー」

「そうですわー、わんわん！　ですわ！」

「そうだぞ。ほらティム、後で私の舌でティムの毛づくろいをしてやろう。隅々まで舐めてやる」

「わ、私たちは旅が長くて森に帰ってなかったから少し獣人族《ビースト》っぽくなくなっちゃってるのかも！」

何とか全員が思い思いの獣人族《ビースト》っぽいことを言って言い訳をする。

獣耳も尻尾も作り物だから、バレるのも時間の問題な気がする……。

「狐っぽいお兄さんはいい人みたいな感じなんだけど……お姉さんたちはなんだか本性というか、醜い欲望というか……何かを隠しているような感じがする……信用できない」

そんなことを呟くと、獣人族《ビースト》の少女はテントの中をキョロキョロと見回す。

いつでも逃げられるように出口を確認しているようにも見えた。

そして、レイラが休んでいるベッドを指差す。

「——あのベッドでうつ伏せに寝ている獣人族《ビースト》のお姉さんは何？　普通、あんな風にまっすぐうつ伏せには寝ないよね？　もしかしてお兄さんたち……私たち獣人族《ビースト》を気絶させては捕らえて、騙して売ろうとしてるんじゃない？」

この子の指摘にレイラがうつ伏せのままビクリと身体を震わせた。

きっと起きているんだろう。

レイラはこの少女の疑惑を晴らす説明のためにゆっくりと身体を起こし始めた。

「ち、違うわっ！　私は別に捕らえられたわけじゃないの、私もティムたちの仲間よ！　少し体調を崩していたから寝ていただけ！　うつ伏せに寝た方が調子がよかったから！」

レイラは起き上がると、僕たちの方を向いて少女に説明する。

「……お姉さん、なんで目を閉じてるの？」

「ね、寝起きだったから光に慣れないだけよ！　い、今ゆっくりと目を開くから！」

そう言うと、レイラはおそるおそるまぶたを開き——少し開いたところで一気に目を見開いた。

そして、僕たちの姿を見た瞬間鼻息を荒くする。

赤い獣の耳がピクピクと可愛らしく動き、尻尾は回転でもするかのようにグルングルンと激しく揺れ始めた。

……あれ？

あの獣耳と尻尾って作り物だよね……？

レイラだけ獣人族《ビースト》の演じ方に熱が入りすぎている——というか、それどうやって動かしてるの？

「か、かわ！　おかわわわわ！」

レイラは僕たちを見てそんな謎の声を上げると、ベッドに自分の顔面を押し付ける。

そして、悶えるように身体をベッドに擦りつけ始めた。

その様子を見て少女は慌てて謝る。

「ご、ごめん！　……発情期だったんだね。ここまで辛そうなのは初めて見たけど……」

そして、少女は僕たちにも謝った。

「正直、お兄さんたちは変装しただけの偽物の獣人族《ビースト》かと思ってたんだけど、あのお姉さんを見て本物だって確信したよ。ロウェルおばさんみたいに森の外で人間の冒険者に紛れて生活してる獣人族《ビースト》もいるし、お兄さんもきっとそうしてたからどことなく人間っぽくなっちゃったんだよね」

凄い、レイラの迫真の演技で僕たちも同じ獣人族《ビースト》だと納得してくれたみたいだ。

〝ロウェルおばさん〟という人物と〝はつじょうき〟っていうのは何なのか分からないけれど、何か獣人族《ビースト》特有の発作なのかな？

レイラはそれを知っていて演じてくれたんだろう、また助けてもらっちゃった。

獣人族《ビースト》の少女はそう言って、布団からようやく手を離すとベッドの上で正座した。

そして、僕たちに頭を下げる。

「お兄さんたち、同族のよしみでお願い!!　うちの村を救って……！」

「救う……？　詳しく聞かせてもらってもよいか？」

ギルネ様がベッドの上で頭を下げる獣人族《ビースト》の女の子に尋ねた。

少女は頷く。

「――その前に、ちょっと待っててね」

僕は心配になり、レイラが突っ伏しているベッドに一人近づいた。

そして、耳元で囁く。

もちろん、作り物じゃない方の耳だ。

「レイラ、ありがとう。あの子も信じてくれたみたい。えっと、演技なんだよね……？　本当に体調が凄く悪いわけじゃないんだよね……？　鼻血は大丈夫？」

僕が真っ赤になっているレイラの耳元で話すと、レイラの身体がビクンビクンと二、三回跳ねて、尻尾が再び激しく左右に揺れた。

そして、レイラは顔を伏せたまま左手で親指を上げて無事をアピールする。

「だ、大丈夫！　心配してくれてありがとう！　尻尾で発散できているおかげか、鼻血は出ないわ！」

「そ、そうなの？　仕組みがよく分からないけど……何かして欲しいことがあったら言ってね」

「ティ、ティムにシて欲しいこと!?　そ、そそ、そんなこと口に出せないわっ！」

「あはは、遠慮しないで、レイラは僕の命の恩人なんだから！」

僕が笑うと、レイラは伏せていた顔からチラリと僕を見た。

そうすると、尻尾の揺れが更に大きくなり、呼吸が荒くなる。

「――と、とにかく！　私は今、何だか小さな音とかも凄くよく聞こえるからこの状態のまま話を聞けるわ！　だから話を進めて！　もう少ししたらきっと（慣れて）興奮も収まると思う！」

「えっと、体調がよくなりそうってことかな？　分かった。じゃあ、この子に話を聞いちゃうね」

僕はレイラの状態を確認すると、獣人族《ビースト》の女の子の前に戻った。

「――お待たせ、レイラも大丈夫みたい。じゃあ聞かせてくれるかな？　君の村のこと……」

少女は僕たちの顔をもう一度見回してから「うん」と返事をした。

「私の名前はルキナ、獣人《ビースト》族の王都グラシアスから北西のコンフォード村に住んでいるわ」

ルキナは話を始めた――

第七話　コンフォード村の異変

「――私は昨日、農作物にイタズラをして両親にコンフォード村の外れの小屋の檻の中に一晩中閉じ込められていたの。まぁ、いつものことなんだけど……」

ルキナは深刻な表情で話を始めた。

獣人族の村の、〝異変〟について……。

「檻は簡素な木製でできているから逃げるのは簡単だったけど、私は両親に反省の色を見せる必要があったから、おとなしく朝まで捕まったままでいたわ。でも、翌日のお昼近くになっても両親は私を許して檻から出しには来なかった」

そんな話の途中でルキナのお腹の音が小さく鳴る。

もしかしたら、食事もまだ取っていないのかもしれない。

「さすがに異変を感じた私は檻を壊して外に出たわ、怒られるのを覚悟してね。そうしたら――村のみんなが全員倒れていたの。驚いた私は急いで自分の家に行こうとしたら、お父さんが近くに倒れてた。多分、檻に入れた私のもとに来ようとしてたんだと思う……かろうじて意識があったから声をかけたの」

『――ルキナ……お前は無事なのか……起きてから身体が熱くて動けない……王都に助けを呼ぶんだ……ここにいると、お前も動けなくなるかもしれない……』

「私はその言葉に従って南東の王都グラシアスに向かおうとした……でも」

「モンスターたちに追われてしまった――と」

ギルネ様がそう言うと、ルキナは頷いた。

「山の方角から突然大きな音がして、それでモンスターたちが興奮しちゃったみたい……。ねぇ、お兄さんたち。一緒に王都グラシアスに行って欲しいんだ、私一人だとまたモンスターに追われちゃうかもしれないから……」

「グラシアスに行けば、コンフォード村の人たちが助かる見込みはあるの?」

アイラの質問にルキナは首を横に振る。

「わ、分からない。……でも、王様にお願いすれば何かしら手は打ってくれるかも……なんて思って。望みは薄いんだけど、他に手段がないから」

ギルネ様は顎に手を添えた。

「うむ、王都への往復移動、状況説明、原因の調査……派兵など、スピーディーに対応してくれるかも分からない……ティム」

「はい、ギルネ様――」

ギルネ様は僕に判断を仰いだ、きっと僕のためだろう。

僕は考えをまとめる。

一晩で獣人族《ビースト》の村人たちが全員倒れてしまった、村の外れの小屋にいたルキナを除いて。

推測はできる。

恐らく〝毒〟か何らかの呪術などによる要因だろう。

であれば――

「急いでコンフォード村に向かいましょう！」

「あぁ、ティムの【洗浄《クリーン》】があれば救えそうだな」

「村の人たちの容態も深刻みたいだし、その間にモンスターたちが村の中に入って来ちゃう可能性もあるから、王都に行くよりかもそっちの方がいいね！　ティムお兄ちゃんの案に賛成！」

そう言って、アイラは僕を褒めるような視線で見つめた。

「――話は聞いてたわ！　急いで行きましょう！」

背後から聞こえた声に振り向くと、レイラがベッドの上に座って、腕を組みながら僕たちを見ていた。

さっきほどじゃないけど、尻尾はまだブンブンと左右に振れている。

身体も小刻みに震えているけど、ベッドに突っ伏していた時よりかはマシになったのかな。

「レイラ！　体調はよくなったの？」

「えぇ、どうにか〝慣れて〟きたわ。説明の最中ティムたちの後ろ姿をずっと見ていたからかしら」

「あはは、（獣姿の）アイラが可愛いから癒やされたのかもね」

「いえ、むしろティムたちが可愛いすぎるのが原因――な、なんでもないわ！　急いで向かいましょう！」

レイラは何かをボソリと呟いた後、慌てて拳を握って突き出した。


僕たちは急いでテントを解体して【収納《ストレージ》】すると、コンフォード村に向かう。

ルキナが気絶したすぐそばにテントを張っていたので、村の方向もルキナが分かっていた。

時は一刻を争う。

時刻はもうお昼を過ぎておやつ時だ。

「――ティム……本当にごめんなさい。また迷惑をかけて」

「迷惑なんかじゃないよ！　レイラが怪我をしたのは僕が不甲斐なかったせいだし……」

僕はレイラをおんぶしたまま走る。

レイラの足の怪我はまだ治ってない。

治療する時間がないのもそうだけど、コンフォード村の住人たちにギルネ様の回復魔法が必要になるかも知れない。

そうなると、ギルネ様の魔力が足りなくなってしまう可能性もある。

急患もいるだろうし、そう考えてレイラもギルネ様の治療を遠慮していた。

「それよりレイラ、食べにくくない？　結構揺れちゃってるよね？」

「だ、大丈夫よっ！　ティムの背中に食べカスを落としちゃってたらごめんなさい……」

「あはは！　そんなこと気にしないで！」

僕はスティック状に焼き上げたアップルパイを遅めの昼食として全員に配っていた。

これなら片手でも食べやすいし、果汁たっぷりのリンゴのおかげで喉につかえたりすることもない。

目的地に向かって走りながら食べることができる。

いつもいっぱい食べてくれるレイラにはこっそりと多めに渡してある。

「……ティ、ティム……口を開けて。ティムにも食べさせてあげるわ」

「あ、ありがとう……な、なんだか恥ずかしいね」

「ご、ごめん……でもずっと頑張らせちゃってるティムにも食べて欲しいから。はい……あ〜ん」

両手が塞がっている僕のためにレイラが背中からアップルパイを口元に差し出してくれた。

女の子の手から食べる状況に僕は恥ずかしくて顔が熱くなる。

僕の腕にバシバシとぶつかるレイラの動く尻尾は今だに仕組みが分からないままだ。

……噛み締めたアップルパイは、僕が味付けをした以上に甘く感じた。

僕への餌付けが終わるとレイラは僕の背中に顔を押し付けた。

「くんくん……。ティム……いい匂いがする」

「アップルパイにはレイラの好きなシナモンが入ってるからね。甘くていい匂いでしょ」

「……えっ？　あ、ああ！　そうね！　ごめんなさい、ボーッとしてたわ！」

「無理はしちゃダメだよ？　ほら、僕の背中に思いっきり寄りかかっていいから」

「……う、うん。じゃあそうさせてもらうわね……えへへ」

レイラは僕の首元に頬を付ける。

さっきよりも少し素直に甘えてくれるようになっていた。

でも口では男らしいことを言いつつ、最低な下心を持った僕はレイラの身体が密着する状況に変なことばかり考えてしまう。

レイラはとても純粋に僕を応援してくれている冒険者仲間なのに……。

「た、堪えろ。ギルネリーゼ＝リーナブレア……レイラはティムの命の恩人だ。それに私の大切な友人じゃないか……嫉妬なんて醜いことはしちゃダメだ……。私だっていつかはティムにあ～んとかして食べさせたり、むしろティム自身を食べたり食べられたりしてやるんだ……」

ギルネ様は小声で何かを呟きながら歯を食いしばるようにむしゃむしゃとアップルパイを頬張っていた。

「アイラさん、乗り心地はいかがですか～？」

「アイリお姉ちゃんすっごく快適だよ！」

アイラはアイリがおんぶして走ってくれていた。

アイリはそんなに力持ちじゃないけど、体力が無制限だ。

「良かったですわ！　ティムお兄様も後で乗せて差し上げますわ！　ティムお兄様は人の上に乗る

のがお好きでしたから！」

「ア、アイリ……幼少期の僕のことはもう忘れてよ……」

僕が子どもの頃に使用人に馬の真似をさせて背中に乗って遊んでいたのを知っているアイリは僕をからかう。

「いいえ、幼少期のティムお兄様もティムお兄様ですわ！　乗り心地が悪かったらわたくしに容赦なく鞭を振るってくださいね！」

「だ、だから乗らないってば！　というか、鞭なんか振るったことないでしょ⁉」

僕たちのやり取りを見て走りながらルキナが笑う。

「あはは、お兄さんたちを見てたら不安が無くなってきたよ。テントを消したり、美味しい食べ物を一瞬で作っちゃったり、汚れを消したり……そんな不思議なことができるならきっと私の村も救ってくれるんだよね！」

ルキナは信頼に満ちた瞳を僕たちに向けた。

「――さぁ、着いたよ！　ここがコンフォード村！　お願い、村のみんなを助けて！」

柵で囲われた大きな村は驚くほどにもの静かだった。


コンフォード村に到着すると、村を囲う柵の外側からすでに外で横たわる獣人族《ビースト》の人々の姿が見えた。

僕たちは急いで村に入り、一番手前で倒れている屈強な成人男性の獣人族《ビースト》に駆け寄る。

「大丈夫ですか⁉」

「てめぇら……どこのどいつだ……」

屈強な獣人族《ビースト》は虚ろな瞳で僕たちに睨みを利かせる。

こんな状態でも警戒心は失っていないようだ。

いや、こんな時だからかもしれない。

「私たちも獣人族《ビースト》よ！　あなたたちを助けにきたの、安心して！」

レイラは僕の背中でそう言って尻尾をふりふりと動かす。

「そうか……王都からの助けがきたのか……！」

レイラを見てそう呟くと、屈強な獣人族《ビースト》は安心したような表情でため息を吐いた。

こんな状態だと時間感覚なんてないのだろう。

来るとしたら早すぎるんだろうけど、僕たちを王都から来た助けだと信じ込んだみたいだ。

僕は綺麗な布を敷くと、一度歩けないレイラをその上におろした。

僕は早速、この獣人族《ビースト》に《洗濯スキル》の【洗浄《クリーン》】を発動した。

——すると、男性の混濁していた意識がハッキリとしてくる。

「……か、身体が楽になった⁉　これは……？」

身体を起こして驚きの表情を浮かべる獣人族《ビースト》の男性を見て僕は安心してため息を吐いた。

「ギルネ様！　分かりました、この方々は毒の汚れに汚染されています！」

「ふむ、では予想通りティムのスキルで消し去ることは可能だな！　とはいえ、すでに体内の組織はある程度破壊されてしまっているはずだ。治療のために私が【回復魔法《ヒール》】をかけていこう」

ギルネ様は腕をまくった。

「よろしくお願いします！　アイリ、ルキナ、回復薬を渡すから意識が戻ったみなさんに飲ませていって！　レイラは休んでいて、無理はしちゃダメだよ！」

「かしこまりましたわ！」

「うん！　ティムお兄ちゃん、免疫力の弱い子どもから先に治していこう！」

「私は動けなくてごめん……みんな頑張って！」

僕はアイラの指示にしたがって、子どもや辛そうな獣人族《ビースト》から順に一人ずつ【洗浄《クリーン》】を発動して回っていった。

獣人族《ビースト》たちは倒れている状態ではあるものの、そこかしこの地面に転がっているわけではない。

僕たちが来た時から毛皮で作られた布団の上、村の中央に位置する大きな湖の周囲に綺麗に並べられて寝かされていた。

「この村人たちは全員ルキナが動かしたの？」

【洗浄《クリーン》】を発動させつつ僕が尋ねると、ルキナは首を横に振る。

「私、村人のみんなが地面に倒れているのを放って村を出たよ！　すぐにここを離れて王都に助けを求めに行くべきだと思って！」

「え？　じゃあ、いったい誰が――」

「ロウェルだ」

僕が最初に治療した獣人の男性は意識がかなりハッキリとした様子で呟いた。

ルキナが驚く。

「ロウェルおばさんが村に帰ってきてたの⁉」

「あぁ、ロウェルは俺たちを見てすぐに全員を毛皮の上に乗せていってくれた……だが、並べている時、ルキナの他にもう一人足りないことに気がついたんだ――」

獣人の男性はため息を吐いた。

「ロウェルの最愛の息子、ヘーゼルがな……」

獣人族《ビースト》の男性の話を聞いて僕は尋ねる。

「その、ロウェルさんという方は今はどちらにいるんですか？」

「あの北に見える山、サイクス霊山だ。この異変が起こる前にヘーゼルが一人で山に行ったことを伝えたら、慌てて探しに行っちまった……」

「そうなんですか……。ヘーゼル君にロウェルさん、二人も心配ですね」

僕が言うと、ギルネ様は頷いた。

「あぁ、だが焦って動くと二次災害になりかねん。まずは村がこうなってしまった原因を突き止めよう」

「そうですね」

僕たちがそんな話をしていたら、アイラが駆け寄ってきた。

「ティムお兄ちゃんたち！　原因の見当がついたよ！　毒の発生源はきっとアレ！」

そう言って、アイラが指差す先には村の中央にある大きな泉があった。

きっとこの村の生活用の水だ。

「ティムお兄ちゃんからもらった薬を飲ませてあげながら話を聞いていったんだけど、体調が特に悪かった村の人は昨日の夜、泉の水を使って料理をしたり身体を拭いたりしていたの！」

アイラは僕が【洗浄《クリーン》】を使う前の村の人たちの状態を覚えて、アイリと一緒に話を聞いていっていたらしい。

僕は慌てていて目の前の人を救うことしか頭になかったけど、アイラはちゃんと先のことを考えていたんだ。

「分かった！　じゃあ、あの泉を調べるね！」

僕はすぐに泉に駆け寄り、手を入れて少量すくい取る。

そしてその水を口に運んだ。

《料理スキル》……【味見《テイスティング》】！

（これは……！）

水の味には覚えがあった。

僕がアルミラージの輝く角から摂取した物質。

魔鉱石の味と同じだった。

僕は自分の身体に【洗浄《クリーン》】を使い、毒を抜いた。

そして、もう一度泉に手を入れる。

今度は泉全てを綺麗にするために――

「《洗濯スキル》、【強力洗浄《パワフルクリーン》】！」

僕は通常よりも強力なスキルで泉の洗浄を試みた。

ギルネ様が僕の隣に来て尋ねる。

「どうだ、ティム？　上手くいきそうか？」

「……ダメです。泉を綺麗にしても上流から毒が流れ込んできます。この毒の発生源に直接手を触れて綺麗にしないと……」

「ふむ、この泉に水が流れ込んでくる〝水源〟に行く必要がありそうだな」

僕とギルネ様は泉からまっすぐに伸びた水流の先、サイクス霊山を見上げた。

「ギルネ様――」

「うむ、ティム。ともに行こうか。道中のモンスターは私に任せてくれ、ロウェルとヘーゼルという山に向かった村人たちも助けながらティムを水源まで連れて行こう」

ギルネ様は、僕に有無を言わせず早口で話した。

まるで、何かを恐れているかのように。

僕は、その言葉を口にする。

「……サイクス霊山には僕一人で向かいます。ギルネ様はレイラたちと一緒に村に残ってください」

「――だ、ダメだっ！　モンスター避けの薬があるとはいえ、周辺のモンスターは先程の大きな音で活発化している！　きっと関係なくティムに襲ってきてしまうだろう！」

「ギルネ様……だからこそ村に残っていて欲しいんです」

怯えるような瞳で見つめるギルネ様に僕は真剣な眼差しを向けた。

「モンスター避けの薬を撒いても村の中にモンスターが入ってきてしまうかもしれません。レイラは足の怪我のせいでまだ動けませんし、村人たちもまだ体が動かせるほどには回復していません。ギルネ様は村人を助けるために回復魔法の連続使用で魔力もそんなに残っていないはずです。残りの魔力は僕を守るためではなく、村を守って怪我人を癒やすために使ってください」

僕が説明すると、ギルネ様は承諾するでもなく返す言葉に詰まったようだった。

きっと心の中では分かっているんだと思う、これが正しい選択だと。

でも、ギルネ様は僕のことが心配で踏み切れずにいる。

「お願いしますギルネ様。僕はこの村のために奉仕したいんです……」

ギルネ様は根負けしたようにため息を吐くと、僕に魔法をかけた。

「……【隠密《セクレシー》】。ティム、モンスターには見つからないように気をつけて進むんだぞ」

「あはは、陰の薄さには自信がありますから大丈夫です！　ギルネ様……ありがとうございます」

「ごめんな。ティムならそう言うことは分かってたんだ、それが正しいことも……でも、気がついたら私の口はティムを騙そうとしていた」

「そ、そんな！　謝らないでください！」

ギルネ様は僕のために自分の心を偽って、それですら僕に謝った。

本当に……どこまでも優しい方だ。

◯

僕はレイラたちに事情を話して、《洗濯スキル》から大きなタライを【生成《ジェネレート》】する。

そこに同じく《洗濯スキル》で水を【生成《ジェネレート》】して溜めた。

そして、最後に【洗浄《クリーン》】で水を綺麗にする。

この水なら清潔だから飲んだりしても大丈夫だ。

そして、モンスター避けの薬を材料があるだけ作り出して村に置いた。

自分に振りかけて何本かは持って行く。

「それじゃあ、コンフォード村のことはお願いします。ロウェルさんやヘーゼル君、水源の毒は僕が解決します」

僕がみんなの前でそう言うと、案の定アイリたちは不安そうな顔をした。

「ティムお兄様、せめてアイリがついていくのはどうでしょうか？　アイリなら死にませんから身代わりになってティムお兄様が逃げる時間を稼げます」

「アイリは森を歩くのなんて慣れてない。そんな状態で、さらに二人だとモンスターに見つかりやすくなっちゃうよ。それに、アイリを身代わりになんてできない」

話を聞いて、アイラも頷く。

「そうだよね……私がついて行ってもティムお兄ちゃんに迷惑をかけちゃうと思う」

「アイラ、この村やレイラのことをお願い。レイラは傷が酷くならないように安静にしてるんだよ」

「うん、私の足もすぐに治るようなものだったらよかったんだけど……せめてティムが無事でいられるように一生懸命お祈りするわ」

最後に、もう一度ギルネ様にみんなのことをお願いする。

「ギルネ様。武器を置いていきます、魔力が尽きたらお役立てください。動けるくらい回復したら村人たちもこれで戦えるかもしれません」

「あぁ、こっちは任せてくれ」

僕は貯蔵していた武器を【収納《ストレージ》】から出した。

周囲に剣や槍、斧を突き立てる。

それを少し驚いたような表情で見ていた屈強そうな獣人男性は塀に身体を預けたまま僕に声をかけた。

「本当は俺が村を守るべき戦士なのに、こんなざまで申し訳ねぇ……。ティム、どうかロウェルとヘーゼルをよろしく頼む」

「はい！　お任せください！」


ギルネ様たちを村に残し、僕は一人、村の湖から水の流れを辿ってサイクス霊山へ。

道中、魔獣たちが血走った眼で獰猛な唸り声を上げて徘徊していた。

謎の大きな音で活発化しているだけじゃない。

恐らく魔鉱石の成分が含まれた水を飲んで凶暴化している。

（こ、これじゃモンスター避けの薬は逆に匂いで居場所を知らせるだけだ……見つからないことに全力を注ごう）

僕は自分の身体に【洗浄《クリーン》】を使ってモンスター避けの薬を取り払った。

そして、息を殺しながら山のふもとまで進む。

（ロウェルさんはヘーゼル君が『山に行った』という話を聞いて探しに行ったはずだ、いるとしたらきっとこの先……）

二人は毒の影響を受けていないだろうか？

村の人たちは一晩中毒に汚染された湖のそばにいたから、毒素を吸いすぎて動けないほどに重症化してしまっていた。

ロウェルさんは村に帰ってきたばかりだったみたいだけど……。

僕は上流に向かいながら川の水を【味見《テイスティング》】していく。

（……やっぱり、魔鉱石の毒素が濃くなってる。毒の発生源が上流だからか）

毒素はすでに空気中にも濃く含まれていた。

僕は自分自身に何度も【洗浄《クリーン》】をかけながら先を急ぐ。

ロウェルさんもこれを吸い続けているなら危険だ。

――そんな時、不意に山の中腹で荒い息遣いが聞こえた。

魔獣のじゃない、女性のうめき声もわずかに混じっている。

あの小さな木の陰からだ。

僕が急いで駆け寄ると、若い女性が身体を木に預けていた。

見覚えのあるその姿を見て僕は驚愕する。

「ロ、ロウェル……様⁉」

そこにいたのは冒険者ギルド、ギルネリーゼの元幹部。

『うら若きピエロ』の異名を持つ曲芸師《クラウン》、ロウェル様だった。

あどけない顔を苦しそうに歪ませて荒く呼吸をしている。

いつもかぶっているキャスケット帽子が地面に落ちて、獣耳が外に晒されていた。

（ロウェルさんって……ロウェル様のこと⁉　そ、それに獣人族《ビースト》だったの⁉）

名前を呼ぶと、ロウェル様は苦しそうに薄く瞳を開いて僕を見る。

「あ、あはは……ギルドにいた時の雑用係君の幻覚まで見えてきた。私が思ってる以上に気に病んでるのかな……。ごめんね、私は最低な人間だけど……ヘーゼルを助けるまでは死ねないの」

そんな言葉をうわ言のように呟いて、ロウェル様はよろよろと立ち上がろうとする。

僕は慌ててその肩を支えた。

「《洗濯スキル》、【洗浄《クリーン》】！　ロウェル様、幻覚じゃありません！　僕はここにいます！」

ロウェル様から魔鉱石の毒を抜き、僕は声をかける。

虚ろだったその瞳に光が戻ってきた。

そして、驚いた表情で僕を見る。

「えっ？　ほ……本当に雑用係君なの……？　ど、どうしてここに⁉」

「助けに来ました！　ロウェル様、ひとまず体調を整えましょう！」

そう言って【収納《ストレージ》】から回復薬を取り出そうとすると、その前にロウェル様は突き飛ばすようにして僕の肩から離れた。

そして、震えた声で怒鳴る。

「な、なんで助けようとするの⁉　私は君を見捨てたんだよ⁉　保身に走って、ニーアに打ちのめされる君から目を逸らした！」

「ロウェル様、今はそんな話をしている場合じゃ――」

「雑用係君はもう帰って！　この件には関わらないで！　私は少し立ちくらみがしたから休んでただけ！　もう元気になったから！」

そう言って、山頂を目指してフラフラと歩きだしたロウェル様の腕を掴んで引き止める。

「ダメです、ロウェル様！　一人では危険です、せめて僕と一緒に――」

しかし、その手はまたすぐに振り払われた。

そしてロウェル様は少し顔色を悪くしたまま僕を睨みつける。

「あのね、まだ学習してないの⁉　君はギルドのために一生懸命働いて、尽くして、その結果が追放だよ？　優しさなんて見せたらこの世界じゃつけこまれて利用されて捨てられるだけなの！　君は……ギルネ様のためだけにその優しさを使ってよ！」

「ロウェル様……」

息を切らしてまくし立てるロウェル様。

昔の僕だったらきっと、怖気づいて素直に従ってしまっていたかもしれない。

でも、今なら分かる。

きっとそんなことをしたら後悔する。

「僕もそうしようとしました。ギルネ様のためだけに、この身で尽くそうとしました――」

僕はリンハールでの一カ月を振り返りながら語った。

何もかもから逃げだし、誤魔化し続けたあの日々を……。

もう後悔なんてしたくないし、させたくもない。

僕の手で、みんなを幸せにするんだ。

「ですが、僕は僕の信念に従って行動すべきなんです。僕を信じて、背中を押してくれた人たちのために。僕は雑用係です、困っている人がいるなら助けたい……！　少し変わっているかもしれませんが、それが僕なんです」

僕がそう言うと、ロウェル様はしばらく僕の瞳を見つめてため息を吐いた。

「……本当に君は変わってるよ。分かった、私もヘーゼルを助けるためなら手段をいとわない。いくらでも周りに迷惑をかけるし、手だっていくらでも汚す。だから君のことも利用するね」

そう言って、同行を認めてくれた。

僕はひとまず安心する。

「ありがとうございます！　ではロウェル様、失礼いたしますね」

僕は早速ロウェル様の手を握った。

ロウェル様は驚いて身体をビクリとはねさせる。

「な、何⁉　突然！」

「あっ、すみません！　説明してませんでした。この辺りは毒が充満していて、ロウェル様の不調はそのせいです。僕の雑用スキルの【洗浄《クリーン》】を使えば浄化し続けられるので、このまま手を繋いでヘーゼル君を探しに行きましょう！」

「そ、そうなんだ……びっくりしちゃったよ」

ロウェル様は何やら落ち着かない様子で僕に繋がれた手をチラチラと見ていた。

気持ちを察した僕は慌てて頭を下げる。

「ご、ごめんなさい！　僕と手を繋ぐことになるのは我慢していただけると――」

「いやいや！　むしろ君がこんな最低な私と手を繋いでいいの⁉」

「さ、最低だなんて思っていません！　ロウェル様は獣人族《ビースト》であることを隠してあのギルドにいたはずですし、他のギルドに行くあてもなかったでしょうし……仕方がなかったのだと察してます」

僕の言葉を聞くと、ロウェル様はもう片方の手で頭をかいて首を横に振った。

「うぅ〜、調子が狂うなぁ……私は君に会ったら怒りのままに殴らせてあげるくらいの気持ちだったのに」

「そ、そんな！　怒りで人を殴るなんて――な、なくもないですが」

「あるんだ……。まぁ、君なんかに殴られても痛くなさそうだからいいんだけど」

そんなことを言いながら、ロウェル様は再び僕と握った手に視線を落とす。

「私……こんなことしちゃってギルネ様に殺されないかな……？」

再び不安そうに呟くロウェル様に僕は自分の胸を叩いた。

「大丈夫です！　ロウェル様もニーアには逆らうことができませんでしたし、逆らえば僕たちと同じように居場所を失っていました！　ギルネ様には僕からもそう説明します！」

「そっちの話じゃないんだけど……ま、まぁいいや……」

ロウェル様は僕の手を少し強く握った。


僕は一人でここまで来た経緯を簡単に説明した。

怪我をして動けない仲間がいること、それと村人のみなさんを守るためにギルネ様がコンフォード村に残ってくださっていること。

すると、ロウェル様は安心したようにため息を吐く。

「よかった〜、ギルネ様が今一緒にいないのは君から離れていっちゃったわけじゃないんだね」

「あはは。ま、まぁ僕が宿屋で寝ている間に出て行かれてしまったことがあるのですが……」

「えぇっ!?」

「僕があまりに不甲斐なかったので……。で、ですが反省して泣いて謝ったら戻ってきてくださいました！」

「それってますます不甲斐ない気がするんだけど……」

「と、とりあえず、ロウェル様！　まずはこの回復薬を飲んでください」

僕はこれ以上情けない部分を晒す前に慌てて話題を変えた。

毒素の影響を受けてすでに身体にダメージがあるはずだ。

僕は繋いでいない方の手を使い【収納《ストレージ》】から回復薬を取り出す。

ロウェル様はそれを見て瞳を丸くした。

「えっ⁉　い、今何もないところから出した⁉」

「これもただの雑用スキルですよ」

「ざ、雑用スキルってそんなこともできちゃうの？　すっごい便利。でも薬かぁ……」

僕から瓶を受け取ると、ロウェル様は少し渋い表情をする。

蓋を開いて鼻をスンスンと動かすと首をひねった。

「こ、これ本当に薬なの？　苦そうな嫌な匂いもしないし……薬じゃないみたい」

「僕が《料理スキル》で作成したものなので味や香りもよい物にしました。ですが、主成分は信頼できる方の調合した薬品と同じですのでご安心ください！」

「君が作ったの⁉　わ、分かった。じゃあ飲んでみるね」

ロウェル様はおそるおそる口をつけると、すぐにごくごくと飲み干した。

「美味しい！　薬なんてどれも凄くマズいのに信じられない！」

「あはは、普段は料理を作っているので味も美味しくしたくて」

「助かるよ、獣人族《ビースト》は味覚が敏感なんだ」

ロウェル様は尻尾をパタパタと動かす。

僕が空になった瓶を受け取って、しまいこむとロウェル様は何やら人差し指をモジモジと合わせる。

「こ、こんなに美味しいならいつか君の料理も食べたいな……ってそんなことお願いできる立場じゃないんだけど」

「もちろんです！　ヘーゼル君を助けたらみんなでご飯を食べましょう！」

「これならギルドにいる時も食堂を使えばよかったな。そうすれば君が頑張っていたことも分かってあげられたかもしれないのに……」

そんなことを呟くと、ロウェル様は僕に頭を下げる。

「君がいなくなった後に、あのギルドは君に支えられていたって分かったんだ。ギルネ様が正しかった、『君なんてどうでもいい』なんて言って本当にごめん」

「いいんです。僕はギルネ様の名誉が守られたのであればそれで満足ですから」

「あはは、君の性格は本当に損をするよ？　ちゃんと謝ったりお礼を言うのは今回の件が終わったらだね」

ロウェル様は気を取り直すように首を大きく横に振って、地面に落ちてしまっていたキャスケット帽子をかぶり直した。

「じゃあ、行こう！　まだ本調子じゃないけど、君がいるなら心強いよ！」

「はい、お任せください！　僕が男らしくロウェル様をお守りします！」

得意げに胸を叩くと、草むらからアルミラージが飛び出した。

驚いて思わず尻もちをつく。

「あわわ！　ろ、ロウェル様！　お逃げください、ぼ、ぼぼ、僕が時間を稼ぎます！」

「……あれ？　雑用係君……マジ？」

ロウェル様は腰に差しているナイフを投げてアルミラージを簡単に討伐した。

第八話　逆転のパンケーキ

「……す、すみません。ちょ、ちょっとだけびっくりしてしまって」

「えっと、雑用係君はやっぱり戦えないんだ……ね？」

ロウェル様は仕留めたアルミラージの遺体からナイフを引き抜きながら尋ねた。

「い、いえっ！　魔物でしたら討伐したことだってあります！」

「何の魔物？」

「す、スライムの小さいのを一匹……」

「流石にこの山はそれより強いモンスターしかいないかなぁ」

僕が肩を落とすと、ロウェル様は呆れた表情でため息を吐いた。

そして、僕の手をひいてそばに寄せる。

「私から離れないようにして。君は毒を中和してくれればいいから」

「うぅ……申し訳ございません。不調のロウェル様を頼ることになってしまい……」

「君が謝ることなんてないでしょ。ギルネ様はよく君をこんな状態で行かせたね。全く、無茶をさせるなぁ」

納得いかないような表情のロウェル様に僕は慌てて否定した。

「――いえ！　止めてくださったのですが、僕が無理を言ったのです！」

「そっか、君も一カ月の間に立派になったんだね。ニーアに殴りかかっちゃった時もそうだけど、きっと君は人のためにだったらどんな無茶でも押し通そうとしちゃうんだ」

「そんな立派なものじゃありません。ただ、自分がそうしたいと思ったからです……」

「ふーん？　とにかく、この山では無茶をしないで私の指示に従うこと。分かった？」

「……はい」

まるで子どもに言い聞かせるかのように言われて僕は落ち込みながら返事をする。

「ほら、もっとそばに寄って」

「は、はい……！」

ぴったりとロウェル様の小脇に引き寄せられてしまい、思わず顔が熱くなる。

ロウェル様の格好は布地の少ないTシャツにホットパンツ、お腹も露出してしまっている。

獣人族《ビースト》の村人もみんな薄着だったし、きっと普通の格好なんだろう。

でも僕には刺激が強く、目のやり場に困る……。

「そ、それにしてもまさかロウェル様だとは思いませんでした！　ルキナという村の子が〝ロウェルおばさん〟と言っていたので、てっきりもっと年上の誰かなのかと……！」

山頂に向けて歩きだした僕は話題を振る。

どうにか気を逸らしていないとこの状況には慣れそうにない。

「あはは、まぁ私ももうおばさんって年齢なのかもね」

「えっ？　ロウェル様って見たところ、まだギルネ様や僕とそう変わらないような」

そう言うと、ロウェル様は少し恥ずかしそうに頬をかいた。

「私、もう二十七なんだ。今探してるへーゼルは私が十六の時に産んだ子」

「えぇっ!?」

僕が思わず大きな声を上げると、狼の魔獣が飛び出してきた。

ロウェル様は僕を抱き寄せたまま冷静にナイフを投げて討伐する。

「ご、ごめんなさい……つい大声を」

「いいよ、若く見られるのは嬉しいし……。あはは、ごめんねこんな年増の面倒を見させちゃって」

「そ、そんなことは……ないです」

僕はよく分からない返しをしつつ、密着するロウェル様の綺麗な肌にドギマギしていた。

そのまま、僕たちはサイクス霊山の中腹まで登ってきた。

道中の魔獣はロウェル様の投げるナイフが毎回急所に当たり、一発で仕留めている。

当たり前だけど、ギルドの幹部をやっていただけあって実力は確かだ。

でも、ヘーゼル君はいまだに見つからない。

「ヘーゼル君は一人でこの山に来たと聞きましたが、大丈夫なのでしょうか?」

「戦闘は大丈夫。あの子はこの山の魔獣くらいなら問題なく倒せるくらいには強いから。まぁ、だから一人で山を登っちゃったんだろうけど」

「ってことは僕はヘーゼル君よりも弱いんですね……うぅ、冒険者になりたいのに」

「ま、まぁ獣人族《ビースト》は人間族《ヒューマン》よりも力が強いから。鼻も利くし、足も速いし。君だって今は弱っちいけどきっとそのうち強くなれるよ!」

「はい、ギルネ様のためにも頑張って強くなります!」

「まぁ、私も人のこと言ってる場合じゃないんだけ──どっ!?」

不意にバランスを崩して倒れそうになるロウェル様を僕は支えた。

「ロウェル様、大丈夫ですか!?」

「あはは、実は久しぶりに山道を走ったから右足をひねっちゃってたんだ。歩いてて悪化しちゃったみたい。獣人族《ビースト》なのに情けないよね」

「すみません、僕は回復魔法を使えなくて……」

「それはお互い様だよ。謝らないで」

「せめて、僕の肩におつかまりください！　思いっきり寄りかかってくだされば楽になると思います！」

僕はそう言って、恥ずかしい思いを堪えながらロウェル様の右腕を自分の首の後ろに回して肩を組んだ。

ロウェル様はずっと年上だし、僕みたいな子どもがこんな風に密着したところで何とも思わないはずだ。

「わ、私……いよいよギルネ様に殺されちゃいそう……」

どうしても高鳴ってしまう自分の心臓の音で、何かをつぶやくロウェル様の声はよく聞こえなかった。

そうして支えながら歩いていると、僕たちの前に突如、壁が現れた。

ただ、その壁には水かきが付いた大きくて長い腕のような物が生えている。

「……な、なんですかこれ？」

「マウンテン・タートル。大丈夫、守り神だから。サイクス霊山に住み着いてるんだ。魔獣じゃなくて、山のように大きな甲羅を持った亀だから襲われることはないよ。迂回して進もう」

そうして右に回っていくと、マウンテン・タートルの顔が現れた。

瞳が血走り、鋭い牙を震わせている。

「あれ？　いつもと違ってなんだか目つきがおかしい気が――」

「ロウェル様、伏せてください！」

マウンテン・タートルの瞳を見た僕は、魔鉱石の毒素に侵されて魔獣化しているとすぐに気がついた。

僕たちを視界に入れた瞬間に身体をひねらせた動作で僕は攻撃がくると予見する。

――次の瞬間、マウンテン・タートルは回転して巨大な尻尾で僕たちを薙ぎ払ってきた。

「《清掃スキル》、【拭き掃除《ワイプ》】！」

ロウェル様を押し倒して覆いかぶさった僕は雑用スキルを発動した。

これは『拭いて、磨き上げる』スキルだ。

スキルを自分の背中部分の服と腕に使い、磨き上げる。

摩擦がなくなるほどに。

結果、尻尾を使ったマウンテン・タートルの薙ぎ払いは地面に倒れ込む僕の背中をツルリと滑ってやり過ごすことができた。

僕はすぐに立ち上がる。

「ロウェル様、敵対されています！　急いで離れましょう！」

「こ、こんなのギルネ様でも倒せないよ！　逃げなきゃ！　でも、私は足が……！」

僕は倒れているロウェル様の腕を肩に回して一緒に逃げようとする。

一回転したマウンテン・タートルは僕たちを仕留められなかったことに気がつき、即座に次の攻撃を開始した。

四本の足で深くしゃがむと、そのとんでもない質量の巨体で空高く跳び上がった。

――ボディプレスだ。

はるか頭上のマウンテン・タートルを見て、ロウェル様は僕から手を振り払う。

「私は置いて逃げて！　早くっ！　潰される前に！」

「嫌です！　絶対に見捨てません！」

「言うこと聞くって言ったじゃん！　お願いだから……！」

「ロウェル様、僕も言いましたよね。『僕は自分のしたいことをする』って！　僕は全員を救ってみんなで美味しいご飯を食べたいんです！　だから諦めません！」

大見得を切った僕だったが、ロウェル様を抱えてこの攻撃から逃げ切る方法はなかった。

（どうする、大きな衝撃吸収のクッションを【裁縫《ソーイング》】で作って、挟み込めばどうにかできるだろうか……？）

――いや、一時的にしのげてもすぐにまた暴れられてぺしゃんこにされてしまうだろう。

完全にケリをつけるしかない。

考えろ……あるはずだ、こんなピンチを〝ひっくり返す〟方法が――

（――うん？　〝ひっくり返す〟？）

僕は両手にフライ返しを【生成《ジェネレート》】した。

そして、今朝アイラと一緒に作ったパンケーキを思い出す。

イケるかもしれない……、いや、なんとしてもこのピンチを逆転してみせる……！

僕の《料理スキル》は全力を出せば時間すら歪ませることができる。

今回は〝生地〟が大きいけれど、両手を使えばひっくり返せるはず。

失敗は許されない。

アルミラージと戦った時は上手くいかなかったけど、ベリアルの時は〝焼きリンゴ〟をちゃんとイメージしていた。

重要なのは恐らく〝意識〟だ。

自分の中の意識を変えるんだ。

これは〝戦闘〟じゃなくて〝料理〟だと――

「《料理スキル》――」

僕は両手のフライ返しを握ったまま、落ちてくるマウンテン・タートル――いや、『巨大なパンケーキ生地』に向かって跳び上がった。

「【フライ返し《フリップ》】！」

――ズパァーン!!

そして、僕は空から落ちてきたマウンテン・タートルをまた空へと弾き返した。

僕たちがいる位置からやや前方に向けて吹き飛ばす。

マウンテン・タートルは大きな鳴き声を上げて、空中で百八十度回転した。

そして、見事にひっくり返って山のような甲羅の頂点が地面に突き刺さる。

「グォォォ!!」

唸り声を上げてジタバタともがくが、手足が空を切るだけで自力では元に戻れないようだった。

僕は着地すると、どうにか上手くいったことに安心して腰を抜かす。

ロウェル様は尻尾とケモ耳をピンと立てて瞳を丸くして見ていた。

「う、嘘……弾き飛ばしちゃった。あの弱っちかった雑用係君が……ギルネ様でも倒せそうにない聖獣相手に……」

「あはは、よかったです……ロウェル様をお守りできて」

微笑みかけると、ロウェル様は顔を赤くしたままぼんやりと僕の顔を見つめていた。

「ロウェル様？　ロウェル様～？」

顔を赤くしてボーっと僕の顔を見つめたままのロウェル様に呼びかける。

どうやら、危ない目に遭ったショックで呆然としてしまっているらしい。

僕が何度も呼びかけると、ロウェル様はようやく意識を取り戻したようだった。

そして、何やら慌てたように顔をブンブンと左右に振る。

かぶっていたキャスケットが落ち、僕は思わず慣性に従って愛らしく左右に揺れる獣耳を目で追ってしまう。

「ざ、雑用係君凄かったね！　惚れ直――じゃなくて見直しちゃった！」

「あはは、凄く大きかったですが形が平べったかったので上手くパンケーキをイメージできました！」

僕の不可解な言葉にロウェル様は首をひねった。

「よ、よく分からないけど……雑用係君にとってはあの巨体を弾き飛ばすのもパンケーキをひっくり返すようなもんだってこと？」

「ええっと、そんな感じですっ！」

「あ、あはは……」

上手く説明する方法が分からなかった僕が苦し紛れに頷くと、ロウェル様は少し呆れたような表情で笑ってキャスケットをかぶり直した。

「では、失礼いたします」

僕は今度こそロウェル様の腕を自分の首に回して一緒に立ち上がった。

「さっきはごめんね、手を払いのけちゃって。せっかく私を助けようとしてくれてたのに」

「いえっ！　ロウェル様の言うとおり、あのまま逃げようとしても間に合いませんでした！」

「か、肩を組むとやっぱり顔が近いね……あはは」

「すみません。嫌だとは思いますが我慢していただけると……」

「嫌どころか……ご褒美なんだけど……」

ロウェル様は何かをごにょごにょと呟くと、誤魔化すように別の話を振った。

「それにしても、とんでもない衝撃だったね！　マウンテン・タートルが落ちた瞬間、凄い音で地面が揺れたよ！」

「ここに来る前にも同じような大きな音と地面の揺れがありました。マウンテン・タートルがボデイプレスを使った影響だったんですね……」

「毒の影響で凶暴化しちゃっただけなんだよね……普段は大人しいんだよ。雑用係君、マウンテン・タートルからも毒を消すことはできる？」

「できると思います！　大きいので時間はかかりそうですが……ちょっとやってみますね。ロウェル様はその間こちらに」

僕は【裁縫《ソーイング》】でクッションをつくると、その上にロウェル様を座らせて休ませた。

逆さまのままもがき続けるマウンテン・タートルの甲羅に触れると、スキルを発動する。

「《洗濯スキル》、【強力洗浄《パワフルクリーン》】！」

僕が毒を消していくにつれて、マウンテン・タートルは落ち着いてきた。

数分後、完全に毒を取り去った頃にはもがくこともなく、瞳も穏やかなものに変わっていた。

「……もう大丈夫そうですね。では元に戻します。ロウェル様、砂埃などが舞うと思いますのでお気をつけください」

僕は両手にフライ返しを持って再びマウンテン・タートルに【フライ返し《フリップ》】を使いひっくり返して元に戻してあげた。

ズシンという重量感のある音とともに綺麗に着地する。

そして、マウンテン・タートルは僕に向けて緑色の穏やかな瞳を向けた。

《坊主……感謝する》

「えっ⁉」

ペコリと頭を下げて向きを変えると、山の奥に向かって少しふらつきながらノシノシと歩いて行った。

「い、今！　喋りましたよね⁉」

「あはは、流石に喋れないよ～。お礼をしているようには見えたけどね」

「そ、そうですか……なんだか声が聞こえた気がしたのですが……」

首をひねりつつ、マウンテン・タートルの巨大な背中を見送る。

「まだ体力は戻っていないようでしたが、大丈夫でしょうか……？」

「〝聖獣〟だから、多分毒素の影響が大きいんだろうね……山の奥には聖域があるからそこで身体を休めに行ったんだと思う。何度も村を守ってくれてその度に大怪我してるけど、しぶといから大丈夫！」

ロウェル様の話を聞いて僕は安心する。

「村の守り主なんですね！」

「その代わり沢山の食べ物を奉納してるけどね。お互いに持ちつ持たれつの関係なんだ」

「確かに、あの巨体だと沢山食べそうですね。料理人としての腕がうずきます……！」

「あはは、君は本当に奉仕が好きなんだね。義理堅い聖獣だからきっといつか恩返しにくるよ！海の中の宮殿にでも連れて行ってくれるかもね！」

そんなことを言って笑い合いながら僕とロウェル様は再び肩を組んで山頂へと歩みを進めた。

マウンテン・タートルと別れてからしばらくが経った。

水の流れを辿ってロウェル様を支えるように肩を組みながらひたすら山を登る。

マウンテン・タートルが暴れた影響だろうか。

魔獣たちが逃げ出したのかもしれない、周囲の草むらから飛び出してくる魔獣はいなかった。

「ロウェル様、回復薬はそろそろ効いてきましたか？」

「うん、だいぶ調子がよくなってきた！　あっ、で、でもまだ一人では歩けそうにないかなっ！」

「分かりました！　ではこのままロウェル様を支えさせていただきますね！」

「う、うん……ごめんね」

「お気になさらないでください！」

「私ってやっぱり最低かも……」

そう言って、ロウェル様はため息を吐いた。

ロウェル様は身体が軽いし、僕は全然疲れない。

だからそんなに気にしなくていいのに……。

そんな調子で僕たちは山頂付近まで登ってきた。

ややひらけた場所に大きな泉が現れる。

「ここが水源だよ。ヘーゼルもよく一人でここに遊びに来てるみたい」

「では、ここにいる可能性が高いですね！　早速、辺りを捜索して――」

「ガルルルル!!」

突然の獰猛な唸り声に二人で目を向けると、泉のそばの森林には大きな狼の魔獣がいた。

その身体全体を覆う毛皮からは鮮やかな緑色の毒素が常に漏れ出し続けている。

（こ、この狼の魔獣が水源に毒を垂れ流し続けていたのか……！）

他の魔獣は魔鉱石の毒で凶暴化していたけれど、この魔獣は違う。

この魔獣自体が毒素の発生源になっている。

アルミラージの時みたいに、魔鉱石を直接取り込んでしまったのかもしれない。

狼の魔獣は僕たちを睨んで牙を剥き、威嚇してきていた。

「ロ、ロウェル様、流石にこの大きさの魔獣はナイフ投げじゃ倒せませんよね？　目に見えるほどに強力な毒素が漏れ出していて近づくのは危険ですし、いったん作戦を立ててから――」

「…………」

「ロウェル様……？」

ロウェル様は僕の声に反応しなかった。

小刻みに震え、言葉を失い、瞳を見開いて狼の魔獣を見ている。

いや、見ているのは狼の魔獣ではないようだった。

その視線は狼の魔獣の足もと、僕もその視線の先を目で追う――

そこにはまるで食いちぎられたかのようにズタボロになった男の子の靴や衣服が散乱していた。

「うわぁぁぁぁあああ!!」

突如、ロウェル様は腰のナイフを抜いて握りしめながら狼の魔獣に向かって疾走した。

突き飛ばされた僕は尻もちをつきながらもすぐに手を伸ばす。

「ロウェル様！」

近づくのは危険です！

濃い毒素が漏れ出ています！

そんな言葉を僕は口にすることもできずにただ名前を呼んだ。

それだけしかできなかった。

あの場に散乱している衣服がきっと、ヘーゼル君を表した物だと分かってしまったから。

「あぁぁ！　ぅわぁぁ！」

喉が潰れそうな声を上げてロウェル様はただ怒りに身を任せるように刃を振り斬りかかる。

曲芸師としての鮮やかなナイフ捌きなんて見る影もない。

狼の魔獣は右足をわずかに斬られると、大きく吠えてロウェル様に突進した。

普段のロウェル様なら華麗に飛び上がって避けられそうな攻撃だった。

でも、自暴自棄とも言える状態の今では躱《かわ》せない。

「ロウェル様！」

体当たりが直撃して吹き飛ばされたロウェル様の方へと駆け出す。

自分の身体に【拭き掃除《ワイプ》】を使い、どうにか滑り込んで地面に落ちる前に僕は受け止めることができた。

「ご無事ですか⁉」

「ヘーゼル……ごめんね……」

一言呟いて瞳から一筋の涙を流すと、ロウェル様は気を失ってしまった。

狼の魔獣は激昂し、僕たちを見て大きく雄叫びを上げる。

（マズい……！　ロウェル様を抱えながらじゃ戦えない……！）

狼の魔獣は僕たちを睨みつけ、突進を始めた。

僕は急いでロウェル様を左腕で抱えたまま右腕にモップを取り出す。

「《清掃スキル》、【泡掃除《バブル》】！」

そして、モップを地面に叩きつけてスキルを発動した。

周囲から泡が立ち上り辺り一帯に充満し、みるみるうちに僕たちの姿を隠してくれる。

そんな様子に狼の魔獣は驚き、一度突進を止めた。

しかし、すぐに泡の中をかき分けるように鋭い爪で引っかきながらジャボン玉を潰していく。

そんな時だった、狼の魔獣がティムとロウェルの人影を見つけて鋭い爪で引き裂いた。

引き裂かれた二人は無残な姿で地面に転がった。


（あ、危ない……あっちの僕たちに注意が向いてくれた……！）

僕は泡に紛れたまま、ロウェル様を抱えてこっそりと近くの茂みの中に入っていた。

先程、泡の中で僕は【裁縫《ソーイング》】のスキルを使い、自分とロウェル様にそっくりな人形を作って立たせておいた。

思惑通り、狼の魔獣は人形の方を引き裂き、その綿と布が散らかった残骸に鼻を近づけてスンスンと匂いを嗅いでいる。

すぐにバレると思うけど、今肝心なのは気絶しているロウェル様をひとまず安全な場所に隠すことだ。

僕はロウェル様をその茂みの中に寝かせた。

ここならすぐには見つからないはずだ。

そして、狼の魔獣に斬りかかった際に吸い込んでしまった毒素をロウェル様から【洗浄《クリーン》】で消す。

後は……凶暴化しているあの狼の魔獣からも毒素を抜いてやるだけ。

僕は茂みから狼の魔獣の様子を見る。

人形が偽物だと分かった後、本物の僕たちを探してキョロキョロと周囲を見回していた。

その隙に僕はもう一度散乱している男の子の衣服を観察した。

(やっぱり……よく見ると少しおかしい)

いつも布を扱い、人の服を仕立てている僕には遠目からでも違和感を感じることができた。

散乱した衣服は狼によって食いちぎられたという感じではない。

まるで横に引っ張られて千切れたかのように繊維が断絶している。

（それが、何を意味するのかは分からない……でも、僕はまだヘーゼル君を諦めたくない！）

僕は森林を隠れながら狼の魔獣の後ろから回り込んだ。

（とりあえず、毒素を抜いてあげたい。でも、【洗浄《クリーン》】は直接手で触れる必要があるし、その間大人しくしてくれるわけもない……なら！）

僕は《洗濯スキル》から水を【生成《ジェネレート》】して空中に浮かせた。

水洗いは洗濯の基本だ。

毎日の雑用の中で僕は水を生み出し、水流を自在に操るくらいはできるようになっていた。

「《洗濯スキル》、【すすぎ洗い《リンス》】！」

隠れて距離を保ったまま激しい水流を狼の魔獣にぶつける。

この水流に攻撃力はないから戦闘では使えない。

汚れを落とすためのスキルだ。

直接手で触れる必要がある【洗浄《クリーン》】ほどの効果はないけれど、魔獣から毒素――汚れを落としてやることができる。

「キャンキャン！」

僕の水流を受けると、魔獣は嫌がって逃げ出した。

さすがは狼だ、動きが速い。

僕は水流をさらに四本に分けて操作し、狼の魔獣の逃げ道を塞ぐ。

そして、何度も水流をぶつけた。

きっと襲いかかる大量の水が恐ろしいのだろう、水流に揉まれながら狼は叫び声を上げる。

なんだか可哀相だが、痛みは無いはずだ。

やがて、【すすぎ洗い《リンス》】を受け続けた狼の魔獣はまるで憑き物でも落ちたかのようにおとなしくなっていった。

どうやら、毒素によって無理やり暴走させられていたらしい。

身体の表面から絶えず漏れ出し続けている緑色の毒素も薄まったようだ。

もう動くこともできなさそうだが、まだ僕を警戒して睨みつけている。

――そんな横たわった狼の魔獣の背後から、目を覚ましたロウェル様がナイフを手に駆け寄って奇襲をかけているのが見えた。

僕は思わず叫ぶ。

「――ロウェル様、ダメです！　待ってください！」

僕は全力で駆け寄り、狼の魔獣の首元でナイフを振りかぶるロウェル様の腰に飛びついた。

そのまま押し倒してその手を止めさせる。

ロウェル様は恨みを込めた瞳で僕を怒鳴りつけた。

「ちょっと、何するの⁉　離してよ！　こいつを殺せるチャンスじゃない！」

「ロ、ロウェル様、この狼も毒素のせいで正気を失っていて――」

「正気を失ってたからって何⁉　こいつは私の可愛いヘーゼルを食い殺したのよ！　許せるはずないでしょう！」

「そ、そうかもしれませんが……まだ狼の魔獣の毒素は抜けきっていません！　考えるのはそれからでも――」

「そんなことして、こいつの元の穏やかな表情なんて見ちゃったら刃が鈍るわ！　今、気が変わらないうちに！　殺せるうちに殺す！　じゃないとヘーゼルも浮かばれない！」

「ロウェル様、お願いします！　許すことは難しいかもしれません……ですが！　せめて毒を抜いて正気に戻してあげてから考えちゃダメですか⁉　お願いします！」

僕はロウェル様から離れて、狼との間にひざをつくと、土下座をして頼み込んだ。

無責任なことは言えない。

けれど、僕はまだヘーゼル君のことを諦めたくなかった。

散乱した衣服には違和感があるし、それにたとえカタキを討ててもロウェル様は幸せにはなれない。

リンハール王国で僕も学んだ。

〝奉仕する〟ってことは、ただ相手のお願いを聞くだけじゃダメなんだ。

ちゃんと、相手を幸せにしてあげないと……。

（狼の魔獣が完全に元の姿に戻れば、なにか手がかりが見つかるかもしれない……！）

ロウェル様は地面に頭を付ける僕を見てため息を吐く。

「どうしてそこまで……いいよ、もうどうでも。ヘーゼルは戻ってこないんだから……勝手にして」

「ロウェル様……」

もうロウェル様の瞳には光が宿っていなかった。

ナイフを捨てると獣耳を垂らし、膝を抱えてうずくまる。

そんな様子は、見ているのも辛かった……。

（お願いだ……どうにかヘーゼル君の手がかりを……！）

僕は祈りながら地面にぐったりとしている狼の魔獣の手を握った。

そしてスキルを発動する。

「【強力洗浄《パワフルクリーン》】！」

スキルの発動中に〝違和感〟に気がついた。

（あれ、この汚れって……成分は魔鉱石には違いないんだけど……何か変だ。凄く……濃い）

僕が時間をかけて【毒素《汚れ》】を抜いていくと、数分経った頃に狼の魔獣に異変が生じた。

その身体が縮むようにみるみると小さくなっていき――

なんと、狼の魔獣は〝小さな男の子〟へと姿を変えた。

気を失っているその男の子の腕から、手のひらサイズの緑色の水晶が転げ落ちた。

「――えっ？」

狼の魔獣が男の子になった様子を見て、僕は思わず素っ頓狂な声を上げる。

そんな声に反応して、ロウェル様はうつむいていた顔を上げる。

そして、男の子を見て驚愕の表情で声を上げた。

「――!?　嘘っ！　ヘーゼルっ!?」

急いで駆け寄り、その男の子――ヘーゼル君を抱き寄せた。

ロウェル様はおそるおそるその男の子の胸元に耳を当てる。

そして、喜びの表情で涙を流した。

「い、生きてる……生きてるよぉ……」

嗚咽とともに頭を撫でて頬を擦り寄せる。

僕は大きく安堵のため息を吐いた。

よかった……本当に。

でも、どうして魔獣がヘーゼル君に……？

「──っ！　ロウェル様、その緑色の水晶から離れてください！」

僕はヘーゼル君の手から落ちた緑色の水晶を掴み取って手を当てた。

「《洗濯スキル》、【漂白《ブリーチ》】！」

ひと目見て、危険な物だと分かった。

とんでもない濃度の魔鉱石の毒がこの水晶から漏れ出し続けている。

きっと、これが全ての元凶だ。

僕は全力で毒を消しにかかる。

（……ダメだ、毒がどんどん内側から溢れ出てくる……一日や二日じゃ消しきれないくらいだ）

とはいえ、ここに置いていくこともできない。

ひとまずはこうするしか……！

僕はその水晶を【収納《ストレージ》】した。

この中は異空間だ、外に毒素が漏れ出すことはない。

「……もう安心です、ロウェル様。毒素の元は消しました」

「うん……うん……ありがとう！　本当に……」

ロウェル様はヘーゼル君をぎゅっと胸に抱いた。

人知れず、僕も自分の涙を拭いながらヘーゼル君の頭に頬を擦り付けるロウェル様を見守っていた。


「――雑用係、本当にありがとう。もう、君にどう感謝していいか分からないや……止めてくれなかったら私、自分の子をこの手で……」

「いいんです！　僕は奉仕ができて、それで人を助けられればそれが嬉しいんです……。ヘーゼル君が無事で本当によかった……！」

僕はロウェル様の着ている服と同じようなTシャツと短パンを作って、まだ気絶しているヘーゼル君に着せてあげた。

ちなみに、男の子の下着なら僕でも作れる。

そして、背中におぶった。

「それにしても、どうしてヘーゼルが魔獣に……？　人が魔獣になるなんて聞いたことないよ」

「恐らく……さっき僕が【収納《ストレージ》】した緑色の魔鉱石の結晶のせいです。とんでもない毒素が出ていました」

「ヘーゼルの手から落ちたやつだよね？」

ロウェル様はキャスケットをかぶり直すと首をかしげる。

「はい、魔鉱石は僕もアルミラージの角と同化している物を見たことがあります。ですが、今のは純度が段違いでした。きっとそれがヘーゼル君と同化して……」

「見た目は宝石みたいで綺麗だったけど……」

「ですが、近くにいるだけで危険です。今の水晶――名付けるなら『魔水晶』は僕が異空間に押し込んでおきましたので、ひとまずは安全です。山を下りましょう」

僕はヘーゼル君を背負ったまま、ロウェル様と手を繋いだ。

すると、またロウェル様の手がビクリと震える。

「えっと、手、また繋いで歩いていいの？」

「す、すみません……残念ながら、空気中の毒素までは浄化しきれません。まだこの辺りは毒素が残っていて吸い込んでしまいますから、僕が【洗浄《クリーン》】を使い続ける必要があります」

「そ、そっか！　うん、それなら仕方がないよね！」

ヘーゼル君を救い出せたことがよほど嬉しかったんだろう。

ロウェル様は幸せそうな表情で指と指を絡ませるように僕の手をしっかりりと握り直した

その後、僕はヘーゼル君を背負い、ロウェル様と手を握ったままコンフォード村へと戻ってきた。

村では歩けるほどにまで回復した獣人の戦士たちが僕の置いていった武器を持ち、警戒して村の周囲に睨みを利かせていた。

彼らは僕たちを見て歓喜の声を上げる。

「おぉっ！　ティムがロウェルとヘーゼルを連れて帰ってきたぞ！」

「よし、すぐに彼女たちに知らせよう！　ずっとティムを心配していたからな！」

そう言ってすぐに走って行ってしまった。

僕たちの周囲にはギルネ様の雷に打たれたであろう魔獣が煙を出して転がっている。

きっと、マウンテン・タートルが地面を揺るがした影響で逃げ出して魔獣たちが興奮状態で村に侵入したのだろう。

（よかった……僕がギルネ様の言うことに従って一緒に山に登ってしまっていたらきっと村やアイラたちに被害が出てた）

そんな風に心の中で安堵していると、ギルネ様が走ってきた。

その顔は希望に満ちていて、どれだけ心配をかけてしまっていたかがよく分かった。

しかし、僕たちの様子を見ると目を丸くする。

その瞳からはどんどん色味が無くなっていった。

「ティムが……寝取られてる……」

ギルネ様は小さな声で何かを呟くと、何やら涙を浮かべて地面に崩れ落ちた。

「あっ！　や、やばっ！」

ロウェル様はそんなことを呟くと、何やら慌てて僕と繋いだままの手を離した。


ギルネ様は瞳に涙を浮かべながら凄い剣幕で僕の服を掴んだ。

「な、なんでロウェルがいるんだ⁉　しかも手まで繋いで！　て、てことはもう――」

「ギルネ様落ち着いてください！　憎いのは分かりますが、ロウェル様も仕方がなかったんです！　その場の雰囲気もあって――」

「雰囲気に流されてヤッたのか⁉　そ、そんな……」

僕はロウェル様がギルド追放の際に傍観していた理由を必死に説明しようとした。

冒険者ギルド内での時は、ロウェル様は獣人族《ビースト》であることを隠していて目立つ行動はできなかった。

全員の注目を浴びてしまっていた〝あの場の雰囲気〟で声を上げるのはかなりリスキーだ。

力関係もあったしロウェル様もその後、神器を手に入れたニーアには逆らえなかった。

むしろ、そんな状況でも暴力を振るうニーアに一言、声を上げてくれたロウェル様を意識を失う前の僕はかすかに覚えている。

しかし、ギルネ様の怒りは収まらないようだった。

ロウェル様は頭を痛めるようにため息を吐いて、僕の肩に手を乗せる。

「雑用係君、代わって。多分、私このままじゃ誤解されて殺されちゃう」

「す、すみません。なかなかギルネ様はロウェル様の事情を分かってくださらないみたいで――」

「いや、分かってないのは雑用係君の方なんだけど……。私が説明するから、ギルネ様と二人きりにしてくれる？」

「は、はぁ……あっ、でもその前にギルネ様！　ヘーゼル君をお願いします！」

僕は《裁縫スキル》で布団を作って敷くと、おぶっていたヘーゼル君をギルネ様の前に寝かせた。

気を失ってはいるけど、呼吸も安定しているし凄く安らかな表情だ。

きっと心配は要らないんだろうけれど……。

「分かった。この子にも回復魔法をかけて様子を見よう、その後ロウェルにはじっくり事情を聞く必要がありそうだ」

ロウェル様はギルネ様に頭を下げる。

「ありがとうございます！　じゃあ雑用係君、ここは任せて」

「はい、その……ギルネ様。お手柔らかにお願いしますね」

僕はその場をロウェル様に任せた。

そして、獣人族の方の案内でレイラたちが待っている小屋へと連れて行ってもらう。

「——神様、お願いいたします。ティムお兄様が無事に戻ってきてくださいますように……」

「ティムお兄ちゃんをお願いします……！」

「ティムをお願いします……！」

小屋の中では謎の祭壇を立て、ロザリオを持ったアイリが中心になってレイラとアイラも目をつぶって必死に僕の無事をお祈りしていた。

獣人族の方の話によると、僕がいない間はずっとこんな調子だったらしい。

山からはマウンテン・タートルがひっくり返って落ちる大きな音も聞いたはずだし、これくらい心配されちゃっても仕方がないか……。

ちょ、ちょっと出にくいな。

「み、みんな……心配してくれてありがとう！　なんとか無事に——」

「ティムお兄ちゃん……！」

「ティムお兄様……！」

僕を見た瞬間、アイラとアイリが駆け寄って飛びついてきた。

泣きながら僕のお腹と胸元に顔をグリグリと擦りながら埋める。

レイラはそんな様子を見て、安心したように大きくため息を吐いた。

「無事でよかったわ。まぁ、私はティムを信じてたんだけどね!?　でも……少しだけ心配しちゃった」

「お姉ちゃんったら、山から大きな音がした時まだ歩けないのに這ってでも行こうとしたもんね！　引き止めるのが大変だったよ！」

「ア、アイラ……それは言わないで。ティム、違うのよ！　決してティムの実力を信じてないわけじゃないの！　ただ……山で迷子とかになってないかなって思って」

「レ、レイラ、そう思われる方が情けないんだけど……」

助けに行くどころか、遭難していると心配されていたことに僕は肩を落とした。

「でも、僕もみんなが無事で嬉しいよ。村が魔獣に襲われていないか心配だったんだ」

「山から大きな音がした後は魔獣が何匹か村に入り込んできましたが、ギルネさんが雷を落としてやっつけてくださいましたわ！」

「そのうち、村の人たちも体調が戻ってきてすぐに村の周囲の警戒をしてくれたんだよ！」

「そうそう、獣人族《ビースト》って凄いのよ！　みんなすぐに元気になって、動けるようになったの！」

大声でそんなことを言って尻尾を振るレイラに僕は慌てる。

「レ、レイラ……一応僕たちも今は獣人族《ビースト》のフリをしてるんだから気をつけてね……？」

「あっ！　そ、そうだった……ごめん！」

そう言って、レイラの獣耳は落ち込む様にへたりとタレた。

作り物のはずなのに、本当にどうやって動かしてるんだろう。

そんな話をしていると、ギルネ様もロウェル様とのお話を終えて一人で小屋に入ってきた。

そして、僕に深く頭を下げる。

「すまなかった、どうやら私の早とちりだったようだ。ロウェルは無罪だ。（手を繋いでいたのは）仕方がない事情があったんだな」

「ギルネ様……よかったです。分かっていただけて……」

ギルド追放の件についてはロウェル様が謝って事情を説明できたのだろう。

考えてみれば、ロウェル様はギルド追放の出来事を傍観していただけで、加担はしていない。

ギルネ様もそのことは分かっているはずだ、もう怒ってはいないようだった。

「ヘーゼルもじきに目を覚ますだろう。今はロウェルが様子を見つつ小屋に寝かせている」

「安心しました……。そうだ！　この村の泉の毒はもう消し去りましたが僕が山に行っている間にまたみなさんが毒素を吸ってしまっているはずです。【洗浄《クリーン》】をもういちどおかけしますね！」

僕がそう言うと、ギルネ様は少し恥ずかしそうに人差し指を合わせた。

「ティ、ティム……私の手を繋いで【洗浄《クリーン》】を使ってくれないか？　それでも毒は消せるんだろう？」

「あっ、はい！　かしこまりました！」

いつも頭に触られるのは嫌だったのかもしれない。

僕は少し緊張しつつギルネ様の手を握ると、ギルネ様は満足そうな表情で顔を赤くした。


その後、僕は念のため村人全員にもう一度【洗浄《クリーン》】を使っていった。

ギルネ様の回復魔法やアイラたちが飲ませてくれた僕のお手製の回復薬のおかげでもう村人たちはすでに元気に動き回っていた。

獣人《ビースト》族特有の生命力の強さのおかげでもあるかもしれない。

コンフォード村の村長――泉のそばに倒れていた美しい女性は僕たちの前に来ると深く頭を下げた。

この人もまだ二十歳くらいに見えるけど、ロウェル様を見た後だと自信がない……。

「改めて自己紹介をさせていただきます。このコンフォード村の村長、フィナと申します。ティム殿、ギルネ殿、そしてそのお仲間のみなさん。心より感謝いたします……！　おかげで村人に犠牲者はおりません。全ては皆様のおかげです……！」

村長の挨拶と同時に、村人たちも集まって僕たちに深く頭を下げる。

僕は照れながら笑った。

「あはは、いいんですよ。同じ獣人族として助けたいと思うのは当然です。それより、お腹が空きませんか？」

「は、はい！　すみません、すぐにお食事をご用意いたします！　皆様は村を救ってくださった英雄ですから、最高のおもてなしを――」

そう言って、村人たちが急いで動き出そうとしてしまったので、僕は慌てて否定する。

「あっ！　いえ、違うんです！　僕がみなさんにお料理を作りたいんです！」

「……えっ、ティム殿が私たちに……？」

獣人族《ビースト》の村人たちは不思議そうな表情で顔を見合わせた。

僕は大きなテーブルを【収納《ストレージ》】からみんなの前に出した。

この村の獣人族《ビースト》はざっと見たところ百人程度。

一人一人に作るよりも【立食《ビュッフェ》】形式にした方がよさそうだ。

僕は出発前にリンハールの城下町で購入した食材から様々な料理、デザート、飲み物を作ってテーブルに並べていった。

料理を取れるように、トングやスプーンも用意する。

獣人族《ビースト》は味覚が敏感だといっていたので、味付けは少し薄めに。

辛い料理も辛さを抑えて、甘いデザートも甘さを控えめに作る。

「できました！」

「おぉっ!!」

並べられた料理を見て獣人族《ビースト》のみなさんは唾を呑み込み、至る所からお腹の音が鳴った。

待ちきれないかのように舌なめずりをして尻尾を振っている。

「ここに重ねてあるお皿を使って、好きな料理を取ってください！　おかわりはいくらでも作りますので、遠慮せずにどうぞ！」

僕がそう言うと、獣人族《ビースト》の子どもたちがたまらず飛び出す。

「あっ、コラ！　ダメよ！　最初はティム様たちから――」

「いいんですよ、みなさんいっぱい食べてください！」

「そうよ！　ティムの料理はすっごく美味しいんだから！」

「みんな、押しあっちゃダメだよ！　手が届かない場合は大人の人に取ってもらってね！」

レイラとアイラが子どもたちを誘導する。

アイリとギルネ様が子どもたちにお皿を手渡していくのを見て大人の獣人族《ビースト》の人たちも羨ましそうな目で見つめていた。

「じゃあ、私ももらっちゃおうかな！　えへへ～、雑用係君の料理を食べるのずっと楽しみにしてたんだ～」

村人たちの中から、ロウェル様がお皿を手に料理を取り始めると、村長もお皿を手に取った。

「うむ、せっかくこんなに美味しそうな料理を用意してもらったんじゃ、食べないのは失礼に当たる！　皆の者、ティム殿のありがたい施しに感謝しながら料理をいただくように！」

口から溢れ出るよだれを拭きながら、村長が声をかけると村人たちもぞくぞくと料理に集まってきた。

「何だこりゃ！　こんなに手の混んだ料理見たことねぇ！」

「王都でもこんなに凄い食べ物はないんじゃねぇか!?」

「ケーキも見たことないものばっかり！　凄いキラキラしてる！」

「あっ、村長！　取りすぎですよ！」

「馬鹿者、早いもの勝ちじゃ！」

みんな、僕の料理を物珍しそうにしながらお皿にとっていった。

そうして口に運ぶと、みんな瞳を輝かせて尻尾を振りながら食事をかっ込む。

「凄い、お料理があっという間に無くなっていく……」

美味しそうな笑顔を見て、僕は多幸感に包まれながら料理のおかわりを作っていった。

作った料理をいっぱい食べてもらえるのはやっぱり嬉しい。

「お兄さん、本当にありがとう！　村を救って、美味しいご飯も食べさせてくれて！」

最初に僕たちが救った獣人《ビースト》族の少女、ルキナはそう言って僕の腰に抱きついて頬を擦り寄せた。

「ふふふ、ティムといると色んな人の幸せな表情が見れる。私は本当にティムに付いてきてよかったよ」

ギルネ様は満足そうに微笑んだ。


「改めまして、ティム殿！　そのお仲間の皆様！　本当にありがとうございました！」

僕たちは村のやぐらのような建物の上に丁重に座らされて、村人全員に土下座とともに感謝をされていた。

結局、三百人前は作った料理のお皿は全て空にされてしまった。

一番料理を食べていた村長のフィナさんは申し訳無さそうな顔で話す。

「す、すみません……我々は少し食欲に貪欲で……歯止めが利かずに次から次へと遠慮なく料理をいただいてしまい……」

「あはは、いいんですよ！　むしろ、こんなにいっぱいお料理が作れて嬉しかったです！」

「うむ、それにティムの料理が美味しすぎるのも悪いな！」

「そうよね！　うん、ティムが悪いわ！」

「ほ、褒められてるんだよね？　でも、美味しいって言ってもらえると嬉しいや」

僕はそんなことを言い、照れながら頭を掻いた。

――ポトリ。

「……ポトリ？」

何かが落ちたような音がした床を見る。

僕の頭に付けていた金色の獣の付け耳が床に落ちていた。

隣にいたレイラが慌てて僕の頭にそれを付け直す。

そして、僕たちは全員で冷や汗を流しながら口々に言い訳を口にした。

「ティ、ティムったら～！　驚かすのはよくないわ！」

「ティムお兄ちゃんは狐の獣人だから！　お、驚かすのが好きなんだ！」

「う、うむ！　そのためなら自分の耳だって引きちぎるぞ！」

「さすがティムお兄様ですわ！　わたくしもそれくらい身体を張れるようになりたいです！」

冷や汗をだくだくと流しながら誤魔化す僕たちを見て、村長は申し訳無さそうな表情で口を開いた。

「えっと……すみません。ティム殿。みなさんが獣人族《ビースト》でないことはここにいる獣人族《ビースト》は全員感づいていると思われます」

「――っえ？」

フィナさんの言葉に村人全員が頷いた。

そして、フィナさんは穏やかな声で続けた。

「我々は確かに排他的な種族ではありますが、受けた恩には必ず感謝をいたします！　それに、ティム殿たちはわざわざ変装してまで我々のことを助けてくださいました！　自分たちが危害を加えられてもおかしくないのに――」

フィナさんはもう一度深く頭を下げる。

「感謝にたえません。こんな田舎の村ですが、礼儀は全員わきまえております。村を救ってくださったティム様たちが他種族だからといって追い出すようなことはいたしません」

フィナさんのお話を聞いて、僕たちは安心してため息を吐いた。

「よかった～。それにしても、なんでバレてしまったのでしょうか？」

「獣人《ビースト》族は魔法を扱えません。ギルネ殿が魔法を使う様子を見て全員気がつきました。ですが、それは全て我々を守り、助けるための魔法。我々は気がついても何も言いませんでした」

「わ、私の魔法のせいか。そういえば……そうだったな」

ギルネ様は少し落ち込むよう呟く。

「それに、本物の獣人《ビースト》族であるレイラ様も一緒にいらっしゃいましたから我々は不信感もなかったのです」

「ええっと……私も人間《ヒューマン》族なんだけど……」

レイラは困惑した表情で獣耳をへたれさせる。

すごい、レイラの演技（？）は本物の獣人《ビースト》族も騙しちゃったんだ。

「ですが、ティム殿が扱う魔法は全く魔力を感知できなかったので、実は困惑していたのです……」

「あ、僕のは魔法じゃなくて『スキル』ですからね。ただの技術です！」

「そ、そうなのですか⁉　う～む、高度に卓越したスキルは魔法と見分けがつきませんな――うん？　ティム殿、何者かがこの村に来たようです。念のため、獣人のフリをしていてください」

「本当ね、複数人の足音がするわ。それに……鎧みたいなのが擦れる音も」

村長の言葉にレイラも獣耳をピンと立てて呟く。

やがて、レイラの言う通り鎧を着た五人の獣人族たちが僕たちの前に現れた。

「村に見張りも立てずに、これは何の催しだ？」

鎧を着て、槍や剣などの武器を持った五人の獣人族《ビースト》たちが現れた。

「こ、これはどうも！　王都グラシアスからの使者の皆様ですね。実は、この村で異変がありまして、その異変を解決した功労者をみなで讃えていたところです」

村長のフィナさんは頭を深く下げて挨拶をすると、対応に当たる。

自分でこの村は田舎だって言ってたし、王都の人には少し苦手意識でもあるのかな。

「異変だと……？　どのような異変だ？」

「は、はい！　村の泉に毒が混ざっていたのです」

「毒だと？　それは由々しき事態だな、人為的な攻撃か？　どのような毒だ？」

「えっと、それは――」

僕は頭の獣耳がしっかりと付いていることを確認して、答えに窮しているフィナさんの隣に行った。

今回の事件を代わりに説明するためだ。

「純度の高い魔鉱石が霊山の水源に沈んでいました。その毒を含んだ水がコンフォード村の泉まで流れてきていたようです。なぜ魔鉱石があったのかはまだ分かっていません」

「……なるほど、〝魔毒〟による影響か。しかし、水源から流れる水に含まれていただと？　そんなに大規模に影響を及ぼす魔鉱石なんて聞いたことがないぞ」

「もはや、水晶と言っても差し使えないほどの純度でした。危険な物なので、一瞬だけお見せしますね」

僕は【収納《ストレージ》】に入れていた例の魔水晶を一瞬だけ手の平に出して見せると、またすぐにしまった。

獣人の兵士たちは驚きの声を上げる。

「い、今どこから出したのだ⁉　もしかして魔法を⁉　いや、しかし魔力は――」

「これは、いわゆる雑用スキルです。村人たちが吸い込んでしまった毒も雑用スキルで消すことができました」

「な、なるほど……スキルか。我々は戦闘スキルを持った者ばかりだからな、毒を消せる者なんて王都にもいるかどうか……」

僕を目の前にして、兵士たちは話し合いを始めた。

「今の魔鉱石、とんでもない禍々しさだったな。何者かがこの森の獣人族《ビースト》全体に危害を加えようとしているのかもしれん……」

「であれば、王都にも同じような攻撃をされる可能性があるな。コンフォード村は実験に使われたのかもな」

「なんにせよ、この少年も居た方がいいだろう」

兵士たちは話し合いを終えると、僕とフィナさんに告げた。

「よし、ちょうどいい。俺たちがここにきた理由は分かっているな？　ライオス様が王都にお帰りになられる。コンフォード村の住人も王都に来るように告げにきたのだ。もちろん、この少年もだ」

「――っえ⁉　あっ、は、はい！」

フィナさんが申し訳無さそうな表情で僕を見て返事をする。

意図せず、巻き込んでしまったからだろう。

「ライオス様が帰って来るのは恐らくこの十日以内になるだろう。今回も速やかに王都に来るように。では伝えたからな」

それだけを言うと、王都の兵士たちは立ち去っていった。


「す、すみません！　ティム殿！　巻き込むようなことになってしまい……！」

「いえっ！　確かにあの兵士さんたちの言う通り、王都にも魔鉱石の毒が流れてしまっている可能性があります！　僕も様子を見に行きたいです！」

必死に頭を下げるフィナさんに僕は慌ててそう言った。

それに、きっと兵士の命令どおりに僕を連れて行かなかったらこの村やフィナさんの立場が悪くなってしまうだろう。

僕の言葉に、そばでやり取りを見守っていたギルネ様たちも頷いた。

「うむ、ティムがそうしたいというならそれでよいだろう」

「そうだね、獣人族《ビースト》の国にいればアイリお姉ちゃんをシンシア帝国から隠せるわけだし」

「あとは、わたくしたちが人間族《ヒューマン》であることさえバレなければ安心ですわ！」

「皆様……！　なんとお優しい。ありがとうございます……！」

フィナさんは瞳に涙を浮かべて頭を下げる。

「でも、王都の兵士はなんだか偉そうで嫌な感じね。ライオスとかいうやつが帰ってくるからって命令されて、この村の住人も全員で出向かなきゃならないの？」

レイラが顔をしかめてそう言うと、ロウェル様が僕たちに説明をしてくれる。

「獣人族《ビースト》の村は王都に住まわせてもらえなかった人の集まりなの、立場も弱いわ。さっき言ってたライオスはこの森の獣人族《ビースト》では最強の戦士なの。獣人族《ビースト》は魔法が使えないこともあって比較的弱い種族なんだけど、ライオスが名を馳せているおかげで他種族の侵略や迫害などをある程度は受けずに済んでるの」

ロウェル様のお話を聞いて、僕も思い返す。

「そういえば、最初に助けた女の子――ルキナも最初は僕たちを人さらいと勘違いしていたし……獣人族《ビースト》には綺麗な尻尾や耳もあるから狙われやすいのかな」

「そうだね。排他的になるのも自衛のためには仕方がないのかも……」

「なんだ、ライオスはいいやつなのか。ティムが次にぶっ飛ばす相手かと思ったぞ」

ギルネ様は不満そうに腕を組んだ。

「いいやつだなんてとんでもないっ！　そのライオスが問題なの！　二年前から、四半期に一度、王都に里帰りして自分をもてなすように強要してるんだよ！　〝若い女の子だけ〟に接待させて……ライオスは私の曲芸がお気に入りみたいだから、私も披露するために定期的に里帰りしてるんだ」

ロウェル様はうんざりしたように言った。

「なんだかんだ、ロウェルもライオスに協力的じゃないか」

「あんな奴でも今はまだいないと困るんだよ。特にここ最近は戻って来る度に荒れてるから、みんなご機嫌取りには必死だよ」

「うむ、確かに抑止力にはなるな。実力と所属している国が周囲に知られていればその国の領土内の住民には手を出しづらくなる……とはいえ、首都から離れた村には恩恵が少ないだろうが」

ロウェル様は拳を固く握った。

「だから、私がライオスを倒すの。レベルを上げて、強力な武器や神器すら手に入れて……私がライオスの代わりになれば、このコンフォード村の住人やヘーゼルだって王都で安全な生活ができるようになる。魔獣や人さらいと隣り合わせのこんな危険な状態、私が終わらせてやる。そう思って、この村で一番強かった私は村の期待を背負って二年前にギルネリーゼに入団したの」

ロウェル様の決意を聞いて、ギルネ様は右手で頬杖をついた。

「ロウェルが『ギルネリーゼ』にいたのはそれが理由か。確かに、幹部になればある程度自由に装備を手に入れることもできるからな。強力な装備を手に入れるにはダンジョンに潜る必要があるが、村の戦士たちを連れ出すと今度は村が危険に晒される。ロウェルが身につけているそのナイフもギルドの幹部たちと協力して攻略したダンジョンの奥で手に入れた物だったな」

「ロウェル様……そんな事情で種族を隠してでもあのギルドにいたのですね……」

僕はロウェル様の事情に胸を打たれた。

全ては村のみんなのために、そして我が子、ヘーゼル君のために。

知らない国で、たった一人。

孤独に戦っていたんだ……。

「とはいえ、今回の接待も油断はできない。ライオスは最近帰って来る度に不機嫌な表情になってるの。国の外で何をしているのかは知らないけれど、何かをキッカケに暴れられてもおかしくないわ」

「――でしたら、僕もライオスの接待に加わります！　僕なら美味しいお料理が作れますし、我儘なシンシア帝国の王子の世話をしていたこともありますから無茶な注文だって受けられるかも――あっ、でも直接ライオスの接待をするのは〝若い女性〟なんですよね……じゃあ、無理か……」

僕が肩を落とすと、ギルネ様たちは何やら表情を明るくした。

「ティム、やむを得ん！　ここはティムが〝女性の獣人族《ビースト》〟のフリをしてライオスをもてなすしかないようだ」

「ギ、ギルネ様……ですが僕は男らしいので女装なんて無理ですよ」

「ギルネお姉ちゃんの言う通りだよ、ティムお兄ちゃん！　それしかないよ！」

「アイラまで……女装なんてしても僕の溢れる漢気《ダンディズム》のせいで似合わないよ」

「私も賛成よ！　見たい――じゃなくて、ライオスをもてなすにはそれしかないわ」

「レイラは僕に変な格好をさせて笑いたいんでしょ？」

「ティムお兄様、わたくしのお洋服でよかったらいつでもお渡ししますわ！　なんなら、町中で急にわたくしから剥ぎ取ってもいいですわ！」

「アイリ、さすがに自分で作るからね――というか、そこまで緊急で必要になることはないからねっ⁉」

僕以外ではなぜか話がまとまりはじめてしまっていた。

「と、とにかく毒の件もあるし王都には行くよ。少なくともおもてなしの料理くらいは力になれると思うしね」

そんな時、村人の一人が小屋から出てきて僕たちに声をかけた。

「みなさん、ヘーゼルが目を覚ましました！」


知らせを受けて、村長のフィナさん、ロウェル様と僕たちはすぐに小屋の中へ。

僕が敷いてあげた布団から上半身を起こした男の子の獣人族《ビースト》、ヘーゼル君がまだ寝起きで少しぼんやりとした様子で入ってきた僕たちを見ていた。

「ヘーゼル！　よかった、目を覚まして――もう大丈夫なの⁉　本当に、本当に心配したんだから……！」

ロウェル様が飛びついて胸に抱きしめると、ヘーゼル君は顔を赤くした。

「だ、大丈夫だよ……なんだか心配をかけたみたいでごめん。俺、山で倒れちゃったのか？」

「本当に心配したよ！　もう魔獣になんてなっちゃダメだよ！」

「魔獣……？　お、俺、魔獣になってたのかっ⁉」

ヘーゼル君は自分の記憶が無いみたいだ。

ロウェル様を容赦なく襲っていたし、きっと意識が魔水晶に完全に支配されていたんだろう。

「ヘーゼル君、無事で良かった！　痛いところはない？　お腹は空いてない？」

僕が屈んで言うと、ヘーゼル君は少し驚いた様子で僕やギルネ様たちを見る。

「だ、誰だ⁉　王都のやつか⁉」

村人は全員顔見知りなんだろう。

見たことのない獣人族《ビースト》っぽい僕たちを見てヘーゼル君は目を丸くした。

「ヘーゼル、この子はティム君。私の命もヘーゼルの命も救ってくれた人よ。そして、後ろの女の子たちはその仲間のみんな」

「そ、そうなのか？　それは、ありがとう……でも、俺が寝ている間に一体何が起こっていたんだ？」

僕は何も知らない様子で首をかしげるヘーゼル君にこの村での異変を説明した。

水源が汚染されて、その毒を含んだ水が蒸発し、一晩の間で吸い込んでしまった村人たちを動けなくしてしまったことを。

そして、ロウェル様は僕と一緒に山を登った時の出来事をギルネ様たちもいるこの場でお話ししてくれた。

僕がロウェル様とずっと肩を組んで歩いていたことを話そうとすると、ロウェル様は大慌てで僕の言葉を遮った。

そっか、息子の前で足を捻って怪我してたなんて恥ずかしくて言いたくないよね。

「そ、そんなことが……。ありがとう……母さんを守ってくれて……」

ヘーゼル君は尊敬するような眼差しを僕に向けると、少し顔を赤くしてもう一度頭を下げた。

「さて、ヘーゼルよ、話せるか？　おぬしが前日に山に行った時、何があったのかを」

村長のフィナさんが聞くと、ヘーゼル君はなんだか落ち込んだような様子で話し始めた。

「霊山の水源に行ったら水底にいつもは見ない、〝綺麗な緑色の水晶〟があったんだ。だから、俺は潜ってそれを取った。持ち帰ろうと思って……」

早速、ヘーゼル君は魔水晶について話し始めた。

きっと自分でもそれが今回の原因だと何となく気がついているのだろう。

「全く、なんでそんなことしたのっ⁉　危ないって思わなかったの⁉」

ロウェル様が少し叱るような表情で問いただすと、ヘーゼル君は少し顔を赤くして呟いた。

「母さん……宝石とか綺麗な物が好きだから。そろそろ里帰りする時期だし、プレゼントに丁度いいと思って……。いつも、村の外で頑張ってるわけだし……何かあげたくて」

「ヘーゼル君……！」

僕は思わず涙が出そうなくらい心打たれた。

ヘーゼル君は凄くいい子だ。

「水源の底で拾った水晶を手に持っていたら、急に目の前が真っ赤になって身体が熱くなったんだ……その直後に魔獣になったんだと思う」

きっと、ロウェル様のためにどうしても手にした綺麗な水晶を手放したくなかったんだろう。

意味も分からずこの水晶が原因だなんて思わなかったのかもしれない。

その結果、身体に魔水晶が取り込まれて魔獣にまでなってしまったみたいだ。

「――でも、俺のせいでこんなことになっちゃったわけだし。本当にごめん……謝って済むことじゃないかもしれないけど……」

「ううん、ヘーゼル君。きっと君は村を救ったんだよ！」

僕がそう言うと、ヘーゼル君は分からない様子で首をかしげた。

「君が水源の水底からあの石――魔水晶を取り出したから、村に流れてくる水の汚染はこの程度で済んだんだ！　今も水源の水底にあったら水の毒素も濃くなってて、僕たちが着いた頃にはみんなヘーゼル君みたいに魔獣化すらしていたかもしれない！」

「そ、そっか！　ヘーゼル、凄いよ！　やっぱり自慢の子だよ～」

ロウェル様はすぐに手のひらを返してヘーゼル君に抱きついた。

「か、母さん……恥ずかしいってば。いつもすぐに抱きつかないでよ……でも、そっか、俺が村を……」

ヘーゼル君は自分の手のひらを見つめると、嬉しそうに手を握った。

「ヘーゼル君、話してくれてありがとう。もう身体は大丈夫？　もう少し寝る？」

僕が尋ねると、ヘーゼル君は立ち上がって首を横に振った。

「だ、大丈夫！　ほら、もう元気！　だから心配は要らないよ！」

そう言った瞬間、ヘーゼル君のお腹から「ぐぅ〜」と大きな音が鳴った。

ヘーゼル君の顔がみるみる赤くなる。

「お腹が減ってるんだね！　何が食べたい？　作ってあげる！」

「えぇ!?　い、いや、ティムお兄さんに作ってもらうわけには――」

「ヘーゼルはお肉が好きだよ！　甘い物も好き！」

「か、母さん!?　何を勝手に――」

「分かりました！」

僕は霊山でロウェル様が仕留めた豚の魔獣のお肉を使って骨付きのままリブの部分を焼いた。

こんがりと焼き終えたお肉を鍋に入れて、甘いマーマレード、白ワインとお醤油で特製ソースを作って一緒に煮込む。

その間にパンとスープも作る。

パンは生地にバターをたっぷり練り込んでしっとりと焼き上げたバタースコッチ。

スープは甘くて味の濃いお肉に合うようにあっさりとしたコンソメスープだ。

完成したスペアリブとパン、スープをお皿によそって、部屋のテーブルに置くとヘーゼル君は目を丸くした。

「え、えぇぇ!?　一瞬で料理が!?」

そして、鼻をスンスンと動かしてヘーゼル君の口からよだれが溢れ始めた。

尻尾がブンブンと激しく揺れて、お腹がさっきよりも大きな音を出して主張する。

もう待ちきれない様子だ。

（……ここで「待てっ！」って言ってみたらどうなるんだろう）

いやいや、そんな意地悪しちゃダメだ。

でも、どんな顔をするか見てみたい気もする、いや、ダメだって。

「た、食べたばかりでお腹いっぱいなのに美味しそうじゃ……食べたい……」

僕の背後からはそんなフィナさんのつぶやきも聞こえた。

フィナさんはさっきのビュッフェ形式の食事でも凄くいっぱい食べていた。

流石にこれ以上食べるのは身体に毒だと思うので、僕は聞こえなかったフリをした。

「さぁ、おあがり」

「ティ、ティムお兄さんって料理も作れるのか⁉　す、凄い！」

ヘーゼル君はキラキラさせた瞳を僕に向けると、すぐさまテーブル前の椅子に座る。

そして、僕の料理に口をつけると、幸せそうな表情で「ん～♡」と小さく声を上げた。

まるで弟ができたみたいだ、アイラやギルネ様に褒めてもらうのとは違って尊敬されるのはまた違った嬉しさがある。

いっぱい食べて大きくなって欲しい――いや、身長とか抜かされちゃいそうだし小さいままでいて欲しい気もする。

「…………」

「……！」

ヘーゼル君が幸せそうな表情でお肉にかぶりつく様子を見て、僕もついじーっと見つめてしまっていた。

そんな僕の視線に気がついて頬を赤く染める。

しまった、つい見とれて食べにくくさせちゃったみたいだ。

「ヘーゼル君も大丈夫みたいですし、僕たちも今日はもう休みましょうか」

知らない人たちに囲まれて、このままだとヘーゼル君が気疲れしてしまいそうなので、僕が提案するとギルネ様たちも頷いた。

「あぁ、そうだな。ティムも今日は本当にお疲れ様」

「そういえば、レイラはもう足が治ったんだね。よかった」

僕がそう言うと、レイラは申し訳無さそうに人差し指で頬をかいた。

「心配させてごめんね。実はまだ完全には治ってなくて……歩くくらいは問題ないんだけど」

「うむ、だから今夜レイラの足に回復魔法をかけて完全に治そうと思ってな。レイラは無茶をしてティムを救ってくれたんだ、私が絶対に治してやるぞ」

「ギ、ギルネも今日は回復魔法や攻撃魔法を沢山使って魔力がないんでしょ？　あまり無理をしちゃダメよ？」

レイラがそう言うと、アイラが腕を組んで考え始めた。

「でも、明日から王都に向かうならみんなで歩くことになるだろうし、やっぱりお姉ちゃんの足は

治した方がよさそうだね」

「レイラさん！　もし明日になっても足が不調でしたらわたくしがおんぶをしますわ！　わたくしは疲れ知らずですから！　ご遠慮なく！」

役に立てそうな雰囲気を感じ取ってアイリがすかさず手を挙げてぴょんぴょんとアピールする。

そんな様子を見て、思わずみんなで笑った。

「王都への出発は明日の朝、また村人たちを全員集めますのでご説明はその時に。では、皆様こちらへ」

フィナさんに連れられて、僕たちはそれぞれの部屋に案内してもらった。


その夜。

僕は通してもらった部屋で考え事をしていた。

例の『魔水晶』についてだ。

魔鉱石は【味見《テイスティング》】をしたことがある。

アルミラージの角に含まれていた物だ。

純度の低い魔鉱石ですら細胞を活性化させるとてつもないエナジーが含まれていた。

（もしかしたら、魔水晶も利用できるのかも……上手く加工すれば『食材』として）

そんなことを考えた時、不意に扉がノックされた。

僕は少しびっくりして身体を震わせる。

「えと、雑用係君……私。　あの、入っていい？」

「えっ⁉　は、はいっ！　どうぞ！」

申し訳ないけど、声では誰か分からなかった。

僕のことを『雑用係君』って呼んでるからロウェル様だと思ったんだけど、いつもと声が違う。

なんだか、少し緊張しているような……少し甘ったるい声のような……。

僕が入室を許可すると、薄い寝間着を着たロウェル様がなんだかしおらしい様子で部屋に入ってきた。

薄い寝間着を身にまとったロウェル様は獣耳と尻尾を垂らしながら僕に上目遣いで話しかける。

「と、突然ごめんね！　疲れてるなら追い払ってくれていいんだけど……で、できれば少し話したくて……」

「大丈夫ですよ！　何か飲まれますか？　今、椅子をお出ししますね！」

「う、ううん！　気を使わないで！　君はそのままベッドに座っててていいから！」

ロウェル様は、手に持っていた布袋を部屋の机に置くと、床に膝をついた。

そして、綺麗な正座をすると僕に向けて頭を下げ、土下座する。

「雑用係君、本当にごめんなさい！　そして、ありがとう……私は今、君への気持ちが大きすぎてどうしていいか分からないんだ……言葉じゃ伝えきれないの。君が望むことならなんでもしてあげたい！　だから、ここに来たんだ」

慌てて僕も床に膝をついて、ロウェル様の肩に手を乗せた。

「そ、そんなの気にしないでください！　追放の件はロウェル様の立場ならどうしようもなかったことですし、気に病む必要なんて――」

「ううん、違うの。これは罪滅ぼしだとかそういうのじゃないんだ。ただ、私が君に奉仕したいの。いつも人のために頑張ってる君だったらこの気持ちは分かるよね……？」

床に座ったまま、ロウェル様は少し顔を赤らめてそう言った。

「だから、な、何か……雑用係君のために私がしてあげられるようなことはないかな……？」

「い、いえっ！　そんな、大丈夫です！　ロウェル様が僕にしていただくことなんて！」

「何もないの？　……やっぱり私なんかじゃ嫌？」

「そ、そういうわけでは……！」

「大丈夫だよ、何でも言って。その……部屋の鍵も締めたし、ギルネ様たちももう寝たみたいだから」

そんな甘い誘惑に、僕はついロウェル様の綺麗な身体に目が行ってしまい、急いで視線を床に向けた。

「じ、実は……その……」

ロウェル様は僕に優しい笑顔を向けると、囁いた。

「うん。なに？　どうしたいの？」

わんぱくなイメージのあるロウェル様だけど、今は大人の女性としての包容力を感じる。

思わず身も心も預けて甘えたくなってしまうような……。

気がつけば僕はつい、モジモジしながら心に秘めていた願望を話してしまった。

「じ、実はロウェル様の〝身体に触りたい〟と思ってまして……」

こんなことを言ったら怒られるかもしれない。

そう思って僕が固く目を瞑ると、ロウェル様は嬉しそうに僕の肩を掴んだ。

「そ、そうだよね！　うん、いいよ！　よかった〜、山にいる時も私の身体をチラチラ見てると思ってたから勘違いじゃなくて！　うん、いいよ！　私もそんなに若いわけじゃないけれど、その……今日まで身体は磨いてきたし、結構自信はあるんだ！」

ロウェル様はそう言って、僕に両手を広げた。

「ほら、きていいよ」

「ではその……ロウェル様の尻尾に」

「うん、私の尻尾でよかったら好きなだけ触って！」

「じゃ、じゃあその……し、失礼します！」

僕はおそるおそる、できるだけ優しくロウェル様の綺麗な尻尾に触れた。

（す、凄いモフモフだ……！　柔らかくて、撫でると少し獣っぽい香りがする……温かくて気持ちいい……）

そうやって撫でさせてもらっていると、ロウェル様の顔が赤くなって呼吸が荒くなってきた。

「ねぇ、雑用係君。これだけじゃ満足できないよね……？　わ、私も物足りないし……」

「そ、そんな……いいんですか？」

「うん、ほら……言っていいよ。どうしたい？」

「じゃあ……」

僕は唾を呑み込んだ。

「ロウェル様の〝獣耳〟も触らせていただいていいですか……？」

「そうだよね、獣耳を……うん？　耳？」

僕のお願いを聞いたロウェル様は急に熱を失ったような声をあげた。

調子に乗ったお願いをして、機嫌を損ねてしまったと思った僕は慌ててベッドの上で土下座をする。

「す、すみません！　流石に嫌ですよね……その、獣人族《ビースト》の獣耳は生まれた時から毛が生え変わらない産毛《うぶげ》なので触ると凄く柔らかくて気持ちがいいみたいだってアイラがさっき部屋に連れてきてくれる前に僕に教えてくれてて……尻尾も凄くモフモフしててさわり心地がよかったからロウェル様の獣耳も是非とも触ってみたくて……」

僕が慌てて弁明すると、ロウェル様は絶句してしまった。

や、やっぱり怒らせちゃった……。

山にいた時も僕はついチラチラとロウェル様の〝耳や尻尾〟を見てしまっていた。

凄くモフモフしていて、愛らしく動いていて、触りたかったから……。

「えっと……つまり雑用係君は獣人族《ビースト》の耳とか、尻尾とかの獣毛《じゅうもう》のさわり心地よさそうだったから触りたかっただけ……？」

「は、はい……ごめんなさい……」

「じゃ、じゃあ……私は勝手に気持ちよくなって……」

小さな声でボツりと何かを呟くと、ロウェル様の顔がどんどん赤く染まった……。

「ま、全くっ！　獣人族《ビースト》にとって尻尾を触らせることにどんな意味があると——まぁ、知らなかったなら仕方ないか。私も嬉しかったし……ほら、私の獣耳も触っていいよ。好きなだけ触って」

「ほ、本当ですか!?　ありがとうございます！」

ロウェル様は何やら呆れたように大きくため息を吐いて、僕に頭を差し出した。

僕はまたおそるおそる触らせてもらう。

（こ、コレは想像以上に……！）

「凄く柔らかくて気持ちいいです！　最高です！」

「ふ、ふーん？　まぁ私もそんなに悪くないかな。雑用係君が喜んでくれてるなら私も嬉しいし……」

「そういえば、尻尾を触らせるのってどんな意味があるんですか？」

僕が聞くと、ロウェル様の顔がまた赤くなった。

「べ、別に深い意味はないよっ！」

「そうなんですね？　すみません、他の種族には詳しくなくて……」

「あっ、でも、他の子には『触らせて』なんて言っちゃダメだよ！　び、敏感だから！　私にはいいけど！」

「分かりました！　敏感なのに遠慮なく触ってしまってすみません……つい、モフモフが気持ちよくて」

「いや、むしろもっと乱暴にしてくれても……尻尾の付け根とか……。ま、まぁ、明日からも一緒に王都に向かうわけだから途中で触りたくなったら言ってね」

「は、はい！　嬉しいです！」

沢山、獣耳を触らせてもらうと僕は頭を下げて感謝した。

ロウェル様のありがたいご提案の通り、このモフモフは毎日触りたくなっちゃいそうだ。

「ロウェル様、ありがとうございました！　おかげで凄く満足できました！」

「う～ん。ね、ねぇ、本当にこれだけでいいの？　他にも……いや、これじゃさすがにあからさますぎるか……うん、雑用係君が満足そうで私も嬉しいよ」

そう言うと、ロウェル様は立ち上がって、僕の部屋に入った時に机の上に置いていた布袋を僕に渡した。

「雑用係君、これあげるね。少ないけど、今後の冒険の足しに使って」

「……これは？」

布袋を開くと、中には沢山のお金が入っていた。

まるでかき集めてきたような細かいお金で三万ソルくらいはありそうだ。

僕はあわてて袋を返そうとする。

「な、なんで僕にお金を!?　受け取れません！」

「雑用係君はこれからも旅をして、お金が必要になるでしょ？　雑用係君の役に立って、私があげられる物はこれしかなかったから。雑用係君、もうお金も持ってないんでしょ？」

「な、なんでそれを知って――」

危うく、真実を言いかけたところで僕は自分の口を塞いだ。

そして、もう一度布袋を突き返す。

「お金は街に着いてから仕事をすれば工面できますし、心配には及びません！」

「甘いよ、雑用係君。国によっては国外の人には仕事を受けさせてくれないところもある。ギルネ様たちにひもじい思いはさせたくないでしょ？」

「ず、ズルいですよ！　そんな言い方！」

「ごめんね、でもこれも私が雑用係君にしなくちゃいけないことだったから……あはは、こんなお金じゃ全然足りてないんだけどね……」

ロウェル様はそう言って微笑む。

そんな表情を見ると、僕も何も言えなくなってしまった。

「付き合ってくれてありがとう。じゃあ、雑用係君……お休み。明日から王都に向けての旅、頑張ろうね」

「はい……ロウェル様。お休みなさい」

結局僕はお金を受け取ってしまったまま部屋から出ていくロウェル様を見送った。

そして、布団に入る。

（明日から王都に向けてみんなで出発だ。頑張らなくちゃ……！）

「ティム、おはよう〜」

「ティム、おはよう！」

「ティムお兄様おはようございます！」

「ティムお兄ちゃん、おはよう！」

「皆様、おはようございます！」

村長、フィナさんの住居の前で僕はギルネ様たちに挨拶をした。

僕以外の全員はこの村の一番大きくて立派なフィナさんの家に泊めてもらっていた。

みんな、僕があらかじめ渡して置いた獣耳を付けて、尻尾付きの服を着ている。

もちろん、僕も獣耳と尻尾を常に付けておくつもりだ。

慣れておかないといけないし、もう外れちゃわないようにしないと。

「レイラ、足は治ったの？」

「うん！　ギルネがすっかり治してくれたわ！」

「あはは、ギルネお姉ちゃんったら、『傷を完治させるには私と一緒に寝なければならない』とか言い出して面白かったんだよ！」

「レイラさんはそれでも土下座しながら拒んで、つい笑ってしまいました！」

「あ、あそこまで嫌がられるのは傷ついたな……」

「だ、だから違うの！　ギルネと一緒になんて……眠れなくなっちゃうわ！　お、同じ部屋でも緊張したんだから！」

「あはは、レイラは確かにアイラ以外の人と寝るのは苦手そうだね」

「お姉ちゃん、もう少し人に慣れられるといいね～」

そんな話をしていると、村長のフィナさんが僕たちのもとに来た。

「皆様、村人を全員集めました。これから王都へ向けて出発するための号令をかけますので、ティム殿たちも私と一緒に前へお願いします」

「は、はい！」

緊張しつつ、僕たちは村長のフィナさんとともにやぐらに上がって、村人全員の前に立った。

フィナさんは、大きく息を吸い込む。

「王都までは全員で歩いて四日だ！　道中のモンスターに注意を払いつつ、野営をしながら進むぞ！」

「おぉおおお！　ティム様たちには傷一つ付けさせねぇぞ～！」

そう言ったフィナさんの号令とともに獣人族《ビースト》のみなさんが旅に出るために荷物の準備をしようとしたので、僕は慌てて付け加えた。

「み、みなさん、野営用の荷物は要りません！　着替えも大丈夫です！　……あっ、でも女性の方は替えの下着だけは日数分持って行ってください、ごめんなさい」

いつものようにそう言って僕は謝りつつ伝えた。

服、食事、テントなどは僕が用意できる。

みんな手ぶらで出発しても大丈夫だ……女性の下着以外は……。

フィナさんの号令が終わると、村人のみなさんは置いていく物を箱の中に入れて地面の下に埋め始めた。

といっても、みんな大した物は持って持っていないようで、それもすぐに済んでしまいそうだ。

「それにしても、ライオスの接待をするのは女性だけなのに男性も含めて村人全員で王都に行くんですね？」

「そうよね、村がもぬけの殻になるから魔獣も入りたい放題じゃない？」

レイラも首をひねるとフィナさんは説明してくれた。

「コンフォード村の女性が全員村を抜けるということは戦力が半数になるということですから、逆に誰かがこの村に残ってしまった方が危険なのです。それに、魔獣の目的は人間の血肉ですから。出ていってしまえば村には目的の物が無くなります。住居が少し壊されるくらいで済むのです。野党が入り込む可能性があるので、大事なものは地面に埋めておりますが」

ギルネ様は深く頷いた。

「なるほどな……まぁ、何より王都に命令されたら従わざるを得ない上下関係もあるのだろう。村人全員で向かわせることで権力の誇示をするのも目的の一つに思える」

「情けないことですが……そのとおりです。だから、この村の立場をよくするためにロウェルが頑張ってくれていたのですが……」

フィナさんがそう言うと、丁度ロウェル様とヘーゼル君もやって来た。

「ほら、ヘーゼル！　病み上がりでしょ？　私がおんぶしてあげるってば」

「だ、大丈夫だから。恥ずかしいよ……一人で歩けるから」

「あっ、ヘーゼル君おはよう！」

「ティ、ティムお兄さんおはよう！　き、昨日はありがとう！」

僕が挨拶をすると、ヘーゼル君は少し緊張したように挨拶を返した。

意外と人見知りなのかな？

「ロウェル様もおはようございます！　昨夜は――」

「お、おはようっ！　うん、本当におはようっ！　さぁ、フィナ様私たちも準備は万全です、村人が集まったらすぐに行きましょう！」

僕が昨日の夜、尻尾を触らせていただいたお礼を言おうとすると、ロウェル様は言葉を遮って慌てたように出発を促した。

『別に気にしないで』ってことなのかな？

他の村人たちも全員準備を終えて村の入口に集まった。

「よし、ではよいな？　皆の者、出発！」

フィナさんの掛け声とともに、僕たちはコンフォード村を出発した。

第九話　王都への移動

コンフォード村を出発した僕たちは獣人族《ビースト》のみなさんと王都グラシアスがある南東に向かって歩いた。

僕たちは村長のフィナさんと一緒に隊列の中央に、丁重に扱ってもらっている。

「ティム様たち、お疲れになりましたらすぐに言ってくださいね！　お運びいたします！」

「だ、大丈夫です！」

獣人族《ビースト》のみなさんはしきりにそう言って僕たちを気遣ってくれた。

最初は僕たちを大きな板の上に乗せて担ぎ上げようとしていたし……流石に恥ずかしいから断ったんだけど。

「ヘーゼルもほら、まだ本調子じゃないんだから隊列の内側にいて」

ロウェル様がヘーゼル君の腕を引いて、僕たちの近くに連れてきた。

「お、俺はもう大丈夫だって！　この村でも母さんに次いで二番めに強いんだし、俺も魔獣が出てきたら戦うよ」

「う〜ん、じゃあ雑用係君を守ってあげて。それならいいでしょ？」

「え？　で、でもティムお兄さんは俺なんかいなくても大丈夫なくらい強いんじゃ……村を救ったわけだし」

ロウェル様が僕に目配せをしたので、僕も話を合わせる。

というか、話を合わせるも何も僕は本当に守ってもらわないとダメなくらい弱いんだけど。

とにかく、ロウェル様にとっては心配だからヘーゼル君が魔獣の手から遠い内側に居て欲しいんだろう。

「へーゼル君、守ってもらえると嬉しいな」

「そ、そうか!? 分かった、ティムお兄さんたちは俺が守るから安心してくれ!」

そう言って胸を張るヘーゼル君。

凄く素直で可愛くて頼りになる。

やがて、森林を歩いていると魔獣たちも前から、後ろから、僕たちの隊列に襲いかかってくるようになってきた。

見た感じ、魔鉱石の影響は受けてなさそうだ。

すぐに獣人族《ビースト》の大人の人たちが連携して交戦する。

獣人族《ビースト》らしい身のこなしで、魔獣たちを危なげなく華麗に討伐していった。

そんな姿を見る度に「俺もティムお兄さんにいいところを見せたい……」とヘーゼル君が不満そうな表情で頬を膨らませていた。可愛い。

倒した魔獣の死骸は食料や素材になるので僕が回収した。

ついでに、途中で見かけた木になっている実や山菜なども回収する。

この森林では素材採取が捗りそうだ。

「ギルネ様、魔獣が出てきた時は雷の魔法で倒して差し上げないんですか？　あっ、もちろん魔力を温存してるとか、お疲れだとかの理由もあるのかもしれませんが」

いつもなら、魔獣が出てきたらすぐに雷を落として倒しているギルネ様に僕は尋ねる。

「魔獣を倒せばレベルが上がるからな、この森で生きていくならできるだけ獣人族《ビースト》たちで倒して強くなってもらった方がいいだろう。子どもたちに戦い方を見せているようだしな。それに、一つだけ〝問題〟があって……」

そう言うと、ギルネ様は困ったように頬をかく。

「森林の中だと見晴らしが悪く、すぐに飛び出して獣人族《ビースト》の誰かと交戦してしまうだろう？　私の魔法は細かい制御が効かないからな……味方も巻き込んでしまうんだ」

「あっ、そう言えばおっしゃってましたね。なるほど……」

「うむ、本当はティムとも協力して戦いたいんだがな……。すまないな、私が修行を怠ってしまっていたばかりに……」

「い、いえっ！　そんなことはありません！　そうだ、僕が雷耐性の服を仕立てて着ればギルネ様の雷を受けてても平気ですよ！」

「そ、それでもティムの近くに雷を落とすのは戸惑ってしまいそうだな……」

そんな話をしながら、獣人族《ビースト》のみなさんと一緒に日が暮れるまで歩いた。

夜——

僕は獣人族《ビースト》のみなさんと協力して沢山の小さなテントを張った。

一つのテントにつき二人まで生活できるようになっている。

ギルネ様とアイリ、レイラとアイラでそれぞれのテントを使い、僕は一人で使うことにさせてもらった。

さすがに今回のテントみたいな狭い空間で女の子と一緒に寝たりはできないし……。

ちなみに、今までは野営のための道具を大量に持ち歩く必要があったため日暮れには疲労困憊だったのだが、今回はそれが要らなくなったため、「全く疲れてない！」と獣人族《ビースト》のみなさんは大喜びだった。

（ここは森林だし、獣人族《ビースト》のみなさんがいれば……！）

以前、行商人のみなさんと平原を歩いていた時には断念していた『お風呂』だが、今回は作れそうだ。

そう思った僕はまず、獣人のみなさんに穴を掘ってもらった。

歩き通しの後にお願いするのは気が引けたけど、みなさんなんてこともないかのように腰までの深さの凄く広い穴を掘ってくれた。

僕はその穴に〝防水〟をエンチャントした一枚の巨大な布を敷いて、中に《洗濯スキル》で生み出した水を注ぐ。

水が十分に溜まったら、《調理スキル》の【加熱《ヒート》】で温水にして、【保温《キープ》】をかけて冷めないように一定の温度が保てるようにした。

そして、森林を歩いている時に、見かけたら取ってもらっていた柚子などの柑橘系の果物をお湯に沢山浮かべる。

最後に、周囲の木々に厚い布を吊るして遮蔽物を作った。

「みなさん、お風呂ができました！」

「うおぉぉぉ！」

湯気が立ち上り、柑橘系のいい匂いが周囲に充満する。

そんなお風呂を見て獣人族《ビースト》のみなさんは歓声を上げて瞳を輝かせた。

「す、凄く喜んでくださっていますね」

フィナさんも興奮を隠せないような様子でそう言った。

「そもそもうちの村では水浴びしかできなかったので、温泉に入れるなんて夢みたいなことなんです」

「そっか、温水を出す設備は魔道具だしあの小さな村じゃ手に入らないかも……」

そして、興奮した様子の獣人族《ビースト》の若い女の子たちが尻尾を振りながら急に僕の両腕を取って囁いた。

「ティ、ティム様、私たちと一緒に入りませんかっ!?」

「い、一緒にって……ええっ!?」

しかし、ロウェル様とヘーゼル君がすぐに気がついて、僕の腕を取り返して女の子たちを追い払う。

「こら！　大恩人になんてことを言うの！」

「ティムお兄さん、気をつけてください。獣人族《ビースト》は衝動的な種族なんです」

「そ、そうだよね！　うん、興奮してついあんなこと言ったんだよね！　びっくりした！」

ヘーゼル君は他にも僕を遠くからチラチラと見ている女性の獣人族《ビースト》たちに睨みを利かせて、「ガルルル」と威嚇していた。

「ティ、ティムお兄さんは僕と入りましょう！」

「そうだね、男女で時間を分けようか」

僕がそう言って男女別で時間を決める。

先に女性のみなさんに入浴をしてもらって、その間に僕が食事を作って置いておくことにした。

またコンフォード村で食事を作った時と同じ様に沢山の食事を外の机に並べる。

獣人族《ビースト》のみなさんは一人で三人前は食べるから今回も三百人前だ。

「私はお姉ちゃんと一緒に一番最後に入るね！」

「ア、アイラいいのよ、気を使わなくて。みんなと一緒に入れば」

「じゃあ、二回入ろうかな！　私、お風呂大好きだから！」

レイラはやっぱり他の人とは一緒に入れないから一緒に入れるアイラが気を使っていた。

一番最後になっても僕のスキルがかかってる限り、お風呂のお湯は温かいままだからレイラも寛げるだろう。

「ちっ、ティム一人だったら『時間を間違えた』とかで風呂に乱入できたのに……他の獣人族《ビースト》がいるならダメだな……」

「妹という立場を使えばティムお兄様と……！　いえ、他の方がいるからダメですね……残念ですわ……」

ギルネ様とアイリも何かを呟いたあと、ため息を吐いてお風呂に向かった。

全員で食事、入浴が終わると、各々は自分たちが寝るテントに入っていた。

もちろん、テントの中の寝具も寝間着も僕が全員分作った物だ。

獣人族《ビースト》のみなさんは、村ではゴザのような物に寝ている人も多かったらしいし、服も肌触りの悪い粗悪品の物しかなかったらしい。

僕が作った寝間着を着たり、ベッドを見る度に驚愕していた。

そうして、全員が寝ようという頃。

もう日は完全に落ちたけど、テントの周りには松明を立てて置いたから明るい。

そんな中、僕は本を持ってレイラとアイラが一緒に寝るテントに向かった。

出国の際、ベリアル王子が僕に渡した家事スキルについての本。

『エルフ語』で書かれているらしいこの本をアイラに読んでもらうためだ。

家事スキルは生活スキルの中の種別の一つだ。

まだ、僕の知らないスキルがあったりするのかもしれない。

テントの前に着くと、僕は声をかける。

二人とも、入浴が遅かったし、まだ起きているはずだ。

「アイラ、レイラ……夜にごめんね。入っていい？」

「お姉ちゃん！　ティムお兄ちゃんがきたよ！」

「あら、ティム？　どうしたの？」

テントを開くと、二人は僕を迎え入れてくれた。

アイラは寝間着姿のまま僕に抱きついて顔を擦り寄せる。

湯上がりの柚子のいい匂いがした。

「私たちと一緒に寝たいから来たんだよね！」

「ほ、本当に⁉　ご、ごめんなさい私は心の準備が……申し訳無いけど、アイラと二人で寝て――」

「ち、違うよっ！　アイラに本を読んでもらいたくてきたんだ！」

アイラが突然変なことを言い出したので、僕は慌てて否定した。

レイラにはやんわりと断られてて地味に傷つく……まぁ、当たり前なんだけど。

「ほら、リンハールの王城でベリアル王子が僕に渡してくれた本。アレを読んでほしくて」

「そっか！　ティムお兄ちゃんに読み聞かせができるなんて、なんだか弟ができたみたいで嬉しいなぁ～」

「気になるわね。私も隣で聞いていていい？」

レイラが聞くと、アイラはニヤリと笑って頷いた。

「うん、いいよ！　じゃあ二人ともそこのベッドで一緒に横になって！」

「――えっ？」

「ど、どうして？」

アイラのよく分からない指示にレイラと顔を見合わせる。

「読み聞かせをするんだから、寝てないとダメでしょ？」

「べ、別に寝なくても話は聞けると思うわ！」

「そ、そうだよアイラ！」

「だ〜め、二人ともベッドに寝ないと読んであげない！」

アイラは本を抱きかかえると、そう言ってそっぽを向いた。

機嫌を損ねちゃったみたいだ……。

「じゃ、じゃあ仕方がない……レイラ、一緒に寝よっか」

「え、えええぇ!?　わ、わわ、分かったわ！　あ、あまり近づかないようにするから！」

僕がベッドの右端にうつ伏せで横たわると、レイラも左端にうつ伏せで横たわった。

姿勢が辛くならないように二人分のクッションを作って、顎の下に挟み込む。

「ほら、二人とももっとくっついて。ベッドから落ちちゃうよ？」

「そ、そうね。ティム、落ちたら大変だわ。真ん中に寄って」

「レ、レイラも落ちないようにね。もっと真ん中に……」

そんなことを言い合うと、結局ベッドの真ん中で二人くっつく形になった。

レイラの綺麗な赤い髪がすぐ近くに。

お風呂上がりの余熱とレイラのいい香りが僕をドギマギとさせた。

「うぅ～、二人の間に挟まりたい……いや、我慢しないと。じゃあ、読むね」

そんなことを呟くと、アイラは本を開いて読み始めた。

最初のうちはまず、家事スキルそのものについての概要。

シンシア帝国の使用人のみんなに教えてもらっていて、僕でも何となく分かっているような内容だった。

レイラは早くも頭から煙を出し、フラフラとさせて目を回している。

そして、本はようやく家事スキルの本題に入った。

「〝家事スキルの基本は『さ・し・す・せ・そ』から始まる『五大技能』が中心となっている〟」

アイラが読み上げた後、僕たちは首をひねる。

「さ・し・す・せ・そ？　なんだろう？」

僕たちは五本の指を折りながら考えた。

「えっと、『さ』は《裁縫スキル》だよね？」

「『し』はなんだろう？　『す』は炊事、きっと《料理スキル》だね！」

「『せ』は《洗濯スキル》かしら？　凄く便利なスキルよね」

「『そ』はきっと掃除だね。《清掃スキル》だ！　『し』だけが分からない……」

「あっ、でも続きに書いてあるよ！　ここを翻訳してみるね！」

アイラは少しページを飛ばしたところに該当の箇所を見つけたらしい。

その場所の翻訳を始めてくれた。

『〝し』は『躾《しつけ》』である。『躾』とは親が子に、主人が手下に対して行うものであり、『調教』と言い換えることもできる。このスキルを扱えるものはごく少数。そして『調教する』ことをスキル名では『テイム』と呼び、その使い手は『テイマー』と呼ばれている〟』

レイラは驚きの声を上げた。

「い、今『ティム』って言った⁉　なんでティムのことが書いてあるの⁉」

「お姉ちゃん、『ティム』じゃなくて『テイム』だよ！『調教』っていう意味みたいだね、アイリお姉ちゃんが聞いたらすっ飛んできそう」

「えっ？　何でアイリが？」

「ティムお兄ちゃん、やっぱり気がついてないんだ……。いや、気がつかないままの方がきっといいよね」

アイラは何かを呟くと、ウンウンと頷く。

「アイリお姉ちゃんのことは置いておいて、《躾スキル》を扱えれば『テイム』っていうのが使えるんだって！」

「で、でも……そもそも僕にそんなスキルを使えるかな」

「確かに、ティムお兄ちゃんは誰かを躾けたりなんてしなさそうだもんね。でも凄いよ、極めると魔獣を手懐けることもできるんだってさ！　言葉も聞こえるようになって、意思疎通もできるようになるみたい！」

「僕は〝神聖〟のせいで魔獣に嫌われてるんだけど……」

「う～ん、じゃあ逆に魔獣と敵対する生き物には好かれるんじゃないかな？」

「そんなのいるかなぁ？」

僕はウンウンと頭を悩ませる。

「私、アイラを躾けたことなんてないのに、アイラは本当にいい子に育ってくれたわよね」

「お姉ちゃんは私を甘やかしすぎて、欲しがる物はなんでも与えようと死ぬ気で頑張っちゃうから私もお姉ちゃんが無理をしすぎないようにしてたんだ」

「あはは、ある意味……躾なのかな？　どっちが躾けられてるのか分からないけど……」

「躾についても説明がもう少しあるみたい。読んでみるね」

アイラはチラリとレイラを見てから単調なリズムで読み始めた。

「〝『躾』を通して対象を正すことでテイムの条件は揃う。『躾』とは自分の思いのままに相手を従わせることではなく、相手を思いやり、正しきを教え、絆を育むことである。その中で躾を施した相手を尊敬し、慕い、恩義を感じることで――〟」

そんな話の途中で、急に僕の腕に重みを感じた。

見ると、目を閉じたレイラの頭が僕の腕の上に乗ってしまっていた。

どうやら、難しい話でついに頭がショートして眠ってしまったらしい。

レイラの頬が直接僕の腕に乗り、温かい体温が伝わる。

「レ、レレ、レイラ!?　ね、寝ちゃったの……？」

「作戦通り――じゃなくて、お姉ちゃん難しい話は苦手だからね～」

「ど、どうしよう……手を動かすと起こしちゃいそうだし……」

「ティムお兄ちゃんもそのまま寝るしかないよ！　私は少し狭いけどお姉ちゃんの隣で寝るね！」

アイラはそう言うと、すぐに僕たちに掛け布団をかけて布団に潜り込んでしまった。

「だ、ダメだよアイラ！　こんなのレイラが起きたらびっくりしちゃうよ！」

「じゃあ、ティムお兄ちゃんお休み～」

「うぅ……眠れないよぉ……」

その後、レイラが幸せそうな表情で僕の腕に頬を擦り寄せて、驚いた僕の声でレイラを起こしてしまった。

何度も何度も謝るレイラと不機嫌な表情になってしまったアイラと別れて僕は自分のテントに戻った。

第十話　アイラのお洗濯

朝、僕は獣耳と尻尾を装着してテントから出る。

朝の支度だ。

まずは獣人族《ビースト》全員、百人分の衣服を外に用意した机の上に置いていっていた。

すると、後ろからトントンと背中を叩かれる。

「ティムお兄ちゃん！　おはよう！」

「アイラ！　ずいぶん早起きだね、おはよう！」

アイラも獣耳と尻尾をちゃんと付けて僕に笑顔を向けていた。

「うん、昨日ティムお兄ちゃんに読み聞かせした本をあの後一人で読んでたんだけど、お裁縫の仕方とか、お洗濯の仕方も書いてあったんだ！　もしティムお兄ちゃんの邪魔じゃなければ私も何かやってみたいと思って！」

「邪魔だなんて、アイラの想いは凄く立派だよ！」

僕は考える。

アイラができる家事……。

料理はこの前パンケーキ作りを手伝ってもらったし、裁縫はまだ時間がかかりそう……となると

「アイラ、洗濯をしてみようか！」

「お洗濯!?　うん、したいしたい！」

アイラは瞳を輝かせてぴょんぴょんと跳んだ。

「じゃあ、まず僕がお手本を見せるから。よく見ていてね」

僕はまず、木と木の間に糸を緩く張って衣服を干す場所を作った。

そして、昨日の夜、獣人のみなさんから回収した衣服を一枚ずつ出していく。

受け取った時に【洗浄《クリーン》】をしてしまっているから本当は汚れていないんだけど……。

でも、洗濯のやり方を教える分には大丈夫だ。

「こうやって、布地を傷つけない程度にゴシゴシと洗うんだよ」

「うん！」

「そして、頑固な汚れが付いている場合はつけ置きしておくんだ。こうやって、水を張った桶に洗濯物を入れて……」

僕は洗濯板を使ったりして教えていった。

その頃、獣耳を付けたギルネ様も起きて来て僕たちに声をかける。

「おはよう！　ティムとアイラ！　二人で何をしているんだ？」

「あっ、ギルネ様！　おはようございます！　実は今、アイラに洗濯のやり方を教えているんですよ！」

「ギルネお姉ちゃん、おはよう～！　私がお願いしたの！」

「なるほどアイラはいい子だな！」

「えへへ、ティムお兄ちゃんのお手伝いがしたくて！」

「ありがとう、アイラ！　とっても助かるよ！」

僕がアイラの頭を撫でると、アイラは嬉しそうに頭を擦り付ける。

そんな様子をギルネ様は何やらじっと見つめていた。

「ティ、ティム！　私だって洗濯はできるんだぞ！」

そう言うと、ギルネ様は得意げな表情で桶につけ置きしてあったタオルなどを浮かせて空中で絞り、張ってある糸に干していった。

「わわっ！　さすがはギルネ様です！」

「ギルネお姉ちゃん、すご～い！　私もできるかなぁ！」

「浮遊魔法は高度な魔法だが、アイラだったらすぐにできるようになるさ！」

ギルネ様が腰に手を当てて、その大きな胸を張る。

そして、何かを期待するように僕をチラチラと見てきた。

「ど、どうだティム？　助かるか？」

「はい！　とっても助かります！」

「な、なら私の頭も――」

「ふわぁ～、みんな～。おはよう～」

ギルネ様が何かを言いかけたタイミングでロウェル様がやってきた。

眠そうな表情で伸びをしながら獣耳はまだペタリと寝ているままだ。

「お洗濯してるの？　ありがとうね～」

「あっ、ロウェル様！　はい、アイラに教えているんです！」

「ティムお兄ちゃん！　やり方は分かったよ！　何か洗わせて！」

「うん！　じゃあ、今洗う服を用意するね」

せっかくだし何か汚れている物を洗わせてあげたい――そうだ！

僕は自分が寝ている時に着ていた真っ白なシャツを取り出した。

「このシャツは昨日僕が着ていて、まだ洗ってないんだ。今夜、僕がこれを着て気持ちよく眠れるように、綺麗にしてくれる？」

「うん、分かった！　ティムお兄ちゃんのために頑張るね！」

そんな、僕とアイラのやり取りを見て、ギルネ様は突然何やら慌て始めた。

「ちょ、ちょっと持った！　ティムが着たシャツだと!?　洗うなんてもったいな――」

――ジャプン！

「ギルネお姉ちゃん何か言った～？」

「あぁ……いや、なんでもないんだ……」

「……ギルネ様、うなだれてどうしたんだろう？」

アイラが僕のシャツを勢いよく桶にいれると、シャボン玉が宙に舞った。

「うふふ、何度見ても綺麗ね。シャボン玉は」

何かを思い出すかのように、ロウェル様はそう言って笑った。


獣人族《ビースト》のみなさんも起きてきたので、僕は用意したテーブルに全員座っていただくようにお願いした。

注文を取ろうと思ったけど、みなさんは料理といえば魔獣を焼いた物や生野菜くらいしか知らないようで、全て僕に任せてくれた。

みなさんは何を作っても「美味い美味い！」と料理をかっこむ。

そして、食べ終えるとみんなで僕に頭を下げて、どうしても僕を祭り上げようとする。

思えば、コンフォード村でもやぐらの上に乗せられてたし、そういうことが好きなのかもしれない。

う、嬉しいけど毎回照れちゃうな……。

昨日入ったお風呂は加熱スキルで追い焚きと【洗浄《クリーン》】を使えば綺麗な状態で入れるので朝風呂に入れることを伝えると、また獣人《ビースト》族のみなさんはお祭り騒ぎになった。

フィナさんはそんな様子を見てため息を吐く。

「こらこら、お前たち。今度は長居しないでちゃんとお風呂から早く出てくるんだぞ？　昨日の夜だって全然出てこなかったじゃないか」

「まぁまぁ、フィナ様。いいじゃないですか。荷物も何もないおかげで予定よりも早く進んでるんでしょ？」

ロウェル様が言うと、村人たちもそうだそうだと声を合わせる。

どうやら、すごく気に入っていただけてるみたいだ。

フィナさんは根負けした様子だった。

「全く、お前らは……。すみませんティム様、子どもみたいな奴らしかいなくて……」

「いえいえ。あっそうだ、湯船に浮かんでいる柚子は食べちゃわないように子どもたちに言ってください。昨日、いくつか食べ散らかされたような物がありましたから。あはは、子どもは食い意地が張っていて可愛いですね」

僕が笑いながら言うと、フィナさんはギクリと身体を震わせた。


全員の入浴が終わると、一日目と同じ様にみなさんと森の中を進んだ。

出発する際、今度は獣人族のみなさんは僕を肩車しようとした。

やっぱり、どうにか僕を担ぎ上げたいみたい。

少しだけ名残惜しく思いつつも、ギルネ様たちの手前僕は断って自分の足で歩く。

そして、二日目の夜――

みなさんの料理とお風呂の準備を終える。

食材はリンハールの城下町で調味料を買い込んでおいたし、狩った魔獣や採集した山菜、木の実もあるのでまだまだ無くなることはなさそうだ。

僕は今度は服飾の本を一人、テントの中で読んでいた。

冒険に出発する前、リンハール王国の城下町の本屋でレイラが僕に選んでくれた本だ。

あの時は色々とあったなぁ……。

僕が今まで作ってきた服は基本的に『目にしてきた物』のみ。

シンシア王城のドレスや王族の礼装、執事、メイド服。

冒険者ギルドの機能的な冒険者の服。

そして、城下町で生活をする人々の普段着だ。

でも、レイラが持っていたこの本は違った。

古今東西、あらゆる国や部族、民族の衣装が記されていた。

〝チャイナドレス〟はスラッとしていて綺麗だし、クロスステッチの刺繍は可愛らしい。

〝マルシュキニアイ〟や〝カンサリスプク〟は童話の世界の衣装みたいだ。

男性用の服には〝キモノ〟と同じ国が発祥の〝ハカマ〟という威厳が感じられる物もあるし、〝タキシード〟というのも凄くカッコいい。

栄えている国で若者によく着られているという〝パーカー〟や〝ニット帽〟もクールな装いだ。

（せっかくだし、試しに作ってみようかな……）

僕はチクチクと針で縫い始めた。


「……やりすぎちゃったなぁ」

翌朝、冷静になった僕は自分のテントの外で呟いた。

深夜テンションで様々な服を作っていくうちに自分のテントの中には飾りきれなくなってしまったので外に糸を張って、作成した服を並べていった。

そして、服だけに飽き足らず、その本に載っていた装飾品や王冠、高貴な人を乗せて運ぶ担ぎ上げの乗り物や神事に使う道具なども《工作スキル》で作ってしまった。

昨日は暗い中で闇雲に作っていったので気がつかなかったが、張った糸にかけられた衣服は優に百着を超えている。

そして今、そんな壮観な様子をぼんやりと眺めているのだった。

「うわっ⁉　何これ～！」

他のテントから目を覚ました獣人族《ビースト》のみなさんがぶら下げられている服や置かれている担ぎ上げ台に乗っている玉座を見て声を上げた。

「凄い！　キラキラした綺麗な服がいっぱい！」

「カラフルなのもある！　あっ、こっちはカッコいい！」

みんな、それぞれ瞳を輝かせて僕の並べた服を見ていた。

そんな歓声を聞いて、目を覚ましたみなさんが次々とテントから出てきて目を丸くした。

「ティ、ティム！　何これ⁉　凄いオシャレな服がいっぱいあるわ！」

「レイラ、おはよう。ほら、リンハールの書店でレイラが僕に服飾の本を選んでくれたでしょ？　あれを見て作ってみたんだ。どうかな？」

僕がそう言うと、レイラは並べられた服を見て、ため息を吐きながら頬に手を添える。

「どれもすっっごく素敵！　ね、ねぇ、着てみていい⁉」

「もちろん。サイズはレイラも獣人族のみなさんもあまり変わらないからどれでも着られるはずだよ」

「す、すっごい！　夢みたい！　こんなに色んなお洋服が着られるなんて！」

レイラはそう言って駆け出した。

やがて、ギルネ様、アイラ、アイリも同じように瞳を輝かせて服を見始める。

子ども用の服も作ったし、ギルネ様のように胸が大きい人でも着られる衣装も作った。

出発前に着て楽しむことはできるだろう。

「う～む、この服ならティムを悩殺できるかもしれん……しかし、ティム以外には見せたくないな……」

ギルネ様は胸元が大きく開いたドレスを持って何かをブツブツと呟いている。

僕はそんな様子を見ながら、テントのそばに腰掛けた。

よかった……何だか喜んでもらえてるみたいだ……。

でも……夜なべで作っちゃったから……。

少し……眠――

「ティム様……？　あれ、ティム様はお眠りか……？」

「丁度ここに人を運べそうな担ぎ台と玉座がある。ティム様をこれに乗せよう」

「王冠もあるぞ、これもかぶせて……このマントも上から着せて……」

「よし、ようやくティム様を祭り上げられるな」

獣人族《ビースト》たちは笑いあった。

◯°

獣人族の王都『グラシアス』の王城内――

「レイフォース村、全員王宮に馳せ参じました」

「うむ、レイフォース村の者たちは皆綺麗な装いだな」

王宮の兵士たちはそう言って感心した表情を向ける。

「当然です、王宮に参上するのですから」

「素晴らしい心意気だ。国王も近いうちにレイフォース村の住人を王都に迎え入れるかもしれないな」

「はっ、ありがたきお言葉……！」

「あと来ていないのはコンフォード村だけだな」

「王都から一番遠いあの田舎村ですね……」

「いつも貧相な身なりで来るからなぁ。王都で売れ残った粗悪品の服を商人が持って行って、買い取らせているらしい。お金もほとんど持っていないから物々交換になるらしいがな」

「信じられませんね、いつも獣臭い連中です。どこかの泉で身体を洗わせて、服を用意してやらねばライオス様の接待など任せられません」

レイフォース村の村長、ミカウと兵士たちが嘲笑するように笑った。

「そんな奴ら、いなくても問題ないんじゃないですか？」

「いや、あの村のロウェルって娘がいつも素晴らしい曲芸を披露するんだ。ライオス様も大層お気に入りでな」

「それに村長もとんでもない美貌だ、村娘たちもよく見るとレベルが高い。田舎村だが、着飾れば大した者になる」

「さらに、使いの者が見に行った時には息を呑むような美しい紫髪、赤髪、青髪の獣人の娘がいたらしい」

「なるほど、楽しみですね。奴らがお願いすれば綺麗な娘くらいはレイフォース村の住人にしてやってもよいかもしれません」

そんな会話の途中で、門兵が慌てて場内に駆け込んできた。

「ご、ご報告です！　とてもきらびやかな装いをした一団が向かって来ております！」

「装いから、他国の獣人族《ビースト》の王族関係者であることは間違いないかと！」

「何っ⁉　分かった、ひとまず速やかに城内に迎えろ！　失礼のないようにな！」

「レイフォース村の者たちはこの場で端に寄って待機だ！　他国の者が来たら頭を下げるように！」

「は、はいっ！」


――ガタン。

「う～ん、あれ？　僕は眠っちゃってたのかな……？」

床に降ろされたかのような振動に目を覚ます。

目をこすって瞳を開くと、僕は自分が作った神輿の椅子の上に座らせられていることが分かった。

周囲を見回すと、コンフォード村の人たちは僕が昨晩作った様々な衣装を着こなしていた。

そばにいるギルネ様たちも凄く似合っていて美しい。

――そして、目の前にはなぜか獣人族の兵士たちが跪《ひざまず》いている。

「遠方はるばる我がグラシアスまで、ようこそお越しくださいました。ただいま、国王をお呼びしております。しばし、お待ちくださいませ」

「えっ？　は、はぁ……」

僕は寝ぼけ眼《まなこ》を擦りながら返事をする。

座っているのは失礼にあたると思って立ち上がると、僕の服も寝間着の上から軍服を着せられて、マントと王冠も身に着けさせられていることが分かった。

（あれ、寝てる間にイタズラされたのかな……？）

「素晴らしい装飾品の数々……！　あんなに繊細な金細工を作れる職人がいるのか……!?」

「南部の森の獣人族《ビースト》の国か!?　いつの間にこんなにも栄えて……」

「文化レベルが違う……！」

端っこで頭を下げながら僕たちを見ている獣人族《ビースト》のみなさんはそんなことを言っていた。

そんな中、僕と同じ様にマントを着けた小太りのおじさん獣人族《ビースト》が慌てた様子で僕たちのもとへと小走りでやってきた。

「ようこそおいでくださいました！　私がこの森の獣人族《ビースト》の国、グラシアスの王を務めております。エドマン＝グラシアスと申します」

僕の前で挨拶をする。

目を覚ました直後に色々と起こりすぎてて、まだ理解しきれていない。

なんで僕が王様と対峙してるんだろう。

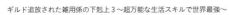

「して、皆様はどちらの森から来られた獣人族《ビースト》なのでしょうか……？」

「えっと、僕たちは――」

キョロキョロと見回すと、村長のフィナさんはなぜか期待するような瞳で僕を少し後ろから見ていた。

これは、僕に説明しろってことなのかな？

「コンフォード村の住人です。ライオス様のおもてなしをするために召喚に応じました」

「……はい？」

僕たちを除く、その場にいる獣人族《ビースト》たちがざわざわと話し始めた。

「う、嘘だろ……？　こんな、綺麗で見たこともないような装いをしている奴らがクソ田舎のコンフォード村の住人だと!?」

「なんか、全員よい香りもするし……全く獣の匂いなんてしないぞ……？」

王様も何やら言葉を失っている。

というか、なんだこの状況。

脳が覚醒してきた僕はようやく今の自分に格好やら何やらに疑問を感じ始める。

は、恥ずかしい……！

「ティムお兄ちゃん、カッコいいよ！　どこかの国の君主みたい！」

そんなことを言って、ゴスロリファッションのアイラが僕に抱きついた。

「アイラ、それとみなさんも！　僕が寝ている間にイタズラしましたね！」

僕はジト目を向けて抗議したが、ギルネ様たちは僕を見て興奮している。

「ティム、凄く凛々しくてカッコよくて似合っているぞ！」

「ティムお兄様、素敵ですわ！　隷属したいです……！」

「ティム、カッコいいわ！　それになんだか強そうよ！」

「そ、そんな……！　お、『男らしい』なんて言われても！　僕はイタズラは許してませんからね！」

ニヤケ面を隠すこともできないまま僕はギルネ様たちに怒った。

第十一話　魔水晶を調理しよう

僕に代わり、ちゃんと村長のフィナさんが王様に挨拶をしてくれた。

フィナさんは端にいる兵士とは違う獣人族《ビースト》のみなさんに何やら勝ち誇ったような顔を向けてから話し始める。

「エドマン王、コンフォード村です。呼びかけに応じ参上いたしました」

「ず、随分と装いが変わったな。気がつかなかったぞ」

「えぇ、王城に参上させていただくのですから、敬意を持って全員で身だしなみを整えました」

その言葉を聞くと、エドマン王は感心したような声を上げた。

「よし、コンフォード村はライオス様が来られるまでこの王城に泊まるように」

エドマン王がそう言うと、端にいた獣人族《ビースト》の一人が声を上げた。

「ま、待ってください！　王宮は毎回我らレイフォース村の住人が――」

「レイフォース村には城下町の宿屋で待機してもらう。悪いが王宮の部屋にも限りがあるのだ」

「そ、そんな……そ、そうだ！　私たちは村で作った特製のぶどう酒を持ってきました！　これを献上いたしますので、どうか――」

そんな様子を尻目にエプロンドレスを着たルキナが嬉しそうにぴょんぴょんと飛び跳ねる。

「やった～！　私たち毎回泊まる場所すら無くて城下町で身を寄せ合って待機を命じられてたから」

「そ、そんな扱いだったの？」

「はい、コンフォードは田舎者で一番野性的な生活をしていたので……ですが、ティム様のおかげでどうやら一目置いてもらえたようです」

「そ、そうですか……お役に立てたならとても嬉しいです」

そうして、僕たちもこの王宮で部屋を割り当ててもらうことができた。


グラシアス王城での夜。

僕は一人、誰もいない広い中庭にいた。

たった一人で確認したいことがあった。

僕が【収納《ストレージ》】に入れたままの魔水晶だ。

魔鉱石と同じようにこの石にも凄いエナジーが詰まっているはずだ。

上手く利用できるようになれば今後に役立てられるかもしれない。

（よし、取り出したらすぐに手を当てて【洗浄《クリーン》】。絶対に周囲に被害は出さないように……慎重に
……）

僕は緑色に妖しく輝く魔水晶を手にする。

思わず魅入られてしまいそうなくらい綺麗だった。

ヘーゼル君がこれを拾ってプレゼントにしようと思ったのも強く頷ける。

（よし……次は【味見《テイスティング》】）

僕は魔水晶をぺろりと舐めた。

大丈夫だ、表面を浄化し続けているおかげで毒素は表面には存在しない。

（あれ……？　おかしいな？）

だけど、魔鉱石のかけらを直接口にした時とは違って強力なパワーを感じなかった。

ただの石を舐めているようだ。

（……分かった。この『魔毒』に強力な活性化の成分が含まれているんだ……！　毒素を消した部分を【味見《テイスティング》】しても何も分からない）

「《調理スキル》、【灰汁抜き《リムーブ》】」

毒素を【洗浄《クリーン》】で消し去ることはできない。

でも、この魔水晶の毒素《アク》のみを別の形で移し替えることは可能かもしれない。

（あとは、分厚い小瓶を用意して……）

僕は魔水晶から抜き出した液体状の毒素を工作スキルで作った瓶に詰めた。

そして、蓋をする。

毒素の漏れ出す量はかなり抑えられたみたいだ。

瓶の中には鮮やかな緑色の液体がブクブクと気泡を出していた。

（ひとまず、むき出しの状態ではなくなったけど……）

僕は瓶の中の液体をじっと見つめる。

僕の考えが正しければこの液体には強力な毒素と同じくらいのエネルギーが詰まっているはず
……。

でも、これを【味見《テイスティング》】する勇気はないなぁ……僕が魔獣になっちゃうかもしれないし……。

結局勇気が出なかった僕は口に入れるのを諦めて寝室へと向かった。


翌日の朝。

「皆の者、宴の準備をしろ！」

「ライオス様がいらっしゃったぞ〜！」

王城は大慌てだった。

王城に鍛え上げられた肉体を持った、体中が傷だらけの青年獣人族《ビースト》がやってきた。

ムスッとした表情で、今にも暴れだしそうだ。

「ライオス様、お待ちしておりました！　本日も日頃の感謝を込めまして誠心誠意――」

「いいから湯に入らせろ。女どもと美味い食事を用意しておけ」

「は、はいっ！　おおせのままに！　では、ご入浴はこちらになります！」

エドマン王がじきじきにライオスを浴場に案内する。

その間に獣人族《ビースト》の女性たちは部屋に移動し、着替えて、接待の身支度を始めた。

服は僕がここに到着してから用意しておいた物だ。

女性たちもきらびやかな服を前に嬉しそうにしていた。

「さて、私たちも準備万端だぞ！」

そう言って、ギルネ様、レイラ、アイリもみなそれぞれきらびやかな服を身にまとっていた。

みんな凄く綺麗だ……じゃなくて！

「ギ、ギルネ様たちもライオスの接待をするおつもりですか!?」

「あぁ、女性は全員接待らしい。一応、コンフォード村の住人ということになっているしな」

「特にわたくしたちは出るように国王様から強く要請されましたね。フィナさんは私たちに何度も謝ってきましたが」

「まぁ、ティムは裏方でお料理を頑張るわけだし、私たちだけがライオスの接待を手伝わないわけにはいかないしね。アイラは流石に免除してもらえたから、ティムと一緒に調理場にいてくれる？」

「うん！　ティムお兄ちゃん、私も手伝えるところは手伝うから任せてね！」

意気込むアイラと、状況を受け入れているみなさんに、僕は必死にお願いした。

「みなさん、ライオスにあまり近づいちゃダメですよ⁉　壁際で立っているだけとか、そういう役回りでお願いしますね！」

僕は不安だった。

こんなに綺麗なみなさんを見たら理性も何もかも無くなってライオスが手を出すかもしれない。

今、まさに僕だってそんな気持ちになりそうなのに。

「安心してくれ、上手くやり過ごすさ。私はむしろライオスが他の獣人族《ビースト》の子に何か酷いことをしたら雷を落として懲らしめるつもりだしな」

「そうね、どちらかというとライオスの見張りをするようなつもりよ」

「ギルネさんが【隠密《セクレシー》】の魔法をかけてくださるみたいですし、心配は御無用ですわ！」

「そ、そうですか……みなさん、本当に気をつけてくださいね！」

やがて、入浴を終えたライオスが宴の席についた。

僕は裏の調理場で美味しい食事を作り、ライオスのもとまで運んでもらう。

アイラは僕が作った料理を運ぶ獣人族《ビースト》のお姉さんに手渡す役割をしてくれた。

獣人族《ビースト》のお姉さんたちはアイラに癒やされながら仕事をしている様子だった。

僕の料理を口にしたライオスは驚くような表情をしたあとにガツガツと夢中になって食べ始めた。

調理場からそんな様子を覗き込んでロウェル様が笑う。

「雑用係君のお料理のおかげでどうやらライオスもかなり機嫌がよくなったみたい」

「お力になれたようでよかったです！」

「このあと、私の曲芸だから雑用係くんやアイラちゃんもよかったら見ててね」

「はいっ！　アイラもお疲れ様、もう料理は出し尽くしたから休んでいいよ！」

「うんっ！　じゃあ、会場にいるお姉ちゃんたちのところに行ってくるね！　ロウェルお姉ちゃんの曲芸も前から見たいし！」

そうして、ロウェル様の曲芸が始まった。

ナイフを投げれば百発百中で的を射抜き、尻尾が愛らしくフリフリと動いていた。

（凄い……ロウェル様、格好よくて美しい……！）


僕がロウェル様の曲芸を覗き込んでいる調理場では、僕たちがこの城に来た時に端っこにいた獣人族《ビースト》のみなさんが何やらこそこそと話し合っていた。

「このレイフォース村自慢のぶどう酒をライオス様にお出しするんだ」

「で、ですが村長。ライオス様はお酒を飲まないと聞いたことがありますよ？　まだ未成年だそうですし……」

「そんなに強いお酒じゃない。きっとライオス様も飲めば気に入ってくださるだろう。そうすれば国王も我がレイフォース村を優遇してくれる……」

そんな隣を、曲芸を終えたロウェル様が戻ってくる。

そして、大きなため息を吐くと僕に一言囁いた。

「はぁ、全く最悪だよ……私のお尻ばっかり見て」

僕は冷や汗を流して、すぐにロウェル様に土下座する。

「ご、ごめんなさい！　その……見ないようにはしてたんですが、つい、どうしても目がそっちに行ってしまって――」

「えぇ!?　い、いや、君のことじゃないよ！　ライオスのこと！　君だったら全然いいんだ！」

ロウェル様はそう言ってすぐに僕を立ち上がらせてくれた。

一回りも年下の僕だったら見られてても特に気にしないみたいだ。

子どもでよかった……。

「でも、他の女の子のお尻とかじろじろ見ちゃダメだよ？　私のだったら別にいいからさ」

「は、はい……すみません。その……やっぱり尻尾がモフモフしていてつい見てしまって……」

「あはは、また触りたい？」

ロウェル様はそう言うと、周囲をキョロキョロと見回す。

そして、僕の手を引いて調理場の裏へと連れて行った。

「今ならいいよ。ほら触って」

「い、いいんですか？　ありがとうございます！」

ロウェル様は僕に尻尾を触らせてくれた。

すごくモフモフしていて気持ちがいい、ずっと触っていたくなる。

「あっ、雑用係君。手を止めて！」

「えっ？　は、はい！」

「お～い、ロウェル！　ライオス様がお前をお呼びだ」

近づく足音に、そんな声が聞こえた。

「はぁ～、気に入られちゃったみたい。行かなくちゃ」

「ロウェル様。お気をつけて……！」

「うん、じゃあ続きはまた後でね！　ライオスをなんとかやりすごそう！」

ロウェル様は僕に笑顔で手を振ると、ため息を吐きながら向かって行った。


「――先程の曲芸、見事だったぞ。ロウェルと言ったか？」

少し見ない間に何だか顔を真っ赤にしたライオスがぶどう酒を片手に笑っていた。

頭もフラフラとさせて目が少し据わっている、酔っ払っているようだ。

「ティムお兄ちゃん、ライオスさんの様子が少しおかしいね」

「うん、ロウェル様が何かされないといいんだけど……」

僕は戻ってきたアイラと一緒に調理場から不安になりながらそんな様子を見守る。

「はい、ありがとうございます」

ロウェル様は無表情のままそう呟いて、ライオスにぶどう酒を注ぐ。

「特にその尻尾が魅力的だ……なるほど、〝あいつの気持ち〟も分からんでもないな」

そんなことを言うと、ライオスは虚ろな瞳でロウェル様の尻尾に触れた。

——瞬間、ロウェル様の尻尾の毛は逆立った。

パシーン!!

そして、直後にライオスの顔に平手打ちをする。

ライオスは驚いたような表情だ。

ロウェル様は瞳に涙を浮かべながら声を震わせた。

「ちょ、調子に乗らないで！　あんたなんてすぐに倒してやるんだから！」

「ロ、ロウェル様っ⁉」

驚愕する僕にアイラが呟く。

「獣人族《ビースト》は最愛の人にしか尻尾は触らせないんだ。それでロウェルお姉ちゃんは怒って……」

「——っえ？　そ、そんなはずは」

(だって……僕には簡単に何度も触らせてくれたのに——)

「て、てめぇ！　いきなり何しやがる！」

酔いが覚めたライオスが激昂した。

ギルネ様やレイラがそれを止めようと会場の端からロウェル様の隣に飛び出す。

――しかし、その瞬間。王城に獣人族の兵士が慌てた様子で走り込んできた。

「非常事態です！　王都グラシアス南部から大量のモンスターが現れました！　今、門兵が抑えていますが数が多く、王都へなだれ込んできています！」

その知らせを聞いて、ライオスの表情は怒りから一気に真面目なものに変わった。

「統率の取れたモンスターの殺到《スタンピード》……間違いねぇ、〝魔族〟が指揮してやがる。俺がぶっ殺してやる！」

ライオスはそう呟くと、唸り声を上げ、僕らには目もくれずに獣のような動きで駆け出した。

「ライオス様に続け！　我ら獣人族は全員が戦士だ！　老人や子どものみを城内に避難させ、全員で迎え撃て！」

「おぉぉぉおおお！」

国王、エドマンの号令に兵士たちが声を上げて城の外へと飛び出す。

僕もすぐにアイラを連れてギルネ様たちのもとに向かった。

「ロウェルお姉ちゃん、大丈夫？　尻尾を触られて、ショックだったよね？」

「アイラちゃん、ありがとう……でも、なんだかそれ以上に大変な問題が起こっちゃったみたい」

「くそ、ライオスには逃げられたな……。ロウェル、あいつはあとでボコボコにしてやるから今はこの事態に対応しよう」

「あ、ありがとうございます！」

ロウェル様は何やら少しギルネ様に申し訳無さそうに答える。

「ロウェルは城内でアイリとアイラを守っていてくれるか？　外は私たちが対応する」

ギルネ様はそう提案した。

獣人族《ビースト》のみなさんに加勢しつつも、大切なアイラとアイリの身の安全は最優先だ。

「分かりました！　アイリちゃんとアイラちゃんは任せてください！」

ロウェル様は僕からナイフを預かって腰に装備した。

「私も足は治ってもう戦えるから、対応するわ！」

「うむ、レイラ！　ティム！　行こう！」

「ティムお兄様、ご武運を！」

「ティムお兄ちゃんたち、気をつけて……！」

僕たちも武器を手に城の外へと飛び出した。


城外ではモンスターと獣人族たちがすでに乱戦状態になっていた。

何百、何千というモンスターがなだれ込んできている。

どこからもモンスターと獣人族《ビースト》の唸り声が聞こえる。

全体的に少し押されているようだ、戦闘している様子を見て僕は気がつく。

「ギルネ様、魔鉱石と思われる影響が出ています！　またモンスターたちが凶暴化してる！」

「魔鉱石によって立て続けに獣人族《ビースト》の国が襲われている……偶然とは思えないな、誰かのしわざかもしれん」

「とりあえず、襲われている獣人族《ビースト》たちを助けるわね！　今度は加減して……【オン・ユア・マーク】……」

レイラはベリアル王子のように伏せて構えると、目にも止まらぬ速度で駆け出した。

しかも、四足歩行で。

「酔剣技、【無色の太刀《スミノフ》】！」

そして、瞬きをする間に周囲のモンスターたちを斬り伏せていた。

「レイラ、凄い！　本当に獣人族《ビースト》みたいな動き！」

「四足歩行なら足が壊れることもなさそうね……なんか自然とこの走り方をしていたけど、凄く身体が軽いわ！」

剣を腰の鞘に収めたレイラは獣のように四つん這いのまま体勢を低くして尻尾をフリフリと動かす。

「でも、数が多すぎてキリがないわ！　私はこのまま苦戦してる獣人族《ビースト》に加勢しつつアイラとアイリを守るために王城に近づく魔獣を倒して凌ぐのが精一杯！」

「よし、私も魔法で他の獣人族《ビースト》たちを守って……」

ギルネ様は身体にパリパリと雷をまとわせたが、周囲を見回してすぐに首を横に振ってしまった。

「だ、ダメだ……これだけ敵味方が入り乱れていると範囲を限定できない。獣人族《ビースト》も巻き込んでしまう……」

「そっか、ギルネ様は魔力制御が……そうだ！」

僕は《洗濯スキル》の【すすぎ洗い《リンス》】を使い、水を空中に浮かせる。

さらに、その水にスライムを混ぜ込んでローション状にした。

「ギルネ様、この水に雷を打ち込んでください！　帯電した水なら僕は操作できますので、これなら狙った魔獣のみを痺れさせることができます！」

「そ、そうか！　よし、【発電《エレクト》】！」

ギルネ様は僕の作り出した水の塊に振れると、雷の魔法で電気を流した。

粘性のある水の塊にバチバチと強力な電気が宿る。

僕はその水を操作し、水流を周囲のモンスターのみに当てていった。

水が当たると、モンスターたちは感電し、電気を纏ったスライムがへばりついて動けなくなっていく。

「よし！　流石はティムだ、魔獣がみんな痺れて動かなくなったぞ！」

「ですが、やはりキリがありません！」

「あぁ、こんなの異常だ！　近くのダンジョンから魔獣が這い出てきてるのか⁉」

「兵士の報告だと、南からなだれ込んでいると聞きました！」

「発生源に私の全力の雷を打ち込んだ方がよさそうだな……！　ティムの水があれば広範囲を感電させてまとめて倒すこともできるかもしれん。ティム、目に見える魔獣たちはティムの【すすぎ洗い《リンス》】で感電させつつ、モンスターたちが進行してくる南へと向かうぞ！」

「はい、ギルネ様！　レイラは王都の防衛をお願い！」

「分かったわ！　気をつけてね！」

○°

僕とギルネ様は王都を出ると、南に向かって走った。

ここまでくると獣人族《ビースト》もいないからギルネ様は雷を使い放題だ。

僕もギルネ様に雷を分けてもらいながら水流を操作してモンスターたちを動けなくさせていく。

「雷を使う度に静電気で尻尾が張り付いて動きにくいな……。ティム、悪いが尻尾を外してくれるか？　もう獣人族《ビースト》の国から離れたし、変装も必要ないだろう」

「はい！　そうですね、僕も外しておきます」

周囲のモンスターを全員感電させて、ようやく一息つけたので僕は手早くギルネ様のお尻から尻尾を外した。

間違ってもお尻は触ってしまわないように細心の注意を払う。

ついでに獣耳も外した。

「すでにモンスターの死骸もたくさん落ちているな。ライオスがさっき飛び出していったが倒しながら先に向かっているのか……？」

再びモンスターを倒しながら進んで行くと、少し開けた場所に出た。

そこでは左右に長い髭を蓄えた肌が薄紫の老人が杖を振りながら、魔法陣から次々と魔獣を召喚していた。

「お前か！　魔獣に王都を襲わせているのは！」

出てきた魔獣に雷を落として討伐しつつギルネ様が怒鳴りつけると、老人は召喚の手を止める。

そして、僕たちを見て髭を指でいじりながら口を開いた。

「襲っているだなんて人聞きが悪い。吾輩は奪われた物を探しているだけである。そして、吾輩は偉大な魔族の一人、ゲルツである。『お前』などとは呼ばないで欲しい」

「『魔族』……？　それに奪われた物だと……？」

「そうである。吾輩が作り出した緑色の水晶、魔晶石……実験のために寂れた村の水源に沈めて置いていたのだが経過観察に行くと村がもぬけの空になっていたのだ。そして、水晶も無くなっていた。おそらくこの王都に回収されたのだろう。吾輩はそれを取り返しに魔獣を向かわせているにすぎないのだ」

「実験だと……!?　アレが……多くの獣人《ビースト》族のみなさんを大変な目に遭わせたアレが実験だったというのか……？」

僕が睨みつけると、ゲルツは顎を手で撫でながら冷静な瞳で僕を見た。

「その口ぶりだと、吾輩の偉大な実験を邪魔したのはチミたちか……魔石を返してもらうのはもちろんだが、吾輩の実験を邪魔したんだ。万死に値する」

「ふざけるな！　お前の実験のせいで獣人《ビースト》族のみなさんは魔獣になりかけたんだぞ！」

僕の言葉にゲルツはニヤリと微笑んだ。

「素晴らしい……！　吾輩が錬成した魔石は本当に人間を魔獣に変えてしまうほどの力があったのだな！　獣人族《ビースト》以外でも、さらなる実験が必要だな。さて、その魔石は多くの手間をかけて、この世に一つしか錬成していない希少な品なんだ、持っているのだろう？　返したまえ」

「返すわけがないだろう！　お前の実験なんかにもう犠牲者は出させない！」

「そうだ、観念しろ。ここには獣人族《ビースト》最強と言われてるライオス＝フォルゼンという戦士も向かっているはずだ。まだいないということはどこかで道草を食っているのかもしれないが……」

「ふむ、ライオス……もしかして、彼のことかね？　丁度戻ってきたな」

ゲルツが目をやると、巨大な狼の魔獣が森林の中から現れた。

そして、担いでいた獣人族《ビースト》を地面に放る。

それは間違いなく、満身創痍のライオスだった。

「なるほど、確かに強かったよ。私の強化した魔獣を一人で何体も倒してくれてね……奥の手であるサベージ・ウルフまで使わせおった。この強靭な肉体と戦闘力はよい実験の素体となるから連れ帰るがね」

「そ、そんな……ライオスですら」

僕がショックを受けているのを見て、ギルネ様はすぐに詠唱を始めた。

「討ち滅ぼせ！　【雷撃《ライトニング》】！」

「拒絶せよ！　【断絶の壁《ヘル・デラリア》】！」

ゲルツとギルネ様の二人の声が重なった直後、強大な雷が空からサベージ・ウルフに直撃する。

「危ないな。吾輩のペットが丸焦げになっているところだった。吾輩は召喚士《サモナー》であると同時に偉大な魔導師でもある。魔法攻撃は防がせてもらうぞ」

よく見ると、サベージ・ウルフの頭上に透明な壁ができていた。

ギルネ様は頬から一筋の汗を流す。

「ちっ、厄介だな。魔獣なんてものはどんなに大きかろうが魔法の耐性が弱いものだから当たりさえすれば倒せるんだが……」

「しかし、その若さにして恐ろしいほどの魔力だ。吾輩ほどではないが天才というやつか。お前も連れ帰って実験の素体としよう。ふふ、あとは魔石さえ取り返せればむしろ大収穫だな」

ゲルツはニンマリと笑ってそんな恐ろしいことを言ってのけた。

「さぁ、魔石はどこだ？　人の身で持っておくことは難しいはずだが……？」

「わ、渡さない……お前に渡したら他にも被害が出る！」

「ふむ、状況が理解できていないようだな。サベージ・ウルフよ、殺すなよ？」

そう言うと、ゲルツは杖を軽く振った。

「ティム、気をつけろ！　ゲルツの魔法は私が防ぐから、魔獣の動きに――」

ギルネ様がそう言った直後にサベージ・ウルフは僕に向けて駆け出した。

速い……！

攻撃される……避けないと、いや避けても速さでやられる、反撃を――！

「――ぐはっ！」

僕はなすすべもなく腹を殴り飛ばされていた。

手に持ったフライパンが宙を舞い、僕は吹き飛ばされる。

「ティム！」

「おっと、殺してしまったか？　ある程度は操れるが、やはり魔獣に力加減をさせるなんて無理だな」

ゲルツがそんなことを言ってサベージ・ウルフを手元に引き戻した。

「だ、大丈夫です……！　服の……効果で……なんとか……ゴフッ」

なんとか気丈に振る舞おうとするが、呼吸すら上手くできなかった。今ので肋骨が何本も折られてしまったみたいだ。

「ティム！　あぁ……なんてことだ。う、動いちゃダメだ！」

「ギルネ様……一人でお逃げください。僕はなんとか足止めを……」

僕は血を吐きながら必死に懇願した。

ギルネ様でもこいつには敵わない……！


ゲルツが召喚した強化済みの魔獣――サベージ・ウルフにライオスがやられてしまった。

私の全力の雷はゲルツの魔法障壁によって防がれてしまう。

ティムは重傷だ……だが、致命傷じゃない。

動けなくなってしまったティムの前に私は立ちはだかった。

「だ、大丈夫だティム。私に任せておけ！　ティムは回復薬を飲んで、動けるようになったら逃げるんだ」

「そんな、ギルネ様……！　お願いします、僕を置いて逃げてください！」

私はティムの頭を撫でた。

「大丈夫だ。あんなの私が倒してやる。ティムは先に帰っていてくれていい」

少しだけ声が震えてしまった。

ティムが不安になってしまっていないだろうか。

早く私が何とかして、ティムを安心させてあげないと。

自分の胸元に手を当てて敵と向き合った。

「【電光石火《カレント》】……！」

私は最終手段に出た。

雷を自分の身体の末梢神経に直接流し込む。

これによって、私の反射神経を強制的に研ぎ澄まし、雷のように速く攻撃に対応できるようにする。

長くは持たないが、これならサベージ・ウルフの攻撃も避けつつ反撃できるはずだ。

何とか時間を稼いでティムが逃げられるくらい回復させなければ。

「ガルル！」

鋭利な爪が目前に迫る。

私はサベージ・ウルフの攻撃を反射で避けて首元に手刀を打ち込んだ。

同時に雷を流し込む。

直接触れてしまえばゲルツも魔法防御はできない。

「ガァァ！」

しかし、私が雷を流してもサベージ・ウルフは少し痺れる程度ですぐにまた攻撃を放ってきた。

私は再び脊髄反射で躱す。

（くそ、ここにくるまでと先程の一撃で魔力を使いすぎた、もう攻撃用の魔力が残ってないのか！【電光石火《カレント》】の魔力消費は少ないからこのままの状態は維持できるが、先に私の身体が限界を迎える……）

攻撃を二回避けただけなのにすでに私は大量の汗を吹き出して息を切らしていた。

サベージ・ウルフの攻撃を再び紙一重で避けて私は首元に手刀を打ち込んだ。

しかし、もう流し込める雷を生成する魔力すら残っていない。

サベージ・ウルフは私に攻撃された場所をポリポリと指でかいた、全く効いていない。

やがて、私の身体は限界を迎えた。

身体をバチバチと覆っていた雷も収まり始める。

負荷に耐えきれなくなり、【電光石火《カレント》】が維持できなくなっていた。

――ビュン。

私はサベージ・ウルフの素早い攻撃を紙一重で避けて尻もちをついた。

攻撃が見えて避けられたわけじゃない。

もう立っていることすらできなくなったのだ、私の全身は痙攣してしまっていた。

爪の先が私の頬をかすめていたようだ、熱い痛みとともに頬に液体が伝う感触があった。

「ゲ、ゲルツ……降参だ。わ、私を実験台に魔獣にでもなんでもすればいいさ。だ、だからティムは見逃してくれ」

私の精一杯の懇願に、ゲルツは退屈そうにため息を吐く。

「ふん、そもそもその小僧のせいで吾輩の実験は潰されたのだ。殺さんと気が済まん。魔晶石は返してもらうがな。サベージ・ウルフよ、その小娘も期待外れだ。殺して構わん、引き裂け」

「ガルルァァ！」

ティムとの思い出が走馬灯のように脳裏に浮かび、私の首に鋭い爪が迫る。

思わず固く目を瞑った。

「――おい、駄犬。汚ねぇ手でこれ以上ギルネに触れるな」

突然の声。

粗暴な言葉遣い。

でも、私の大好きな声と同じだった。

瞳を開くと私はティムの腕の中にいた。

ティムはもう片方の腕でサベージ・ウルフの爪を掴んで止めていた。

――コトン。

近くで何かが落ちたような音に視線を向けると、地面には爪で引っかかれたようなラベルの小瓶が転がっていた。


(ギルネ様を、助けないと……!　このままじゃ……!)

僕は倒れたまま何とか右腕を動かし【収納《ストレージ》】から小瓶を取り出す。

僕が王城の中庭で作成した例の液体だ。

……魔水晶。

純度の低い魔鉱石ですら、魔獣を凶暴化させる力《エナジー》がある。

そして、魔水晶には獣人族《ビースト》を魔獣化させるほどの力《エナジー》までもがあった。

(懸けるしかない……この液体の力に……!)

身体への負荷は計り知れない。

でも魔水晶から毒素を抽出して作ったこの飲み物。

『エナジー・ドリンク』を使えばこの絶望的な状況を打破できるモンスターの如き力が手に入るはずだ。

僕は口で小瓶の蓋を開ける。

大丈夫だ、僕なら魔獣化する前に【洗浄《クリーン》】で自分の中から消すこともできるかもしれない。

それにもう、そんなことなんてどうでもいい。

構わない、ギルネ様が守れるなら、たとえモンスターに成り果てようが。

僕は、緑色の液体――『エナドリ』を一気に飲み干した。


「ティム⁉　一体どうやって――」

「ギルネ……様、安心してください……。ギルネ様を傷つけたこの駄犬は俺が処分します」

「ティ、ティムだよな？　なんだか口調が――」

「す、すみません……意識が飛びそうで……目の前が赤く……。き、危険です……離れていてください」

そう言うと、ティムは【裁縫《ソーイング》】でクッションを作って私ごと一緒に突き飛ばした。

クッションは酷く歪《いびつ》な形をしていた。

ところどころ、糸が解れて中の綿が飛び出してしまっている。

「ガルルルル‼」

サベージ・ウルフは、右腕を掴んでいるティムの腕を左腕で取り払おうと両手で全力を込めているようだったが、ティムの腕はピクリとも動かなかった。

ティムは赤い瞳で邪悪に笑った。

「俺のギルネの頬に傷を付けたんだ。お前も顔を引っかかれる覚悟があるってことだよな」

そんなことを言うと、ティムは掴んでいるサベージ・ウルフの腕を自分に引き寄せると、空いた左手でサベージ・ウルフの顔面を引っ掻いた。

ティムには鋭い爪など存在しない。

にもかかわらず、ティムの滅茶苦茶な腕力はサベージ・ウルフの顔面を首ごと屠《ほふ》り、絶命させた。

その様子を見てゲルツは笑う。

「ほう、サベージ・ウルフを倒すとはなかなかやるようだな。だが、力自慢ならまだまだ上がいるぞ？　私のお気に入りのペットを紹介しよう」

ゲルツが指を弾くと、地面に魔法陣が広がり、巨大な斧を持ったミノタウルスを召喚した。

「ブルルル！」

ミノタウロスはうなり声を上げると斧を振り下ろす。

だが、ティムは振り下ろされた斧を掴んで止めると、そのまま握り潰して斧を粉砕した。

ミノタウロスは驚き、一歩後退する。

「どうした？　まだ戦えるだろ？」

ティムの挑発に乗って、ミノタウロスは壊された斧を投げ捨てる。

筋肉を膨れ上がらせると、巨大な拳でティムに殴りかかった。

ティムは同じ様に振りかぶると、その拳に自分の拳をぶつけた。

「グギャァアアア！」

ティムの小さな拳と打ち合ったミノタウロスの腕と拳が血を吹き出す。

拳を破壊されて絶叫するミノタウロスは恐怖で震えながらティムを見た。

「お前はギルネに手を出してないからな。許してやる、逃げるならさっさと逃げろ」

まるでティムの言葉が分かったかのように、ミノタウロスはその場から必死に逃げ出した。

ゲルツは額から一筋の汗を垂らす。

「ふ、ふふふっ！　なるほどな、確かに凄まじい〝力〟だ。だが、相手が悪かったな！　私は魔導師だ、魔法には対応できまい！」

距離をとったまま杖を振りかざすゲルツに、ティムは嗤《わら》い、駆け出した。

「やってみろよ」

疾走してくるティムにゲルツは魔法の詠唱を始めた。

「全てを燃やし尽くせ――【地獄の火球《ヘルズ・ファイア》】」

ゲルツは勝利を確信したような笑みを浮かべて魔法陣から特大の黒い火球を放った。

火球は地面をえぐりながら直進する。

「避けようとしても無駄だぞ！　その後ろの小娘を焼き殺すからな！」

ティムは無謀にもそれに突進していく。

――そして大きく息を吸った。

「ガァァァアア!!」

ティムは獣のような声で吠えた。

振動が地面を揺るがす。

漆黒の火球はそんなティムの咆哮にかき消された。

ゲルツの表情が明らかに青ざめる。

「ば、化け物かっ⁉　万象一切を遮断せよ——【重層の壁《レイヤー・ウォール》】！」

ゲルツは詠唱を使いつつ物理障壁を展開した。

あんなに分厚い障壁は見たことがない。

しかし、ティムの拳が防御壁に触れると、轟音とともに鏡のように割れた。

そのままゲルツを殴り飛ばす。

「こんなもんか？」

歩み寄るティムに、ゲルツは命乞いを始めた。

飛ばされた先にぶつかった木が折れている、ゲルツの傷はかなり深いのだろう。

「こ、殺さないでくれ！　も、もう人間には手を出さない！　この大陸からは撤退しよう！」

「大陸なんか……どうでもいい。お前が……ギルネを……怖がら……せた……ガルル」

ティムはフラフラとしながらそう呟いた。

意識がかなり混濁しているようだった。

そして、ティムの耳に本物の獣耳と尻尾が生えてきた。

ついに魔獣化が始まってしまっていた。

「ティム、ティム！」

私は痙攣する身体にムチを打ち、何度も名前を呼びかけて急いでティムのもとへと足を引きずり、向かった。

ダメだ、このままゲルツを手にかけたら。

もう、元の優しいティムが戻らなくなってしまう。

そんな確信があった。

ティムが爪を振り下ろす直前、私はティムの腰に後ろから抱きつくことができた。

ティムの手がぴたりと止まる。

無理やりティムの顔を自分へ向かせると、その頬を両手で挟んでティムに呼びかけた。

「ティム、私はこっちだ。そっちにはいない……その先は……ダメだ。お願いだ、私を置いて行かないでくれ」

「ギルネ……さま」

ティムは私の名前を呼んでくれた。

そして、振り上げた腕をゆっくりと自分の胸元に押し当てる。

「洗濯……スキル……【洗浄《クリーン》】……！」

そして、自分に雑用スキルを発動する。

ティムに生えていた獣耳と尻尾が身体の中に収まっていった。

「へぶっ！」

そして、ティムは私を潰すように地面に倒れた。

「ギルネ様……ありがとうございます。もう少しで僕は、きっとギルネ様まで傷つけてしまうような魔獣になっていました」

「ティム、元に戻ったんだな！　よかった……！」

私はティムを強く抱きしめた。

「……くくっ、……ふっふっふっ！　……あっはっはっ！　馬鹿め、吾輩は密かに超速の回復魔法をかけていたのだよ！　攻撃魔法を撃つ程の魔力はもうないが、吾輩の杖があればお前らを殺すには十分だ！」

ゲルツは高笑いをしながらよろめきつつ立ち上がった。

私はティムの背中越しにその下衆びた笑いを見る。

ダメだ。もう身体がピクリとも動かない。私もティムも、限界だ……。

「くっ、《裁縫スキル》……！」

ティムは倒れたまま絞り出すように。近づいたゲルツの下半身を地面から這わせた糸で固定する。

「ふん、必死の抵抗か？　こんなの時間稼ぎにしかならん。待っていろ、今この杖で刺し殺しにいってやる。【回転する風刃《エアブレード》】」

ゲルツは持っている杖に残っている魔力で風の刃を作り出したようだった。自分の足元を固定する糸をブチブチと簡単に切っていく。

その度にティムは一生懸命糸を追加して抵抗していた。

だが、さっきの状態になった反動だろうか、ティムももう糸を出すのが難しくなっているようだった。

ティムは私の耳元で囁く。

「ギルネ様……このままで……」

「あぁ、そうだな。ティム、ずっとこのまま二人でいよう」

二人とも、もう身動きがとれない。

これから殺されるのだろう。

でも、気持ちは穏やかだった。

ティムが元に戻ってくれたから。

好きな人の腕の中で逝けるなら何も思い残すことはない。

「ティム、私は幸せだ。こうしてまたティムと二人で旅立てるからな」

「ギルネ様。違います、聞こえたんです」

ティムは笑顔で囁いた。

「《坊主、そのまま魔族の動きを止めて、娘を抱いて地面に伏せていろ》って」

ティムの背中越しに近づくゲルツの姿を見ていると、さらにその頭上には黒い点が浮かんでいた。

その点はみるみるうちに大きくなり、やがてそれが〝巨大な何か〟だということが分かった。

――ドシーーン!!

直後、視界が真っ暗になった。

何かが落ちてきて潰されてしまったのだろうか？

しかし、胸元で感じる二人分の心臓の鼓動が、確かに生きていることを教えてくれていた。

「ギルネ様、『終わった』と言っています。上手く、倒れている僕たちには当たらない程度に隙間を開けて落ちてきてくれました」

「ティム……これは一体……？」

そして、落ちてきた巨大な何かはその隙間を維持したままノシノシと移動する。

ティムの糸に絡みつかれていたせいで、倒れ込むこともできずに脳天に直撃を受けたゲルツは気を失っていた。

ティムが糸を消すと、ゲルツは地面に倒れる。

落ちてきた、その〝何か〟の正体は巨大な亀だった。

第十二話　ライオスの事情

五年前――

俺が最強の獣人族《ビースト》として名を馳せる前、俺には慕っている兄貴がいた。

兄貴は幼い頃の俺よりずっと強く、粗暴だったがその実力で森の獣人族《ビースト》たちを守っていた。

俺はそんな兄貴に憧れて、冒険に行く時はいつも付いて回って一緒に腕を上げていた。

そんなある日、兄貴は少し照れくさそうに俺に報告した。

「なぁ、ライオス。実は俺、結婚したんだ」

「兄貴、マジですか⁉　おめでとうございます！」

「もう子どももいる。いつかお前にも見せてやるよ」

そんな話をしながら今日も兄貴と二人でダンジョンで修行をしている時だった。

俺たちの前に〝そいつ〟は現れた。

頭に生える二本の赤い角、薄紫色の肌に異様な気配。

すぐに敵対して戦闘になった。

当時の俺はそいつが『魔族』という存在だとは知らなかった。

俺と兄貴が一緒に戦えば倒せない奴などいないと思っていた。

だが、俺と兄貴が協力して戦っても奴には敵わなかった。

俺は全身に傷を負い、兄貴も満身創痍だった。

そんな状態で兄貴は俺に告げる。

「ライオス、俺が時間を稼ぐ……！　逃げろ！」

「そんな、嫌だ！　俺も兄貴と一緒に戦って──」

「ライオス！」

兄貴は俺に笑顔を向けた。

「獣人族《ビースト》を頼む。これからはお前が守ってやってくれ。それと、俺の家族もな」

「うぅ……！」

俺は一目散に逃げた。

託されたんだ、俺が守らなければならない。

獣人族《ビースト》の国を、そこに住むまだ見ぬ兄貴の家族を。

そして、復讐も果たす。

魔族を、あの赤い二本角の魔族を俺の手で殺してカタキを討つ。

周辺のダンジョンを攻略して、名を上げ、世界会議《カンタービレ》にまで参加した俺はそこで主催者から『英雄《アルゴノーツ》』という存在を知った。

『英雄』が所属する国には、その圧倒的な実力が示され、どの国も手出しはできない。

獣人族《ビースト》の国を守る、復讐を果たす。

俺にはどうしても『英雄』という肩書が必要だった。


「残念、今回も時間切れだ」

回転しつつ繰り出した俺の蹴りを涼しい顔で躱しながら憎き男、アレンは子どものように笑う。

「くそっ！　最悪だっ！」

俺は悔しさにステラード城の内部にある円形の闘技場の床を殴った。

床の石に派手なヒビが入り、それを見てアレンがまたケタケタと笑う。

「お前は力が入りすぎなんだよ。俺の顔面を吹き飛ばすことしか考えてねぇだろ？　さて、じゃあ今回も『罰ゲーム』だ！」

アレンはそう言うと、だらしない表情で手をワキワキとさせる。

何度でも言おう、本当に最悪だ……。

「今回も思う存分そのフサフサの尻尾をモフらせてもらうからな！」

「さ、三分だぞ！　三分だけだ！」

獣人族《ビースト》にとって尻尾を触らせることには重大な意味がある。

自分が心を許せる、最も愛する相手にしか尻尾を触らせない。

本来はそういう行為だ。

目の前の男、アレンはそんなこと知るよしもないが……というか、知られたくない。

(何でこんなことになってしまったんだ……)

俺は愚かだった昔の自分を思い返す。

原因は三年前、俺が英雄《アルゴノーツ》になるために初めて試験を受けた時にアレンが提示した条件だった。

「なるほど、アルゴノーツに入団したいと……分かった、では入団試験を受けさせてやろう。しかし、俺も暇じゃない　〝対価〟はいただくぞ？」

「対価だと？　金が必要なのか？」

「いや、お金じゃない。もしお前が負けたらお前のその尻尾をモフらせてもらう。そうだな……チャレンジした時間の分だけ触らせてもらうのはどうだ？」

アレンはぐへへと笑いながら口から出るよだれを拭った。

そんな馬鹿げた条件に思わず笑った。

「ふん、俺は獣人族《ビースト》の最強の戦士、ライオス様だぞ？　俺の素早い動きには貴様なんかじゃついてこれん。そして合格条件は制限時間内にたった一発お前をぶん殴るだけ。達成できないなどありえんな」

俺は改めてアレンのステータスを覗く。

最近できるようになった技だ、アレンの速さは俺よりも遅い。

余裕でクリアできると思っていた。

「じゃあ、いいってことだな？　よっしゃ、絶対に触るぞそのモフモフに」

……それから俺は何度試験に挑戦してもアレンに攻撃を当てることはできなかった。

単純な足の速さで逃げられてるわけじゃない。

アレンは俺の猛攻を全て見切った上で攻撃を躱しているのだ。

（そして、今回も……）

アレンの私室に連れてこられた俺はだらしなく頬を緩ませたアレンに仕方なく尻尾を向けた。

「うへへへ、今日もモッフモフだなこのやろぉぉ！」

「き、気色悪い……！　付け根は絶対にさわるなよ！」

「付け根なんか別にモフモフしてないからな。先っぽの方がフワフワして気持ちがいい……」

「頬を擦り付けるな……！　うっ、気持ち悪くて吐き気が……」

俺は何度も入団試験を受け続けて、一年間もアレンに尻尾を触られる頃にはストレスで獣耳が脱毛症にかかってしまった。

入団試験では憎しみで力が入るせいで動きは鮮彩さを欠き、合格までは遠のいてしまう。

しかも、アレンに大事な尻尾を触られ続けるうちに、たまに変な気になってしまうこともあった。

（こ、このままじゃマズい……！　性癖が歪む前に獣人族《ビースト》の女と接しないと！　それとストレス発散

のための宴を……！　酒は飲めんが、美味い料理を作らせて俺をもてなさせれば効果はあるはずだ！）

苦しまぐれに俺は故郷であるグラシアスの王エドマンに自分をもてなさせた。

いつも国のピンチには駆けつけて守ってやっているんだ、それくらいの恩義はあるはずだろう。

そして、四半期に一度、決まった時期に帰郷して同じ様に女を集めさせてもてなさせる。

アレンに尻尾を触られた後は綺麗な女どもを見ることで正気を取り返していた。


（それにしても、どうしてアレンはそんなに獣人族《ビースト》の尻尾に固執するんだ？　触るとそんなに気持ちがいいものなのか……？）

ふと疑問に感じ、自分で自分の尻尾に触れてみるが、全くいいとは思わない。

やはり……誰か他の者の尻尾を触ったりしないと分からないものなのだろうか……？

であれば、俺も兄貴と同じように誰か生涯の伴侶を作るべきなのだろうか……いや、旦那が男に尻尾を触られ続けているとしったら流石に可愛そうだ。

それに、これから厳しい戦いに挑む俺は一人残してしまう可能性もある。

パートナーは全てが片付いた後に見つけるとして……今はこの宴を通して正気を保とう。

宴会の中、ロウェルという女の素晴らしい曲芸に目を奪われつつ、俺はそのフリフリと動く尻尾に注目していた。

確かに、あの娘のなら少し触ってみたい気もする。

そんなことを悶々と考えながら、運ばれてきた葡萄ジュースを無意識に口にしていた。

今考えると変な匂いのするジュースだったが……。

すると、何だか気持ちがよくなりそこから先はよく覚えていない。

――突然、女の獣人族《ビースト》に平手打ちをされた時に酔いが覚めた。

先程見事な曲芸を見せていたロウェルだった。

俺は思わずキレた。

当たり前だ、いきなり顔面を叩かれて怒らないやつはいねぇ。

だが、そんなのどうでもよくなるくらいの事件が舞い込んできた。

南方から王都に魔獣がなだれ込んできたのだという。

俺は確信した、魔族だ。

魔族が指揮してるのでなければ、魔獣たちが突然示し合わせたようにこの国を襲いに来るなんてありえねぇ。

俺はすぐに飛び出した。

道中、邪魔な魔獣は倒しながら魔獣の隊列をたどって南へ。

やがて、いつかと同じように薄紫色の肌をしたそいつに俺は出会った。

「おいこら、面白髭じじい。今すぐ魔獣を差し向けるのをやめろ」

残念ながら、俺が探している二本角の魔族じゃなかった。

「面白髭とは失礼な、吾輩はゲルツだ。偉大なる魔族である。そして、貴様の命令も偉大に拒絶する」

「まぁいい。魔族である時点でお前はぶち殺し確定だ」

俺が拳を自分の手のひらに打ち付けると、そいつは笑う。

「丁度いい、私のペットの餌になってもらおう」

そんなことを言うと、ゲルツとかいう魔族は魔法陣で巨大な魔獣たちを生み出した。

「吾輩がじきじきに強化した魔獣だ。ここにくるまでに出会った魔獣とは一味違うぞ？　ゆけっ！」

「そうやって強そうな見た目をしてくれりゃあ――」

俺は魔獣たちの攻撃を避けると、床に転がりながら回転して蹴りを繰り出して魔獣たちを全員屠った。

「こっちもヤル気が出るんだけどな」

どっかの情けない顔の男を思い出しながら俺はそいつらを倒した。

「素晴らしい！　私の強化魔獣たちがいとも簡単に……！」

「もう終わりか？　歯ごたえがねぇな」

そう言いつつ、俺はゲルツを観察する。

杖を持っているし、魔導師の可能性が高い。

俺は魔法に対して防衛する手段がないから避けるしかない。

苦手とする相手だ。

「では、私のお気に入りを紹介しよう」

ゲルツはそう言うと、指を弾いて魔法陣から大きな狼を召喚した。

「サベージ・ウルフだ。お前も狼みたいだからな。仲よくなれるかもしれんぞ？」

「馬鹿野郎、俺は犬の獣人だ」

俺が指でチョイチョイと挑発すると、サベージ・ウルフは襲いかかってきた。

こいつはなかなか強かった。

俺の素早い動きにも対応してきた。

だが、まだ甘い。

俺の蹴りが狼の魔獣の胸元に入ると体勢を崩した。

「これでフィニッシュだ」

「あぁ、フィニッシュだな。術式が完成したよ。【地獄の鎌風《ヘル・ウディナ》】」

「くっ……！」

突如、強烈な風の刃が俺を襲う。

（バカか俺は！　そりゃ大人しく待ってくれてるはずもねぇだろ！）

身体を切り裂き、突風で体勢を崩したのは俺の方だった。

「ガルルル！」

直後、サベージ・ウルフはゲルツの魔法に若干の巻き添えを食らいながら俺を爪で引っ掻く。

攻撃をモロに受け、俺は森の中に吹き飛ばされた。

「よし、よくやった！　サベージ・ウルフよ、奴の肉体を回収してこい。まだ死んではいないだろう、まぁ、死んでても利用価値はあるが。あの強靭な肉体はよい実験素材になるぞ」

クソみてぇな言葉を最後に俺の身体は動かなくなっていた。

(身体がしびれる……毒か、ウルフの爪に塗ってやがったな、とことんいけすかねぇやつだ)

その後、俺は完全に動けなくなるまでサベージ・ウルフの攻撃を受け続けた……。


「すみません、ギルネ様……僕、もう指の一本も動かせないみたいで……」

「う、動けないなら仕方がないな！　このまま、もう少しこのままでいよう。私もまだ身体が痙攣してしまって動けないんだ」

僕は無礼にもギルネ様の上に覆いかぶさったまま、動けなくなってしまっていた。

ギルネ様もさっきの技の反動で動けないみたいだ。

こ、こんなに密着してる状態はギルネ様も嫌だろうし、早くどいてさしあげないと……。

そう思ってもやっぱり僕の身体は動かず、この状態のまま僕とギルネ様はしばらくお互いの心臓の鼓動を聞いていることしかできなかった。

《小僧、もう大丈夫だ、周囲の守りは任せろ。そのまま楽しんでろ》

そんな、からかうようなマウンテン・タートルの言霊が聞こえた。


「ティム、立ち上がるぞ。私に寄りかかってくれ」

「ギ、ギルネ様。すみません、ありがとうございます」

僕は痙攣が収まったギルネ様に支えてもらいながらなんとか立ち上がった。

「まずは、ライオスの容態を見てみましょう」

「……ライオスもゲルツも意識を失っているな。私はもう魔力が残ってないから今すぐライオスの治療はできないが……」

「ゲルツは悪さができないように糸で縛り上げて……どうにか王都まで運べますかね」

《ワシが運んでやろう》

マウンテン・タートルは僕にそう言うと、ノシノシと動き、ゲルツとライオスを口に入れてしまった。

そして、そのまま王都の方を向く。

「亀の餌となったか……お腹をくだしてしまわないだろうか」

「違いますよ、ギルネ様。口の中に入れて、王都まで運んでくれるみたいです」

声はやっぱり僕にだけ聞こえているみたいだ。もしかして、これが【躾《テイム》】なのかな……？

《お前らも尻尾に乗れ、落ちるなよ？》

「尻尾にも乗せてくれるみたいです、このまま王都まで行きましょう」

「うむ、ティムは身体が動かせないからな。落ちないように私がしっかりと抱きかかえておくからな！」

「あ、ありがとうございます……すみません」

嬉しくも、恥ずかしい気持ちを覚えつつ、僕はマウンテン・タートルの尻尾に乗せてもらって、嬉しそうな表情のギルネ様に抱きかかえてもらっていた。

王都に着いた瞬間、僕を抱えてマウンテン・タートルの尻尾に乗っていたギルネ様は僕と一緒に崩れるようにして地面に落ちた。

尻尾に乗っている時、僕は抱えられながらギルネ様の粗い呼吸と痙攣が収まっていない身体の震えを感じていた。

とっくに限界なんて超えていたんだ。

気丈に振る舞われていたが、それでもギルネ様は指一本身体を動かせない僕のために王都に着く最後まで頑張って僕を抱えて尻尾に乗ってくれていた。

「ティムっ！　ギルネっ！　ボロボロじゃない！　大丈夫⁉」

亀とともに帰ってきて崩れ落ちた僕たちを見て、レイラが慌てて駆け寄ってくれた。

「だ、大丈夫だ。もう私たちは二人とも回復薬を飲んだし、致命傷じゃない。魔力が回復するまでは【回復魔法《ヒール》】を使えないが」

「すみません、ギルネ様。無理をさせてしまい……」

『エナジー・ドリンク』の代償だろう。

僕はどんなに力んでも身体に力が入らない。

すると、レイラは尻尾をスカートからブチッと外して、獣耳も取り外した。

「いけるはず……思い出すのよ、ギルネがやっている姿を。分からない部分は想像で補うの……私ならできるわ」

そう呟くと、レイラは倒れている僕とギルネ様に手をかざした。

「【回復魔法《ヒール》】！」

「おぉ!?」

なんと、レイラは回復魔法を使ってみせた。

回復量はギルネ様に遠く及ばないけれど、痛みが和らいでゆく。

「レイラ、凄いぞ！　【回復魔法《ヒール》】はまだアイラも覚えてないのに！」

「大声出しちゃダメよ。ギルネ。いいから安心して休んでなさい」

「王都は大丈夫だったの？」

「ええ、見てのとおりよ」

僕の質問に答えると、レイラは【回復魔法《ヒール》】をかけたまま後ろに振り向いた。

王都は建物こそ破壊されてボロボロだけど、獣人族《ビースト》のみなさんに犠牲者はいないようで、みんなで手を叩き喜びあっていた。

どうやらゲルツが召喚したモンスターは全て討伐しきることができたらしい。

レイラが文字通り獅子奮迅の活躍をしていたし、僕とギルネ様と先に駆け出していたライオスで道中、かなりの数のモンスターを倒していったからきっとそのおかげだろう。

「それで、この亀は何なの？　最初、コンフォード村の人に教えてもらわなかったら絶対に魔獣と勘違いしてたわ」

「大丈夫、獣人族《ビースト》と友好的な亀だよ。僕たちは助けてもらっちゃったし……そうだ！　ライオスも治療しないと！」

僕がそう言うと、マウンテン・タートルはこちらを向いて、口から糸で縛られたゲルツとライオスを吐き出した。

「ライオスもやられちゃったの⁉　それと、この顔色……というか肌色の悪いおじさんは誰？」

「そいつが今回の全ての元凶だ。魔族だとか言ってたな、名前はゲルツ。ティムが顔面をぶん殴って倒したぞ」

「あはは、最後は負けちゃいそうでしたけどね……それに、後少しギルネ様が僕を呼び戻すのが遅かったら僕は魔獣になっちゃってましたし……本当にギリギリでした」

「な、何だか凄く色々とあったのね……で、でも、二人で倒せたのね！　話は後でアイラやアイリちゃんと一緒に聞かせてもらうわ！」

話をしながら、僕たちは仰向けに寝たままレイラに【回復魔法《ヒール》】をかけ続けてもらっていた。

しかし、レイラの顔に疲れが見え始めた。

「ご、ごめんなさい。【回復魔法《ヒール》】って凄く魔力を使うのね。もう少ししか使えないわ」

「大丈夫だ、レイラのおかげで私はだいぶよくなったよ。あとはライオスの傷を治してやってくれ」

ギルネ様は上半身を起こすと、そう言って笑う。

「ギルネ、よかったわ。ティムはまだ動けない？」

「……まだダメみたい。でも、多分僕が無茶をした代償だから心配しないで。傷の方はレイラのおかげでよくなったと思うから」

ヘーゼル君の時は魔水晶を持っていただけだったけど、僕は魔水晶の濃厚な毒素のみを抽出した物を直接身体に取り入れたんだ。

死んでもおかしくなかったのかもしれない。

でも、あのままゲルツを放っておいたらもっと多くの種族が〝実験〟の被害に遭っていただろうし、何よりギルネ様を守ることができた……。

ギルネ様は糸で縛られたゲルツを見る。

「ゲルツはどうする？　こいつはかなり悪質な奴だった、処刑も免れないと思うが」

「そ、そうですね……。とにかく杖を取り上げて……その前に唾液まみれですから、一旦綺麗にした方がいいですね。レイラ、悪いけど僕の手にゲルツの身体のどこかを触らせてくれる？」

「分かったわ、ティムの左手にゲルツの手を触らせるわね」

僕は【洗浄《クリーン》】をゲルツに使った。

（……うん？　なんだ……なんか凄く……）

僕が眉をひそめる様子を見て、ギルネ様は首をかしげた。

「ティム、どうしたんだ？」

「ギルネ様、なんだかゲルツは凄く汚れています……」

「うむ、確かにそいつの心は汚れきっているな。魔族という奴らはとんでもなく邪悪だということが分かったよ」

「う～ん、そういう話では……いや、そういう話なのかな？　とにかく、できるだけ汚れを落としてみますね」

僕はゲルツに【洗浄《クリーン》】を使い、感じた〝汚れ〟に強く働きかけてみた。

「ティム、見て！」

レイラに促されて見ると、薄紫色だったゲルツの身体が徐々に僕たちと同じような肌色に変わっていっていた。

血色がよくなったその姿を見て、ギルネ様は驚愕する。

「こいつは、よく見たら大賢者シュトラウス＝ディバリじゃないか！」

「ご、ご存知の方なのですか！？」

「あぁ、偉人だ。私も魔導書の挿絵でしか見たことはないが……数年前に消息を絶っていると聞いていたんだが……魔族にされていたのか……？」

「う～む……」

直後、ゲルツは目を覚まして頭を押さえながら上半身を起こした。

「ここはどこだ……？　記憶がない……吾輩は何を？　頭が酷く痛むな……まるで、頭を強く叩かれたかのような痛みだ……」

僕たちは警戒し、レイラは動けない僕とギルネ様の前に立ちはだかって剣を突きつける。

すると、ゲルツは慌てて両手を上げた。

「な、なんだねキミたちは⁉　吾輩は偉大なる大賢者、シュトラウス＝ディバリだぞ！」

開口一番にギルネ様がおっしゃっていた本名を名乗った。

僕は確認する。

「貴方は魔族のゲルツではないのですか？」

「ゲルツ？　知らん、人違いだっ！　というか、魔族は憎き我輩の敵である。吾輩は剣を向けられるようなことはしていないぞ！　世のため、人のために研究を――」

「レイラ、魔族じゃないなら用はない。斬り殺していいぞ」

「わ、わわっ⁉　魔族ではないが、どうすれば助かるのだこれは⁉　吾輩の魔力も空っぽではないか！　分からん、何も思い出せん！」

ゲルツが滝のような涙を流したところで、ギルネ様はため息を吐く。

「……ギルネ様」

「あぁ、この様子だとどうやら本当に魔族だった頃の記憶はないみたいだな……。操られていたのか……？」

「もう剣で脅す必要はなさそうね……」

レイラは剣をしまうと、僕がゲルツ――いや、シュトラウスを見やすいように上半身を起こしてくれた。

「何なのだね？　記憶が無いのは吾輩が操られたからだとでも？　この偉大なる我輩が操られるなど――」

否定しかけると、シュトラウスは顎に手を当てて考え始めた。

「『魔族』……？　そうだ、思い出したぞ。吾輩は魔族の一人と戦って、それでやや不覚をとって……そこから記憶が無いのだ」

僕はシュトラウスの瞳をじっと見つめる。

嘘かどうか見抜く能力なんてないけれど、僕にはシュトラウスが助かるために嘘を吐いているようには思えなかった。

肌の色も僕たちと変わらなくなったし、きっと、もう魔族ではないのだろう。

ギルネ様とレイラも頷く、同意見らしい。

「ということは、シュトラウスは『ゲルツ』という魔族に作り変えられて操られていただけ……本当に断罪するべきはその親玉というわけだ」

「シュトラウスさんは被害者だったのですね……」

不意に、シュトラウスは酷く焦り始めた。

「そ、そうだ！　妻は!?　娘は!?　二人は無事か!?　すぐに確認に向かわなければ！」

シュトラウスは狼狽したまま立ち上がろうとして、転倒した。

「だ、大丈夫!?　無理はしないで」

レイラは慌ててシュトラウスが地面に身体をぶつける前に身体を支える。

シュトラウスにも家族がいて、きっと同じように凄く心配しているはずだ。

「ティム、どうやら魔族は私たちの中から仲間を増やしているらしいな」

「はい、こんなの……許せません」

「ティム、私はティムに協力するぞ」

僕が何を考えるか、ギルネ様はすぐに察してくださった。

まだ動けないはずの僕の身体は怒りで拳を握っていた。

「僕が救います――」

魔族、どれだけ強く恐ろしい相手かは計り知れない。

今回はエナドリを使って、こんなにボロボロになって、ようやく勝てたくらいだ。

でも、それでもやらなくちゃダメだ。

これは、僕にしかできない奉仕だから！

「僕が他の魔族も全員お洗濯します！」

第十三話　フィオナの下剋上

「フィオナ様、ご依頼されていた仕事は全て終わりました！　次は何をいたしましょうか？」

「えっ!?　も、もう終わったのですか!?　は、働きすぎですよ……少し休んでください」

フィオナ・シンシア救護院。

執務室で、私は目の前に跪く『アベル』という新人のギルド員に少し困った表情を向けていた。

自身の素性については詳しく話さなかったし、アベルというのも偽名らしいけど、どうやらこの人がリンハール王国でギフテド人のみなさんへの差別をしていたらしい。

仕事は誰よりも真面目にこなすし、そんなに酷いことをするようには思えない。

けど、ティム君に懲らしめられるまでは本当にヤンチャだったらしい。

休んで欲しいという私の言葉にアベルは呆れるほどに真っ直ぐな瞳を向けた。

「いいえ、こんなの大したことではありません。俺はこのギルドの——ギフテド人のみなさんのためにここにいるのです。ギフテド人のみなさんは俺にフィオナ様の指示通りに働くように言いました、なので次の指示をください！」

「では、休んでください。それが次の指示です！」

「そ、それは困ります！　俺は償いのためにこの場所に」

「——ちょっと、新入り！　フィオナ様の言うことが聞けないの？」

口を挟んだのはメイド服を着た長い金髪の女性ギルド員だった。

紅茶とクッキーのようなボロボロの何かをお盆に乗せて、跪いたままのアベルの横を颯爽と通過する。

「フィオナ様、お茶を淹れました」

「ありがとう、リノ。一人で淹れられるようになったのね、偉いわ。クッキーも……うん、美味しそうね」

「も、もったいないお言葉です！」

私が労いの言葉をかけると、幸せそうな表情でニヤける彼女の名前はリノ。

とても可愛らしい彼女だが、実は私を殺そうとしていた〝元暗殺者〟である。

リノはアベルの前にしゃがみこんで人差し指を立てた。

「アベルもガナッシュ師匠を見習ってもっとだらけたら？」

「──ガナッシュは見習っちゃダメですよ⁉　絶対に！」

「は、はぁ……分かりました」

なぜそんな彼女がここで私の給仕をしているのか、経緯を簡単に説明すると……。

彼女、リノは闇のギルドの『フェルマー』の仕事を邪魔している私の暗殺を指示されてこのギルドに侵入していた。

丁度その時、私はティム君が女装させられる時に使っていた金髪ロングテールのカツラを昔のティム君の部屋で見つけていた。

私の部屋の前で張り込んでいた彼女を偶然見かけた時に、雰囲気がどことなくティム君に似ていると思った私はカツラを被せてみようと彼女を部屋に呼び込んだ。

私を暗殺する絶好の機会を手に入れたリノ、自分が殺されそうになっていることなど全く気がつかず、リノを利用してジェネリック・ティム君を作ろうとする間抜けで下劣な私。

私はニルヴァーナ様の神魔法を使ってリノの顔にあった大きな傷跡を消してあげた。

そして、金髪のカツラを被せてメイド服を着せて、ティム君が女装させられている時の格好に近づけて、その格好を鏡で見せてあげた。

女装したティム君に似た彼女の姿に辛抱たまらなくなった私は言葉巧みにリノをその気にさせて優しく抱きしめる。

すると、私の言葉が偶然リノの暗殺計画を見抜いている感じになってしまっていた。

しかも顔の傷を消して女の子の姿にしてもらえたこと、自分を受け入れてくれたことに感動して私に陶酔してしまったらしい。

そして、闇のギルド『フェルマー』は、フェルマーが運営する賭博場で負けがこんでいたガナッシュ様が大暴れして木刀で全員しばき倒して壊滅させてしまっていた。

うん、全然簡単じゃなかった。

改めて考えるとなんだこれ。

「お～い、ちょいとお邪魔するよ～」

そんな時、突然陽気な声とともにギルドの執務室の窓に大きな黒い翼をはためかせたスタイルのよい女性が腰を落ち着けた。

「ど、どちら様ですか⁉」

「何者だ⁉　敵襲か⁉」

「――何事ですかっ⁉」

リノが騒ぎ立ててナイフを構えると、ギルド員の一人メリラが慌てて執務室に入ってきた。

そして、笑顔で手をヒラヒラと手を振る彼女を見てホッとため息を吐く。

「なんだ、ロジャーさんですか」

「ロジャー……さん？」

「はい、彼女は新聞屋です。ステータスを測る能力を持っていて、定期的に全てのギルドの調査をしているんですよ」

「そ、そうなんですか……？　それはその……お疲れさまです」

物知りのメリラは警戒を解いて私に説明をしてくれた。

それでも、よく分かっていない私はとりあえずねぎらいの言葉をかける。

「あはは、ありがとう！　それで、ここがギルド長の執務室だよね？『ギルネリーゼ』から新しいギルドに変わったって聞いたんだけれど――」

そういうと、ロジャーさんは執務室のみんなを見回して、アベルを見ると目の色を変えた。

「なるほど、貴方が新しいギルド長だね！　ふむふむ……」

「ロジャーさん、ギルド長は貴方の目の前におられますフィオナ様です」

「えっ、そうなの？　あっ、そっか、冒険者ギルドじゃなくて救護院なんだっけ？　まぁ、それでもやることは変わりないんだけど……このギルドの人たちの実力を全員見させてもらうよ！」

「あっ、ではガナッシュ様も……あれ、いませんね？　ついさっきまで中庭で寝ていたのですが……」

「あはは、ガナッシュさんだね？　まだ一回も【評価《バリュー》】をさせてもらったことがないんだよね〜。自由人らしいけど、私も自由人だから気持ちは分かるよ。いつかはお会いしてみたいけど、今回もいる人だけ見せてもらおう！」

そう言うと、ロジャーさんは指笛を吹いた。

直後、どこからともなく大量のカラスがギルド内を飛び回る。

「羽は少し落ちるかもしれないけれど、勘弁してね～」

「は、羽よりも、ギルド員たちが慌てて怪我をしてしまわないか心配です！　つついたりはしませんよね⁉」

「大丈夫！　私のカラスたちはみんな礼儀正しいから！」

数秒後、もう一度ロジャーさんが指笛を吹くとカラスたちはどこかへと飛んでいった。

「ふむ、そこのお兄さん以外はＴｉｅｒランク外か……でも、これは少し面白いことになりそうだ」

ロジャーさんは何やらニヤリと笑う。

「新ギルド長さんのお名前は？」

「私は、フィオナ＝サンクトゥスです」

「んで、そっちの大きいお兄さんのお名前は？」

「……アベルだ」

「ふ～ん、オッケー！」

そう言うと、ロジャーさんはカバンから手帳とペンを取り出してサラサラと何かを書き込んだ。

「おっと、他のお客さんも来たみたい。私の用事は終わったからこれでおいとまするね！　それじゃあ、明日発刊の新聞、『ロジャー・ジャーナル』をお楽しみに！」

そう言って、また大きな黒い翼を広げて窓から飛び去っていってしまった。

「フィオナ様、お客様です」

ロジャーさんの言葉の通りに剣を携えた青髪の青年がギルド員に案内されて私の目の前に現れた。

青年は礼儀正しく頭を下げると、私に手紙を渡す。

「緊急の五大ギルド会議《アジタート》が開かれます。時刻は明日の午後三時から、ギルド長様、あるいは代理の方のご出席をよろしくお願いいたします」

「は、はぁ……」

手短にそれだけを言うと、ギルドを出ていった。

「五大ギルド会議《アジタート》？　また知らないイベントが……引き継ぎがないと辛いですね」

「五大ギルド会議《アジタート》はこの国の五大ギルド『ラスティレイク』『コールスラッシュ』『サーマルバイン』『ルミナスナイツ』『ギルネリーゼ』が集まる会議のことだ。緊急ということは、シンシア帝国の王室から何かお達しがあったのかもな」

「ガナッシュ、どこにいたんですかっ⁉」

いつの間にか執務室に姿を現していたガナッシュ様は酒の入ったトックリを口元で傾けながら私から手紙を預かって、丁寧に開いた。

「ギルド長とともに同席できるのは三人か……。ふむ、丁度いい機会だ。アベルと俺を連れていけ」

「フィオナ様が行くなら、僕も行きたい！」

「お前はお留守番だ。ギルドを任せられるのは俺が稽古をつけた強いお前だけなんだぜ？」

「ぼ、僕だけ……！　フィオナ様、お留守の間の警備は任せてください！」

乗せられやすいリノは得意げに胸を叩いた。

チョロいところもティム君に似て可愛い。

「俺は行ってもいいのか？」

「ああ、お前は身体がデカくて強そうに見えるからな。他のギルドへの威嚇になるだろ」

ガナッシュ様はそんなことを言ってアベルの胸板を拳で叩いて笑う。

確かに、アベルは身体が大きくて筋肉も張っていて強そうに見える。

でも、私より剣を振るのが下手なティム君が出発して一カ月で倒しちゃったんだから多分実力的には大したことないんだろうけど……。

「新入りはまだ信用できるが、あろうことか酔っぱらいであるお前を連れて行けというのか？」

私を最も慕っていると自負しているギルド員のメリラはガナッシュ様を睨みつけた。

「じゃあ、あと一人はメリラだ。それなら文句ないだろう？　メリラも俺たち二人を見張れるわけだし」

「……ふん、当日は酒など飲んでくるなよ？　フィオナ様の評判が下がる」

「け、喧嘩もしないでくださいね。私たちは新顔ですから、当日はできるだけ騒ぎは起こさずに目立たないように行動しましょう……」

不安に押しつぶされそうになりながら、私はため息を吐いた。


五大ギルド会議《アジタート》、当日。

私とガナッシュ。そして、アベル、メリラは会場である冒険者ギルド、『ラスティレイク』の前にいた。

メリラによると、この冒険者ギルドもギルネリーゼほどではないが敷地が広く、ちょうど他の五大ギルドの真ん中くらいに位置しているらしい。

招集場所となっているのはそんな理由だろう。

会議に呼ばれてしまうなんて初めてだ。

というか、そうか。

私がギルド長なんだからこういう機会も当然あるよね。

ギルネ様と同じ立場の人間として私なんかがこの場所に――凄く不安になってきた。

大丈夫かな、私たち……浮いてないかな？

そう思い始めると、失礼にもやはり最初にガナッシュ様をじーっと確認してしまう。

「……ガナッシュ、なぜ腰に木刀を？　昨日の夕方まではちゃんと剣を差していましたよね？」

「あぁ、夜中に逃げ出したんだ」

「なるほど、夜中に逃げ出したんですね……」

(確かに、ガナッシュ様の荒い扱いには剣も逃げ出したくはなるだろう)

ガナッシュ様の言い分に納得しかけていると、メリラが鬼のような形相で怒った。

「そんなわけあるかぁ！　またギャンブルで賭けたんだろ!?　フィオナ様、今からでもこいつを別のちゃんとしたギルド員に代えて――」

「ま、まぁまぁ。今回私たちは目立たずに参加するだけです。別に大丈夫でしょう。アベルもそういうことでよろしくお願いしますね」

「かしこまりました。勝手な行動は慎み、フィオナ様に従います」

アベルは黒いスーツに身を包んでネクタイを締め直す。

凄い、まるで王族が持っていそうな上等なスーツだ。

素晴らしいほどにフォーマルな格好ではあるんだろうけれど、普段着を着崩しているガナッシュ様と並んでしまうとギャップでめまいがしてしまう。

そんな風に入り口で少し騒がしくしてしまっていると、他のギルドの方も到着した。

「おや？　見ない顔ぶれだが……あぁ、ガナッシュがいるってことは『元ギルネリーゼ』か」

顎髭をさすりながら壮年の男性は私たちを見てニヤリと笑った。

メリラがそのギルド長の証を見て、私に囁いて説明してくれる。

「フィオナ様、冒険者ギルド『コールスラッシュ』です。剣士が多いギルドですね。この方がギルド長のエディオ＝ピクシスでしょう」

「お、お初にお目にかかりますっ！　ほ、ほほ、本日はよろしくお願いいたしますっ！」

私が一生懸命頭を下げると、エディオは鼻で笑った。

「ふん、新ギルド長はまたこんな小娘なのか？　まぁ、短い間だがよろしく頼むよ」

それだけを言うと、腰に差した三本の刀を揺らしながら先にギルド内へと入っていく。

短い間……？

「無礼な奴ですね……フィオナ様にあんな態度を取るなんて」

「メリラ、私がどんなに悪く言われようと耐えてください。私たちはガナッシュ以外の幹部が全員抜けてしまい、他のどのギルドよりも弱いんですから」

「あいつ、いっぱい刀持ってたな。一本くれねぇかな……」

こんな場所でも平常運転のガナッシュ様の様子に呆れつつも少し心が落ち着いた。

私たちも五大ギルド会議《アジタート》が行われるギルド内へと入った。


会場には私と同じ様に各ギルド長と、その幹部らしき者たちが四人ずつ円卓についていた。

ギルド長が真ん中に座り、その左右と背後に幹部が立っている。

「そ、そんな……目立たないように端っこに座ろうと思ってたのに円卓だと端が無い……！　これは厳しい試練です……！」

「おい、酒は出てこないのか？　ここまで歩いてきて喉が乾いてるんだが」

「貴様、これ以上フィオナ様に恥をかかすなよ？　フィオナ様、この椅子は硬そうです。フィオナ様の柔らかい神聖なお尻が痛くなってしまうかもしれません。私の膝の上におすわりください」

「ぜ、絶対にそっちの方が恥ずかしいですよ……子どもじゃないんですから」

「スーツを着ているのは俺だけか。フォーマルすぎて少し浮いてしまっているな」

私たちもそんな会話をしつつ決められた席に着いた。

新しくなった顔ぶれだからだろう、周囲のギルド員たちの視線も私たちに集まる。

うぅ……逃げ出したい。

「定刻だ。五大ギルド会議《アジタート》を開催する」

会場である『ラスティレイク』のギルド長、シュロス＝バイデラが開会の宣言をすると早速話が始まる。

「いつもの定例会だと様々な取り決めを行うが、今回は緊急集会だ、一点の報告事項のみ。シンシア帝国の王室からお達しがあった。第四王子セシル＝シンシア並びに王女アイリ＝シンシアがリンハール王国に向かった後、姿を消した。リンハール王国内や王城はもちろん周辺諸国にも捜査の手を伸ばしたがいまだに行方知れずだそうだ」

シュロスは手短に要請内容を伝える。

「各ギルド、活動中にセシル＝シンシア及びアイリ＝シンシアの両者を見つけた場合には速やかにシンシア帝国に報告をするようにとのことだ」

そう言うと、各ギルドマスターたちはザワザワと話を始めた。

「なるほど、〝報告〟か。身柄を拘束して引き渡す必要はないんだな？」

「あぁ、シンシア帝国も俺たちがそこまでできるとは思っていないだろう」

「王族の生まれというだけで強くなれる王族の血筋《ロイヤルライン》か……羨ましいかぎりだな」

「他のギルドは引っ込んでろ。俺ならセシル王子だろうが捕縛できる。そうすりゃシンシア帝国内では一番のギルドを名乗ってもいいだろう？」

意気揚々とそんなことを言ったのは、先程私たちに声をかけてきた『コールスラッシュ』のエディオだった。

雰囲気を察するに、五大ギルドの間では特に上下関係は無いようだ。

「やめとけ、もし一緒にいるアイリ王女に怪我を負わせたら大問題だぞ？」

「というか、お前じゃセシル王子には勝てねぇだろ。王室クラスだぞ？」

「やってみなきゃ分かんねぇだろうが。俺たちの剣技は最強だ」

私はそんなギルド長たちの話を黙って聞きながら、一人心の中で考えた。

(王女のアイリちゃんってティム君の妹よね⁉　それで、ティム君たちは今リンハールに行っていて、そこから行方知れずになったってことは……！)

「フィオナ様、アイリはティムが連れています。今はシンシア帝国の手が及ばぬように東へと冒険中です」

「や、やっぱりそうですか！　ティム君、妹さんを取り返したんですね！」

私は興奮しながらアベルの言葉に拳を握る。

アベルはティム君とリンハールで会ってるから知ってるんだ。

リンハールから東なら流石にシンシア帝国の冒険者の活動範囲外だ。

ここにいる誰かに見つかることはないだろう。

「セシルは神器も所持しているそうだ。まぁ、お前が挑むのは勝手だが」

「神器か……得体がしれねぇな」

「ウチにもいたではないか、神器を持っているギルド長が」

ギルド長たちは全員、私を見た。

えっ、確かに私は成り行きでニルヴァーナ様を持ってるけど……。

というか、この中で神器を持っているのは私だけなの⁉

「そうだ、『ギルネリーゼ』としてこの場には呼んだがその緑髪の新ギルド長にはまだ自己紹介をしてもらっていなかったな。〝今回限り〟だろうが、名乗ってもらってもよいか？」

シュロスが表情を変えずに私に言う。

「はっ、ひゃい！　わ、私はフィオナ＝サンクトゥスです！　ギルネリーゼ様がギルドを抜けられまして、その後ギルド長に就任いたしました！」

私が立ち上がって一生懸命自己紹介をすると、クスクスと嘲笑するような声が聞こえた。

その様子を見てメリラが額に青筋を浮かべてる……我慢して、暴れちゃダメだからね？

「い、今は、フィオナ・シンシア救護院として社会福祉活動や救護活動をしています！」

「社会福祉活動か……まぁそれくらいしかできないだろうな。なにせ、残ったギルド幹部は酔っ払いで使えないガナッシュのみ」

「戦闘員たちも全員抜けたのだろう？　戦力はもうほぼ無いな」

「ギ、ギルネリーゼ様ほど立派にはできませんが。がんばりますので、よろしくお願いいたします！」

「ギルネリーゼか……ふふふ、あははは！」

エディオが笑い出すと、他のギルドの長たちもつられるように笑い出した。

「ようやくあの煩い小娘が消えたな」

「あぁ、あいつだけがこの実力主義の構造に異を唱え続けていたからな」

「いつも、たった一人でこの会議に出席してはシンシア帝国内のギルドの格付け方法を変えようと偉そうに声を上げてな」

「ギルド内の実力者に賛同者がいなかったのだろう。当たり前だ、どうしてわざわざ戦闘能力で評価された五大ギルドという立場にあるのにその利を捨てようとするのか」

「おおかた、神器に縋り付いてギルド長にまでなったから本来の実力に不安を持っていたのだろう。強気な態度はその裏返しだ」

他のギルドのギルネ様に対する評価を聞いて、私は言葉を失った。

ずっと、ギルネ様はお一人で戦われていたんだ。

今の実力主義の構造に疑問を持って。

ティム君みたいに、戦闘力がない人が別の能力で評価されるような制度を目指して。

「だが、今度のギルド長は分をわきまえているようだな。いいぞ、そうやって雑用のように付き従い、下で面倒事を処理してくれれば悪いようにはしないさ」

「雑用と言えば、ギルネリーゼを抜けてきた冒険者たちから聞いたぞ？　なんでも、あの小娘は全財産を投げ出してギルドの使えない雑用係の少年とともに冒険に出かけたとか。名前はティムとか言ったか？」

「神器も手放したらしいな。馬鹿な女だ。ギルド員たちや我々に愛想を尽かされて何もかもを投げ出したのだろう」

そう言うと、会場は下衆びた笑い声に包まれた。

我慢……我慢しないとダメですよ、ガナッシュ、アベル、メリラ。

私たちのギルドは一番弱いんです。

たとえ、ギルネ様やティム君が馬鹿にされたとしてもことを荒立てずにこの会議を乗り越えて――

「ギルネ様は素晴らしい選択をされました。愛想を尽かされたのはあなたたちの方です」

急にそんな声が聞こえた。

誰だろう、まさに私が思っていた言葉だ。

まさか、ウチの誰かが……？

マズイ、こんなことを言ったら周囲を怒らせるに決まってる。

急いで謝らせて、後でいっぱい褒めてあげないと……。

「フィオナ、よく言った」

「……えっ？」

ガナッシュ様は私の頭に手を置いてニヤリと笑った。

アベルとメリラも不敵な笑みを浮かべている。

う、嘘……私が言っちゃったの⁉

ただの気弱な小娘だと思われていた私には驚きの目が向けられる。

マズイ、ギルド員が言ったとかならギルド長である私が叱ればこの場は収まった。

でも、ギルド長である私の発言だ。

どうにか、私の想いをちゃんと伝えよう。

『私は、みなさんのために言っている』のだと。

「……発言の撤回をしろとは言いません。ですが、撤回をオススメします。でないと、あなたたちが恥をかくことになる。ギルネ様とティム君はあなたたちでは到底なし得ないことを達成しますから」

頭の中を混乱させながら、私は語った。

あれ、これちゃんとフォローになってる？

私がそう言うと、ガナッシュ様は大笑いしながら懐に隠し持っていたトックリを出して酒を飲み始めた。

そんな、私たちの様子に他のギルド長のみなさんは怒りの形相で席を立った。

「何の力も持たない小娘が、調子に乗ってんじゃねぇ！」

「フィオナ様、私の後ろに！」

左隣に座っていたエディオが怒りに任せて剣を手に取る。

メリラが前に出て私をかばった。

「――ぐべっ！」

しかし、エディオは踏み出す瞬間に派手に転倒して床に顔を打ち付けた。

どうやら踏み込む瞬間に何かを踏みつけたらしい。

「くそっ！　――これは革靴？」

「すみません、俺の靴が勝手に歩いて行ってしまったみたいで」

アベルがそう言って悪びれた様子もなく靴が脱げた右足を見せる。

エディオが踏み出す瞬間に自分の革靴を蹴って滑り込ませたらしい。

ガナッシュはそれを見ると、手を叩いて爆笑した。

エディオは顔を真っ赤にして激昂する。

「ギルド長の前に貴様から死にたいようだな！　丸腰だろうが関係ねぇ、たたっ斬ってやる！」

「その木刀でか？」

「――なっ⁉」

エディオは自分の腰に差していたはずの三本の剣がガナッシュの木刀とすり替わっていることに狼狽した。

「俺の宝剣がいつの間に薄汚い木刀に⁉」

「剣も勝手に歩くからな、気をつけろよ？」

「俺の剣を返せ！」

「――そこまでだ！　この場でこれ以上の争いごとは許さん！　ガナッシュも剣を返してやれ」

唯一、席を立たなかったシュロスが一喝する。

「ふざけんな、ここまでコケにされて腹の収まりがつくか！」

「エディオ、いいだろう？　フィオナ救護院は実力不足だ、このまま待っていれば〝Ｔｉｅｒ落ち〟する。大ギルドの条件はＴｉｅｒ４であることだ、自分のランクが上になった後で散々こき使えばいいだろう」

「……ふん、まぁそうだな。せいぜい楽しみにしていろ」

エディオはガナッシュから剣を取り返すと、私を見てほくそ笑んだ。

「……もう今日の会議の目的はありませんね？　では、私たちはこれにて先に失礼いたします」

私は早々に席を立つとガナッシュたちを連れて最初に退室した。

まだ彼らのギルネ様やティム君への悪口は続くのだろう。

さらに、私のギルド員への悪口まで始めるかもしれない。

これ以上、この場にはいられなかった。

「フィオナ様、貴方の行動に敬意を。ティムが貴方を頼った理由がよく分かりました。俺は貴方の剣となろう」

「アベル、ありがとうございます。お気持ちは嬉しいですよ」

とはいえ、アベルもティム君に負けた程度の実力だ。

私のせいでこんなことに……。

落ち込みながらギルドに帰った。


後日。新聞、ロジャー・ジャーナルがシンシア帝国内の各ギルドにも配られた。

そこには、新たなTierランキングの変動が記されていた。

Tier3

《個人》
アベル（フィオナ＝シンシア救護院）
《ギルド》
フィオナ＝シンシア救護院（シンシア帝国）

「――フィオナ様、手紙が届いてましたよ！」

メイド服姿のリノが嬉しそうにそう言って私に手紙を渡す。

「手紙……きっとＴｉｅｒランクが下がったから五大ギルドから降格するとかいう通知書ですよ……」

自分たちのギルドのランクが実は上がっているなんて夢にも思わない私はため息を吐きながら手紙を開き、内容を拝読した。

フィオナ＝シンシア救護院
ギルド長、フィオナ＝サンクトゥス殿
Ｔｉｅｒ３以上の条件を満たしましたので世界会議《カンタービレ》へご参加願います。
アルゴノーツ、ギルド員
ナハトナハト＝マグノリア

第十四話　アルゴノーツ

昨日。僕はライオスの入団試験を見学させてもらっていた。

とてつもない速度の攻撃をアレンは躱す、躱す、躱す……。

「とんでもないな、先生とイスラはこんな試験を合格したのか？」

「ハイ、私は何度か挑戦してやっとでしたが、ゲルニカさんは一発合格だったようデスよ」

「わ、私はその、ちょっとズルい能力だから……」

「流石は先生です……！　ちなみにイスラはどうやってアレンに一撃入れたんだ？　僕も魔法を使うのが現実的だからな、参考に聞いておきたい」

「私は正確にはアレンさんに攻撃を当てることはできませんデシた。アレンさんにギブアップをさせたのデス」

「そっちの方がすごいじゃないか⁉　さぞ、激戦だったのだろう」

「あぁ……あの『最低な試験』ね……」

テレサが遠い目をした。

「どんな魔法攻撃も躱されてしまうので、私は苦し紛れに闘技場を水魔法で水浸しにして、氷結魔法で凍らせマシた。足を凍らせて足止めができればと思ったのデスが、アレンさんは悪い足場でも難なく私の魔法攻撃を躱していマシた。しかし、異変が起きたのデス」


「あっはっはっ～、床や周囲を凍らせたくらいじゃ俺はスキを見せないぞ？　試験時間は残り二分だ！」

「コレもだめデスか……。ちょっと次の作戦を考えさせてクダさい」

「タイムなんて認めないぞ？　さぁ、時間切れになったら今回もその巨体で俺を肩車してもらうからな！」

「それはぜんぜんいいんデスけど……う～ん」

イスラが考えているうちにアレンの表情が急に青くなった。

「ちょ、ちょっと待った！　氷で部屋が冷えて、お腹が痛くなってきた！　中断、中断だ！　トイレに行かせてくれ！」

「――！　ダメですよ団長。まだ、あと二分ありマス。さぁ、トイレに行きたいならギブアップをしてくだサイ！」

「なんだと!?　ふ、ふん！　俺は最強のギルドの団長だぞ!?　便意なんかに負けるかぁぁ！」


「その直後、すごい音でお腹がギュルギュル鳴ってアレンが謝りながらギブアップを宣言したのよ」

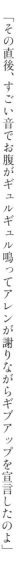

「……つまり、トイレに行きたいからギブアップしたのか？」

「アレンさんはハンデとして反撃はもちろん、防御以外で魔法を使うのも禁止デシたからね。火を使って闘技場を温めることもできませんデシた」

「イスラは更に闘技場を氷の魔法で冷やして、自分の身体は冷えないように隣でスクワットや腕立て伏せを始めるし、かなりカオスな絵面だったわね。」

「想像するに耐え難いな……。そんな方法でも英雄になれるなんて、ライオスが知ったらやさぐれそうだ……」

「とはいえ、ちゃんとその後実力でも合格しマシたよ？」

「アレンが『ノーカンだ！』って駄々をこねたのよね。まさかこれ以上見苦しいところを見るとは思わなかったわ」

「な、なんというか……アレンがギルド内でこんな扱いな理由が少し分かったよ……」

僕はつぶやきながら、ライオスの攻撃を避けきったアレンの勝利を見届けた。


そして今日、僕はステラード城の中庭で朝のストレッチをしていた。

すると、ナイトキャップをかぶった寝間着姿のテレサが目を擦りながら現れる。

「あら、オルタ。早起きなのね？　それに朝の体操まで？　あの馬鹿《アレン》にも見習ってほしいわね。」

「うむ、僕は健康管理も怠らない。常に万全の状態でなければいざという時に民を守れないだろう」

「はぁ～、呆れるほどにブレないわね。もっと自分のために生きたら？」

「何を言っている、僕は自分のために生きている。僕が民を守り、民は僕に尊敬や称賛を与える。僕はその賛美が欲しいのだ」

「ナルシストもここまでいくと人のためになるのね、素晴らしいわ」

テレサは関心するように頷いた。

「では、今日から私がオルタさんに稽古をつけマスね」

イスラはそう言って変な装置を持ってきた。

「なんだこれは？」

「これは魔道具の『どこどこ集中くん』です。魔法はどこに意識を集中させているかが重要なのですが、それは傍目じゃ分かりませン。なのでまず、オルタさんにはコレを頭にかぶって軽い運動をしてもらいます。その状態でモニターを見ると意識がどこに集中しているのかが分かるのデス」

「暇だし、私も隣で見てようかしら」

そう言って、テレサは座布団を作り出すとイスラの隣でモニターの前に座った。

「これをかぶればいいんだな？」

「ハイ！　運動メニューはこちらになります！」

そう言って、出された紙に僕は眉をひそめる。

「走り込み十キロ、腕立て伏せ二百回、スクワット二百回……『軽い運動』と言ってなかったか？」

「あっ、すみません。自分を基準に考えてしまいマシた。えっと、この十分の一くらいでいいデスよ」

「ふむ、それならまぁ僕が毎日こなしている朝のメニューと大差ないな。分かった」

しばらく運動すると、テレサとイスラはモニターを見ながら信じられないようなモノを見るような表情をしていた。

「何これ……頭の先から足の爪先まで真っ赤じゃない……」

「オ、オルタさん……〝身体のほぼ全て〟に意識を巡らせているんデスか？」

「は？　何を言っているのだ？　当たり前だろう。歩くにしたってそうだ、足のつきかた、重心、地面の角度や硬さ、全てを計算し考慮しながら動かなくては転んでしまうからな」

「……普通、我々はそれを経験から無意識に行ってバランスを取っているんですよ。普段の呼吸すら常に意識をして行っているようですね……なるほど、こんなに途方もなく意識を張り巡らせながら苦労して生きていたらそりゃ精神も鍛え上げられて魔力も練り上げられマス」

テレサは少し憐れむような瞳で僕を見つめる。

「オルタ。貴方が今、ここにこうして生きているのが奇跡のようなもの。貴方の人生は想像を絶する苦難に満ちていたはず――」

「馬鹿を言うな、僕に限ったことじゃないだろう。人はみな苦難を乗り越えて生きているんだ、僕以上に苦労している者だって大勢いる」

「こんなにハンデを背負った状態で生きてきて、そんなことを言えてしまうのが恐ろしいデスよ……」

そう言うと、イスラはその大きな両手を叩いて、僕に笑みを向けた。

「では、〝特訓〟をしましょうか！　アレンさんの試験に合格するために！」

ライオスの宴

Ascendance of a Choreman
Who Was Kicked Out of the Guild.

これは、リンハール王国にライオスが来て、宴が始まった時の話だ――

「――ここに作ったお料理をアイラの指示に従って順番に持って行ってください！」

「はい！　ティム様！　アイラちゃん、どうすればいいですか？」

「まずは、ここのお料理を持って行って！　食べ終わったお皿は回収してそこのシンクに入れていってね！」

ライオスが宴の席に着くと、僕はすぐに前菜から順に料理を作って接客をする女性の獣人族《ビースト》のみなさんにアイラと一緒に配膳をお願いした。

僕の手助けがしたいということで、配膳を手伝ってくださっているのは主にコンフォード村のみなさんだ。

アイラもエプロンを着けて、僕の隣で仕上げの香草を振ったり、盛り付けを手伝ってくれたりしてくれている。

「アイラちゃんのエプロン姿！　可愛い～！」

一生懸命なアイラの姿を見て途中でついアイラを抱きしめてしまう獣人族《ビースト》の女性のみなさんもいるけど、お料理運びは順調そうだ。

アイラは抱きしめられる度に「も～！」と獣人族《ビースト》の皆さんを叱っているが、それでもみなさんは嬉しそうな表情だった。

その気持ちはよく分かる、アイラはほっぺたを膨らまして怒る姿も愛らしいからついからかいたくなっちゃうんだ。

といっても僕はいつもアイラにからかわれてばかりなんだけど……。

僕が料理を作ってお皿を【生成《ジェネレート》】して盛り付ける間は【調理時間《クッキングタイム》】が働くので実際には一瞬で出来上がる。

しかも今回はライオス一人だけ、何百人前も作るわけじゃないから楽ちんだ。

（そう思ってたんだけど……）

僕が作った料理はすごい勢いで無くなっていく。

流石は獣人族《ビースト》最強の戦士だ、食欲も底無しらしい。

忙しいってほどじゃないけどアイラにしてもらうお手伝いも無理が無いように調節しないと。

「――おい、食事を用意しているのはコンフォード村の者だったな！　素晴らしいぞ、あんなに満足そうに料理を召し上がっているライオス様は初めてだ！」

エドマン王が興奮しながら僕の手を握ってブンブンと上下に振った。

「お役に立てて嬉しいです！　僕ももう少し落ち着いたらライオス様の様子を見に行きます」

今、宴会場では綺麗にドレスアップしたギルネ様、レイラ、アイリがいる。

全員、僕のお願いでライオスには近づかないようにしつつ、ライオスが暴れ出さないか会場の端で見張る役割を担ってくださっている。

さらに念のため、【隠密《セクレシー》】の魔法も使って気配を消している。

とはいえ、やっぱり不安でもある。

こんな宴を開かせるくらい傲慢なライオスが綺麗な衣装を着た獣人族《ビースト》姿のギルネ様なんて目にし

てしまったら「手に入れたい」と思ってしまうはずだからだ。

ちなみに、ロウェル様は後ほど曲芸を披露する予定なので今はヘーゼル君と一緒に中庭でリハーサル中だ。

「うむ、それにしても本当に見たこともないような素晴らしい料理の数々……コンフォード村は裁縫技術といい、調理技術といい、かなり発展しているようだな……たゆまぬ努力に敬意を表そう」

エドマン王はそう言い、僕が作った料理の数々を見ながら口元からよだれが垂れて、鼻息を荒げていた。

そういえば、獣人族《ビースト》は食欲に弱いんだっけ。

ちなみに、エドマン王が今着ている服も今朝お願いされて僕が仕立てた物だ。

「よろしければ、置いてある気に入ったお皿のお料理を食べてもいいですよ！　多少無くなってもすぐに作れますから！」

意向を汲み取った僕がそう提案すると、「待ってました！」とばかりにエドマン王は両手を合わせる。

「そ、そうかっ！　実は少し我慢できなかったのだ！　では、この特によい匂いがする料理をいただこう！」

エドマン王は僕が作ったラザニアを手に取った。

僕が作ったラザニアはひき肉と赤ワインを使ったミートソースと牛乳とバターを使ったホワイトソースが真ん中で分かれている。

エドマン王はスプーンを差し込んで口に運ぶと、満足そうに尻尾を振った。

「ぐぬぬ……装いだけでなく、料理までもコンフォード村に負けてしまうとは……こうなったら、我がレイフォース村の自慢のぶどう酒でなんとか挽回するしかない……」

調理場の端では、僕たちが王城に到着した時にいた獣人族《ビースト》の人たちがなにやら歯を食いしばって僕を睨みつけていた。

あの人たちも食べたいのかな……？

「みなさんも、よかったらどうぞ！　ライオス様にお出しする分以外にも僕が沢山お料理や軽食、おつまみを作って置いておきますので、この調理場は休憩場所にしましょう！」

そう言って目の前で料理を用意すると、その獣人族《ビースト》の皆さんは口からよだれが溢れて、慌てて拭っていた。

「そ、村長！　ここは奴の実力を確かめるためにも少し食べてみるのはどうでしょうか⁉」

「馬鹿者！　ど田舎であるコンフォード村の者の作った料理を食べるなど我々レイフォース村の品位が下がるわ！　ここは、多少品位が下がっても問題がない、村の長であり高貴な私が代表して料理をいただこう」

「あっ、ズルいですよ村長！　そうやって自分だけ！」

「で、では少しなら食べてもよい！　いいか？　少しだけだぞ⁉」

何かをぼそぼそと話し合って、皆さんは僕の料理を一口、口に運ぶと瞳を輝かせて一心不乱に食べ始めた。

よかった、美味しく食べてもらえているみたいだ。

作る量は増えちゃったけど、食材はこの王城に貯蔵している物を使わせてもらっているから際限はない。

珍しい食材も使えるし、【味見《テイスティング》】して見たことのない食材を覚えることもできるから僕の料理の腕も上がりそうだ。

「ティム！　ライオスが凄く美味しそうにお料理を食べてるわ！　まだまだ食べそう！　大きなお皿でいっぺんに持って行っちゃった方がいいみたい！」

「お姉ちゃんだ～！」

「アイラもお手伝いお疲れ様！」

会場にいたレイラが調理場にやってきた。

僕が作ったドレスを着て、嬉しそうに僕とアイラに笑顔を向ける。

「レイラ、よかった。順調そうだね。大きなお皿だと運ぶのが大変じゃないかな？　運ぶのは獣人族《ビースト》とはいえ女性だし」

「だから、私が来たのよ！　私は力持ちだから、大皿だって簡単に運べるわ！」

自信満々に胸を張るレイラに僕は慌てて首を横に振る。

「だ、ダメだよ！　それってライオスの目の前に行って料理の乗ったお皿を置くってことでしょ⁉　も、もしライオスがレイラに手を出してきたらどうするの⁉」

「大丈夫よ、ライオスは他の獣人族《ビースト》の子が料理を持って行っても料理に夢中で何もしてこないし」

「い、いや！　でも――」

「大丈夫大丈夫！　パッと置いて私はすぐに離れてまたギルネたちと一緒に宴会場の端から様子を見てるわ！　ライオスも数いる獣人族《ビースト》の女の子の中からわざわざ私にまで手を出すほどに節操が無いわけじゃないだろうし！」

（レイラは他の獣人族《ビースト》よりも凄く可愛いんだって！　そんなこと言えないけれど……）

無防備で無自覚な本人に僕は不安を覚えつつ、お皿に山盛りのボロネーゼを作る。

「これを持って行けばいいのね!?　うふふ、ティムの作ったお料理が美味しく食べられているのを見ると私も嬉しいわ！」

「あっ！　レ、レイラ！　ダメだよ今の笑顔！　絶対に僕以外に見せちゃダメ！」

見たら誰しもが心を掴まれてしまうレイラの表情を見て僕は焦る。

ライオスだけじゃない、接待をしているのは女性の獣人族《ビースト》だけだけど、男性の獣人族《ビースト》もその様子を見ているんだ。

もし、誰かがレイラに言い寄っちゃったら――

「そっか、ヘラヘラしてるとライオスを怒らせちゃうかもしれないわね！　分かったわ！　できるだけ不機嫌な表情で行く！」

「ふ、不機嫌とまではいかなくてもいいと思うけど……まぁ、でもそっちの方が安心かな……。うん、それでお願い」

やっぱりどこかズレた心配をしているレイラ。

僕の言葉に、アイラがニマニマした表情で僕の服の袖をクイクイと引っ張った。

身をかがめるとアイラが耳元で囁く。

「えへへ、ティムお兄ちゃん。お姉ちゃんが誰かに取られちゃいそうで心配なんだね？　お姉ちゃんはそんなこと考えもしてないんだろうけど」

そんなことを言われて、僕は顔が熱くなった。

「と、取られちゃうって……レイラは別に僕の物じゃないんだから！　大切な仲間だから、へ、変な奴が寄ってこないか心配なだけで！」

「も〜、ティムお兄ちゃんも素直じゃないなぁ〜」

「二人でコソコソと何を話し合っているの？」

僕とアイラを見て、レイラが不思議そうな表情で首をかしげる。

頭に着けたケモミミも愛らしく揺れた。

「な、なんでもないよ！　うん、じゃあ持って行って！　レイラ、お願いね！　無表情でね！　絶対、ライオスに笑いかけたりしちゃダメだよ！」

「わ、分かったわ！　私の笑顔ってそんなに感じが悪いのかしら……」

レイラは何かをつぶやくと、ため息を吐いて何やら落ち込むように持って行った。

早速、僕の助言に従ってくれているみたいだ。

追加の料理を作りながら僕は隣で額の汗を拭っているアイラに微笑む。

「アイラ、お疲れ様。いっぱい手伝ってくれて本当に助かるよ！　ありがとう！」

「うん、ティムお兄ちゃん！　エプロンを着けて、一緒にキッチンに立って……な、なんだか夫婦みたいだね！　わ、私もいつかは本当のお嫁さんになりたいな～」

急にそんなことを言いだしたので、僕は作っていた料理のお肉を盛大に焦がした。

アイラがお嫁さんに……!?

「ア、アイラ！　別に急がなくてもいいんじゃないかな!?　アイラはまだ九歳なんだし！」

「う～んでも、私は別に今からでもいいくらいなんだけど……」

説得しようとしてもアイラは僕をチラチラと見ながら頬を染める。

アイラもやっぱり女の子だから、誰かのお嫁さんになるのに憧れているらしい。

いつか、男の人を連れてきたりするのだろうか。

こ、心の準備ができない……！

勝手に父親のような気持ちになっていると、今度はきらびやかな衣装を纏ったアイリが調理場に現れた。

「ティムお兄様！　ライオスさんはティムお兄様のお料理のおかげで暴れだす心配は無さそうですわ！　沢山召し上がったので、お料理を食べる速度も落ち着いてきました！」

僕は頭をブンブンと振って切り替えると、アイリに笑顔を向けた。

「そ、そっか、よかった！　ギルネ様やレイラもライオスには目を付けられてないんだよね？」

「い、今のところは……ですが――」

アイリは少しだけ不安そうな表情をする。

「……先程レイラさんがお料理を持って行った時に何やらライオスさんが興味深そうな表情でレイラさんのお名前を尋ねていたんです。レイラさんはなぜかぶっきらぼうな様子でお答えしていたのですが……もしかしたら食事が終わったら、へそを曲げたライオスさんがレイラさんを呼んで何かをするかもしれません」

「えぇ!? そ、そんな……」

「あ、あくまでわたくしの勘と可能性の話ですがっ!」

作戦がまさかの裏目に出てしまったことに僕は愕然とした。

ギルネ様も会場でライオスを警戒してはいるけれど、穏便に済ませられるような気はしないし
……。

少し考えてから、僕は決断する。

「アイリ、悪いけどアイラと一緒にここにいてくれる? 調理場に置いてある軽食は自由に食べていいから、他の獣人族《ビースト》のみなさんにもそう伝えて!」

「ティムお兄様はどちらへ?」

「ちょっと宴会場の様子を見てくる!」

そう言って、アイラのことはアイリに任せて僕は調理場を飛び出た。

不安でならなかった。

先程のをキッカケにライオスがレイラやギルネ様に何かよくないことをしてしまうかもしれない。

ギルネ様やレイラは自分への警戒心が薄いところがあるからもしかしたら色々と許してしまうか

もしれないし……。

どうにか、僕も会場に紛れ込んで、二人が何かされてしまいそうになった時にはお守りできるようにしたい。

（となれば、手段は一つ……仕方がない）

やや急ぐように中庭の横の廊下を歩いていると、声をかけられた。

「あっ、ティムお兄さん！　お疲れ様です！　もうお料理は作り終えたのですか？」

「ヘーゼル君！　確か、ロウェル様の曲芸のリハーサルを一緒にしてたんだよね？」

「はい！　ですが、母さんは練習なんて必要ないくらいバッチリでした！」

ヘーゼルくんはコンフォード村での一件以来、凄く僕に懐いてくれている。

王都への移動中は片時も僕のそばを離れないで守ってくれたし、強いし、凄く頼りになる存在だ。

「ティムお兄さん、僕に何かお手伝いできることはありませんか？」

ヘーゼルくんがそう言ってくれたので、僕は少しだけ葛藤した後にお願いをすることにした。

「じゃあヘーゼル君、僕はすぐそこのトイレに入るから悪いけど誰も使わないようにトイレの前で見張っててくれる？」

「えっ、一人でトイレに……？　誰も来ないように……っ！　わ、分かりました！　一人で大丈夫ですか⁉　も、もしよろしければ僕も何か手伝いますよっ⁉」

「大丈夫、着替えるだけだから！　そんなに時間はかからないけど、もし利用者が来ちゃったら他のトイレに行くようにお願いして欲しいな！」

「あ、お着替えをするんですね！　分かりました、お任せください！　服を脱いだりするのが大変でしたらお手伝いをいたしますので、お呼びくださいね！」

「うん、ありがとうヘーゼル君！」

トイレに入ると、僕は着けていたエプロンなどを外して自分のサイズのドレスを作る。

そして、《裁縫スキル》の糸を髪の毛に見立てて長い金髪のウィッグを作った。

そう、僕は女装して女性の獣人族《ビースト》として宴会場に紛れ込むことに決めた。

す、少し恥ずかしいけど……ギルネ様たちの様子がどうしても気になるから……！

それに、もし何事もなくてバレるのがヘーゼル君くらいならちゃんと秘密にしてくれそうだし……。

覚悟を決めると、僕は着替え始めた。


「ティムお兄さん、凄い……！　す、凄く可愛いです！」

女装を済ませた僕の姿を見て、ヘーゼルくんは興奮したように鼻息を荒くしていた。

「あはは、ヘーゼル君。そんなに気を使わなくていいよ。僕は会場に潜り込めればいいだけだから。大丈夫かな？　何とかギリギリ女性には見えてるかな？」

「は、はい！　凄く可愛らしい女の子に見えます！　今度、一緒に王都をデートして欲しいくらいです！」

ヘーゼルくんは顔を真っ赤にしてそんなことまで言い出した。

本当に凄く気を使える子なんだなぁ……。

僕なんて男らしいせいで似合ってるはずがないんだけど……。

「僕はこの姿で宴会場に潜り込むから。ヘーゼル君、手伝ってくれてありがとう！　もう大丈夫だよ！」

「そんな……せ、せめて会場までは一緒に隣を歩いてもいいですか！」

「あはは、送ってくれるの？　ヘーゼル君は優しいなぁ」

せっかくなので僕はヘーゼル君と一緒にトイレから会場へと向かう。

（それにしても、ヒール靴だから歩きにくいな……）

僕は少しフラつきつつヘーゼル君の隣を歩いた。

その途中、意地の悪そうな獣人族《ビースト》の男の子たちがヘーゼル君を見て何やらからかうように声をかけてきた。

「あっ、ヘーゼルだ！　おーい、マザコンのヘーゼルがいるぞ～！」

「おっ、ヘーゼル！　今日はママと一緒じゃないんでちゅか～？」

「あっはっはっ！」

嘲笑しているような様子を見て、僕はヘーゼル君に囁く。

「ヘーゼル君のお友達？　なんだか、少し感じが悪いけど……」

「レイフォース村の子どもたちです。母さんがあんな感じで僕にベタベタするので、僕はよくバカにされてるんですよ。それに、コンフォード村は田舎村ですし……」

ヘーゼル君にベタベタするロウェル様を想像する。

きっと、嫉妬も入ってるんだろうなぁ……ロウェル様は凄く可愛らしいから。

「そっか、ヘーゼル君。母親を大事にすることは凄く大切なことなんだ。だからあんなの気にしなくていいよ。といっても思春期のヘーゼル君には難しいかもしれないけど」

「ティ、ティムお兄さんがそう言ってくださるなら僕は大丈夫です！　ありがとうございます！」

僕の言葉で少し勇気づけることができたみたいだ。

ついでに、僕はヘーゼル君に耳打ちする。

「それに、ヘーゼル君って凄くカッコいいからきっとあいつらは嫉妬してるんだよ。いつかすっごく可愛い彼女でも作って見返してやろうよ」

そう言って、笑いかけるとヘーゼル君は照れて頬を赤くした。

「そ、そうですね……もう大丈夫ですよ！　行きましょう！」

「うん――わわっ!?」

再び歩き出した直後、僕は慣れない女性モノの靴のせいでよろけてしまう。

慌ててヘーゼル君の腰に抱きついて転倒をまぬがれた。

「ご、ごめんね……ヘーゼル君」

「だ、だだ、大丈夫です！　お怪我はありませんか!?」

僕がヘーゼル君に勢いよく抱きついた姿を見て、レイフォース村の獣人《ビースト》族の男の子たちは目を丸くする。

みんな、まじまじと僕を見て顔を赤くしはじめた。

「ヘーゼルお前、いつの間にそんな子を⁉」

「くそっ、ヘーゼルに負けた……！」

「ヘーゼル、どうやってそんな子を……。いや、ヘーゼル先輩！　教えてください！」

子どもたちは急に態度を変えてヘーゼル君の前に膝をついた。

もしかして……女装した僕が彼女だと思われてる……？

そ、そっか、相手がどんなのだろうと〝彼女がいる〟ってだけで子どもたちの中ではきっと凄く羨ましいことなんだよね。

な、なんだか凄く恥ずかしいんだけど……。

ヘーゼル君の名誉のためにも慌てて否定しようとすると、ヘーゼル君は僕の手を握って腰に手を回してきた。

そして、耳元で囁く。

「こ、こんなところでティムお兄さんのお時間を取らせたくありません！　構わず無視して行きましょう！　僕が軽く補助しますから、これなら歩きやすいですよね？」

「そ、そう？　でも、確かに急いでるし……。ヘーゼル君がそれでいいなら勘違いされたままでも別にいいんだけど……」

「はい、構いません♪」

そのまま僕はへーゼル君にエスコートされるような形で宴会場へと向かった。

「あ、あんなに密着して……」

「くそ……羨ましい、なんでアイツばっかり……！」

「マザコンだと思ってたのに俺たちよりもずっと大人じゃんか……」

恨めしそうな表情で何かを呟くレイフォース村の獣人族《ビースト》の男の子たちを後にした。

会場の前に着いた頃にはへーゼル君のおかげでヒールの靴にも慣れてきた。

「じゃあ、僕はこのまま宴会場に入るから。く、くれぐれも僕が女装してることは内緒にね！」

「はいっ！　ティムお兄さんお気をつけて！」

「ありがとう！」

女性の獣人族《ビースト》に変装した僕は宴会場に潜入した。


僕が入ると、ライオスが丁度食事をほとんど終えたところだった。

いくつかの料理をテーブルの上に残しつつ、大きなソファーに腰を深く沈めている。

満足そうに軽く伸びをすると指で合図をして近くの獣人族《ビースト》を呼んだ。

「——おい、さっき大きな皿を運んできた赤髪の女を呼べ。レイラという名前だ」

そして、ライオスが本当にそんなことを言い出した。

（や、やっぱりレイラを呼んだ！　態度が悪かったから⁉　そ、それともやっぱり綺麗だから狙わ

れてるのか⁉）

いつでもライオスの前に飛び出せるような位置に移動して、見つからないように他の女性の獣人族《ビースト》のみなさんと紛れて僕は見守る。

やがて、レイラが緊張した表情でやってきた。

「レ、レイラよ……私なんかを呼び出してなんの用なの？」

レイラは相変わらず敬語が使えない。

しかも、引き続き僕に言われたことを意識してか、無愛想でかなり態度も悪かった。

（マズい……これじゃライオスも怒り出すかも……！）

僕がハラハラしていると、ライオスはレイラの態度を見てニヤリと笑った。

「はっはっはっ、面白れぇ女だ。ここにいる女は全員俺に媚びた笑顔しか見せないってのにその強気な態度！　気に入った！」

「は、はぁ……」

レイラは困惑したような表情だ。

逆に気に入られちゃったらしい、それはそれでマズい。

「他の奴らは表面上を取り繕ってニコニコしてばかりで本心が分からねぇからな。お前と話したい。ほら、隣に座れ」

ライオスはそう言って、自分が座っているソファーの隣を手でポンポンと叩いた。

「まぁ、別にかまわないけど……」

レイラは相変わらず僕の指示に従ってくれているのか、笑顔一つ見せようとはしない。

そのまま、少し距離を空けてライオスの隣に座ってしまった。

（マズい……あんなに近づいちゃうと、ライオスが何かしてきた時に咄嗟に守れるか……）

僕は気を揉みながら二人の行く末を見守る。

「随分と不機嫌だな。何か食べるか？　今回の宴会の料理はなんだかいつもとは比べ物にならねぇくらい美味しくてな。レイラも食べれば絶対に気に入ると思うぞ？」

ライオスがそう言って、テーブルの上にまだ残っている僕の作った骨付きのテリヤキチキンの皿を差し出す。

するとと、レイラは目の色を変えた。

「そう！　そうなのよっ！　ティムの料理は最高なの！　分かってもらえて嬉しいわ！」

レイラは僕に見せるような満面の笑みをライオスに向けてしまった。

「おっ――？」

（レイラ～！）

僕は心の中で頭を抱えた。

レイラはすぐに不機嫌な表情に戻して少し恥ずかしそうにそっぽを向く。

「りょ、料理はいただくわ！　私も食べたかったし」

レイラは頬を染めながらチキンを手に取ると、頬張った。

「ん～♪」と幸せそうな声と美味しそうな表情で、尻尾がパタパタと左右に振れる。

ダメだ、もう全部が可愛い。

こんなの興味を持たない方が難しいだろう。

ライオスは顎に手を添えてそんなレイラを観察する。

「ふ～ん、やっぱり興味があるのは食べ物か。獣人族《ビースト》らしいな。まだ残っている料理はある、他にも何か食べるか？」

そんなライオスの言葉を聞いて、僕は慌てて二人の前に躍り出た。

チャンスは今しかない……！

「ライオス様！　女の子といえば、甘い物です！　デザートをお持ちしましょうか⁉」

女装している僕の姿を見て、レイラは目を丸くした。

頬張っているチキンを急いで呑み込み、僕に声をかける。

「ティム⁉　どうしてそんな姿でこんな場所に⁉　調理場に居るんじゃないの⁉」

「ティム？　レイラのダチか？」

「はい！　今日のお料理は全て自分が作りました！」

ライオスに胸を張って答える女装した僕に、レイラは真っ赤な表情をしながら釘付けになっているようだった。

うぅ……ギルネ様もこの会場のどこからか僕のこの恥ずかしい格好を見ているんだろうなぁ。

ライオスは僕を見て頷く。

「なるほど。先程のはいい提案だ、レイラが好きそうなデザートを持って来い」

「かしこまりました！　では今からデザートをお作りいたしますね！」

僕はデザートの『かき氷』を目の前で作り始めた。

ただし、普通のかき氷じゃない。

氷にシロップをかけるのではなく、氷自体が果実の身でできた贅沢な濃厚かき氷だ。

使用するのは【冷凍《フリーズ》】で凍結させた生のマンゴー。

それをナイフで荒く削って、その上に凍らせた桃のピューレも削って振りかける。

こうすればシロップとは比べ物にならないくらい味がしっかりとしたかき氷が出来上がる。

そして、最後にメレンゲでかき氷を覆うと僕はライオスの前でそのかき氷の器を掲げた。

「さぁ、ここからご注目！」

僕は右手に小さな鍋を【生成《ジェネレート》】して持った。

鍋には着火されて炎が立ち上るラム酒が注がれている。

僕はそれをメレンゲで覆われたかき氷へとゆっくりかけていく。

「「おぉ～！」」

周囲から驚きの声が上がった。

ぼくが手に持ったかき氷はラム酒を注がれて一瞬で青い炎が立ち上ったのだ。

かき氷ならぬ『焼き氷』の完成である。

ライオスは感心したようにそれを見つめる。

「おぉ、確かにすげぇな。とんでもねぇレベルの《料理スキル》だ。今日提供された料理の数々も見たことがねぇもんばっかだった。お前の料理は神がかってる」

狙い通り、このインパクトのある料理のおかげでライオスの興味がレイラから僕に移ってくれた。

「喜んでいただけて嬉しいです！　このデザートも溶ける前にお召し上がりください！」

僕はレイラとライオス、二人分の『焼き氷』を差し出す。

メラメラと覆っていた青い炎が消えると、ライオスとレイラは僕が渡したスプーンを手にこんがりときつね色に焼けたメレンゲに差し込んだ。

〝ザクリ〟という香ばしい音が鳴り、中の濃厚な果実の氷とともにすくい取ると、口に運ぶ。

「俺も冒険する傍らいろいろな物を口にするが初めての食べ物だ、面白い料理を作るんだな」

「外側は焼けたメレンゲが温かくてサクサク、中は冷たくてふわふわしたシャーベット……凄く面白くて、美味しいわ！」

レイラは頬を手で押さえて幸せそうにスプーンを咥える。

「あぁ、どれも本当に美味ぇ。俺がエドマンに言っておこう。お前やその家族はこの国で最高の待遇を受けて丁重に扱われるべきだ」

ライオスへの評価も上々だ。

（もうひと押しだ……！）

僕はレイラとライオスの間に無理やり座って割り込み、ライオスに瞳を合わせた。

少し嫌だけど、レイラから興味を無くさせるためだ。仕方がない――

「いえ、美味しいお料理が作れたのは全てライオス様への愛情を込めて作ったからです」

僕はライオスを慕っている演技をした。

こうやって媚びを売れば、ライオスの興味は僕に移るかもしれない。

「お、おう……！　そうか！」

「はい！　ライオス様、いつもこの国や獣人族《ビースト》を守ってくださり、ありがとうございます！」

「そ、そんなの大したことじゃねぇ……す、少し近いぞ……！」

ライオスはぶっきらぼうに言うと、顔を赤くした。

（イケそうだ！　なんだかライオスは思ったよりもチョロい！）

このまま感謝しておだてていけばレイラをこっそりとこの場から離れさせられるかもしれない。

僕はさらに最後のひと押しをする。

「いえ！　とても強くて、カッコよくて！　尊敬しています！」

「お、おう……。お前もその……可愛いと……思うぞ……」

僕がライオスの大きな手を両手で掴むと、ライオスはさらに照れたように頭をかいた。

「ティ、ティムが悪女になってる……」

背後でレイラが何か言ってるけど……。

あとは僕が何らかの合図を出してレイラをここから離れさせれば――

「ちょーっと待ったぁ！」

突然の制止の声。

それとともによく見知った紫髪の獣人族《ビースト》がたまらずに飛び出してきた。

「ギ、ギルネ様!?」

「ティム、やりすぎだ。今すぐに手を離せ！　襲われてしまうぞ！」

「そ、そうよ！　ティム、何もそこまですることないわ！」

そして、レイラも僕をライオスから引き剥がして、ライオスから距離を取ると僕を守るように二人は前に立ちはだかった。

ギルネ様は腕を組む。

「ライオス、変な勘違いをするなよ。ティムはレイラをお前から守るために愛想をよくしていただけだ！」

「そうよ！　無理やり女の子を集めて、接待させて……こんなやり方で貴方をカッコいいと思うなんてありえないわ！」

二人のライオスへの無礼な態度に場は騒然となった。

ライオスは僕が握っていた手を握りしめる。

しかし、すぐに不敵に笑った。

「ふ、ふん、なるほどな。そんなことだろうと思っていた。いや、本当に。ぜんぜん見破ってたし……勘違いとか、するわけないだろ……全く」

ライオスは早口でそう話す。

なんか微妙に落ち込んでるような気もするけど……。

「また面白い女が出てきたな。というか、お前たち見ない顔だな。今までもこの宴に参加していたのか？」

そう言いながら、ライオスはギルネ様を見て何かに気がついたような表情をする。

その瞳が薄く光ったように見えた。

「……ほぉ。まぁ、近くに座れ。少し話をしよう」

そして、ライオスは僕たちをそばのソファーに座らせる。

周囲の獣人族《ビースト》に聞かれないよう、僕たちにこっそりと囁いた。

「ティムと紫髪のお前――ギルネとかいったか？　お前らは獣人族《ビースト》じゃねぇな」

そんな指摘をされて思わずギクリと身体を動かす。

ギルネ様はたじろぎもせずに堂々とした態度を崩さなかった。

レイラは獣人族《ビースト》じゃないのにまたバレなかったみたいだけど。

「そ、そんなわけないでしょ！　二人とも私と同じ獣人族《ビースト》よ！」

レイラが周囲に聞こえない程度の声量で必死に訴えるが、ライオスは首を横にふる。

「ティムは獣人族《ビースト》にしては基礎ステータスが低すぎだ。紫髪のお前に至っては魔導師だろ」

「ス、ステータスが見られるんですか⁉」

「どうやら本当にバレているみたいだな……」

ギルネ様はため息を吐いた。

獣人族《ビースト》のフリをしてこの国に潜り込んでいると気がつかれてしまった。

スパイか何かだと思われてこの場で捕らえられることもあり得る。

ギルネ様は頬から一筋の汗を伝わせて僕たちに言った。

「ティム、レイラ。ここは大人しく捕まった方がよさそうだ。事情を話せば分かってもらえるだろう」

「そ、そうですね。僕たちは獣人族《ビースト》の力になるためにここにいるわけですし……」

「分かったわ、その方がアイラやアイリも安全よね」

ライオスは顎に手を当てると、僕たちをじっと見て考え事をしているようだった。

僕たちは緊張しつつライオスの出方を伺う。

そして、ライオスはついに口を開いた。

「お前たちも獣人族《ビースト》の尻尾を触りたいとか思ったりするのか？」

ライオスの変な質問に僕とギルネ様は顔を見合わせる。

「僕たちを追い出したり、捕らえたりしないんですか……？」

「お前らレベルの奴らが束になってかかろうが問題ねぇしな。それにここは王都だ、お前らが悪さをしたら叩き出すくらいは俺じゃなくてもここの兵士ができる」

ライオスはソファーに座ると、食べている途中だったかき氷をまた食べ始めた。

「うまい飯も作ってもらったしな。こんだけ美味けりゃ愛情を込めたってのも嘘じゃねぇ気がするし。今、ティムが話した内容も本心なんだろ？　それよりも質問に答えろ、ティムとギルネは獣人族《ビースト》の尻尾を触りたいと思うのか？」

僕たちはホッとため息を吐いてライオスのよく分からない質問に二人で答えた。

「ま、まぁそうですね……モフモフしてて触ると気持ちがよさそうなので……。つい、目で追ってしまいます」

「うむ、猫ちゃんも毛が魅力的だからな。私もさり気なくティムの尻尾を何度も触っているし」

「そ、そんなことしてたんですかっ⁉　全く気がつかなかった……」

僕たちの会話にライオスは何やらハッとしたような表情をした。

「なるほど、ティムの尻尾は作り物だから触られても分からないんだな？」

ライオスは頷きながら手を叩く。

そして、もともと周囲には聞こえていないだろうが、さらに小さな声で囁く。

「なら丁度いいな、ちょっと尻尾を触らせてみろ。そうすりゃ別にお前らが獣人族《ビースト》じゃなかろうが問題にはしない」

さらに不思議な提案に僕は首をかしげる。

「ご、ご自分の尻尾を触ればいいのではないですか？　本物ですし」

「お前らが尻尾を触りたがる気持ちが分からん。他人の尻尾を触ってみないと。だからティムの尻尾を触ってみてぇ」

「そんなの、別にかまいませんが――」

僕が承諾すると、ギルネ様がライオスを睨みつける。

「触るなら私の尻尾を触れ、ティムの尻尾を触ることは許さん」

「ダ、ダメですよ！　ライオス様、僕の尻尾にしてください！」

「ふ、二人が触られるくらいなら私が――！」

「いや、獣人族《ビースト》のレイラはダメだろ。簡単に尻尾を触らせるな」

レイラは何故か説教をされるようにライオスに拒否された。

作り物じゃないとダメらしい……いや、レイラのも作り物のはずではあるんだけど今も目の前で元気に動いているのを見ると自信がない。

「ティムかギルネ、俺はどっちでもいい。ここじゃ面倒なことになるし、丁度飯時も終わった。俺は一度上の部屋で休んでるから、どっちか決まったら来い」

そう言ってライオスは他の獣人族《ビースト》に案内をさせながら宴会場を出ていった。

僕はすかさずギルネ様を説得する。

「ギルネ様、ここは僕に行かせてください」

「ダメだ、ティム！　もしドサクサに紛れてティムの尻が触られたりしたらどうする？」

「べ、別に構いませんが……確かに少し嫌ですけど」

「二人ともごめんね……私はダメみたい。そ、それに……なぜか私、ティムやギルネ以外にはどうしても尻尾を触られたくないの……」

「レイラはただでさえ他の人が苦手だもんね……。大丈夫だよ、僕に任せて」

レイラは獣耳と尻尾をしょんぼりと垂らしていた。


僕はギルネ様とレイラを引き連れたまま、ライオスが案内されたという個室をノックした。

一応、僕の尻尾を触らせるということでギルネ様の説得は済んでいる。

尻尾を触られるギルネ様なんて見たら、僕は絶対に我慢ができずにライオスに殴りかかってしまうだろう。

部屋に入ると、ライオスは退屈そうに本を読んでいた。

「おっ、来たか。待っていたぞ」

「思えば、わざわざ部屋にまで呼び出してすることなんですか？　あの場でワシャワシャと触ってもらえれば――」

「いや、こんなところ見られたら誤解されるからな。獣人族《ビースト》にとって尻尾を触らせる行為は――まぁいいか、お前に言うと触りづらくなる」

「――？」

僕は首をかしげる。

尻尾を触らせることには別になんの意味もないはずだ。

ロウェル様もそう言って、僕に何度も尻尾を触らせてくれたわけだし……。

「よし、じゃあ触らせろ。つっても感覚が無いからお前にとってはどうでもいいことなんだろうが」

「まぁ、そうですね……はい、ご自由にどうぞ」

僕がお尻を向けると、ライオスは尻尾を見てごくりとツバを呑み込んだ。

なぜかギルネ様とレイラも僕の後ろに回り込み、僕の尻尾を見て呼吸を荒げている様子だ。

「も、もう一度確認するぞ!?　尻尾を触っていいんだよな!?」

なぜか緊張したような様子でライオスはもう一度僕に言った。

「はい……というか、尻尾を触るだけですよね？　なんでそんなに何度も――」

「馬鹿野郎、俺はビビってねぇ！」

気合を入れるように自分の頬を手のひらで叩くような音が聞こえた。

さっさと触ればいいのに……。

「おい、ライオス！　次は私だぞ！」

「わ、私も触りたい……ティム、いいかしら？」

「ギルネ様とレイラも？　別にいいですが……なんだか恥ずかしいなぁ……」

「よし！　おい、ライオス！　早くしろ！　待ちきれん！」

「や、やっぱりお前らが先に触れ！　俺は最後でいい！」

「じゃあ私とレイラが先に触るからな！」

ギルネ様がそう言うと、確かに僕の尻尾が動かされているような感覚があった。

「うわ……そんなに激しく……マジか……」

「ギ、ギルネ……ちょっと付け根にいきすぎじゃない？　あぁ、そんな！　ダメよ、そんなに強くしたら……！」

「ぼ、僕の尻尾はどうなっているんですか!?」

僕は背後の状況が分からず、レイラとライオスの呟きだけが聞こえる。

どうやらギルネ様にかなり乱暴に扱われているらしい。

「いや～、満足だ！　ティムありがとう！」

「ギ、ギルネやりすぎよ……。あんな風に触られたら、私だったらもう足腰立たなくなってるわ……」

「偽物の尻尾でよかったな……ティム」

「い、一体どんな扱いを受けていたのでしょうか……」

レイラとライオスは顔を真っ赤にしてそう呟く。

結局、ライオスは僕の尻尾には触らなかった。

僕たちと向かい合うと、頬に一筋の汗を垂らして強がるように口を開く。

「まぁ、なんだ……触るまでもなかったな」

「触れなかっただけでしょ……？」

レイラが言うと、ライオスはゴホンッと咳払いをした。

「俺にとっての目的は正確には尻尾に触ることじゃねぇ。尻尾に触りたいと思うというか、ドキドキするというか、そういう気持ちになるのかを調べる方が重要だった」

「お前、ティムに欲情していたのか!?　なんて奴だ」

ギルネ様がそう言ってライオスを睨みつけるが、なぜかライオスとレイラに白い目で見られていた。

ライオスは頭をかく。

「まぁ、なんだ。その、悪かったよ。不快な思いもしたとは思うが、ティムの協力で俺も色々と

〝大丈夫〟だということが分かった。もう女性を集めて宴を開いたりする必要もない」

「……よく分かりませんが、女性だけを集めて宴を開くことと何か関係があったのですか？」

「単にライオスが可愛い女の子たちにもてなしてもらいたかったからじゃないの？」

「まぁ、そうでもあるんだが……個人的な事情だ。口には出さないでおく」

そう言うと、ライオスは少し後悔しているような表情で僕の尻尾を見つめた。

やっぱり触りたいんじゃ……。

「あぁ、そうだ。俺から言っておくからもうお前らがこの国で変装をする必要はないぞ。他にも仲間がいるんだろう？　そいつらのこともエドマンを通じて周知させておく。俺からの返礼はこれくらいでいいか？」

ライオスはさらに僕たちにこの国での滞在を正式に許可してくれた。

勝手にこんなことまで決められるなんて、やっぱりこの世は強さがそのまま権力になっちゃうんだなぁ。

でも、ライオスがそこまで悪い人じゃなくて本当によかった。

「やったわ！　これでアイリちゃんもアイラも安全よ！　シンシア帝国から身を隠すこともできる！」

「うむ、助かったな。ティムのお手柄だ！」

「お役に立てて嬉しいです！　あっ、そうだ！　じゃあ僕の変装ももう解いても大丈夫ですね」

僕の言葉にライオスは頷いた。

「あぁそうだ、その獣耳と尻尾を取っても――」

僕は金髪のウィッグを外して、靴をヒールからいつものブーツに履き替えた。

「ふぅ……女装は恥ずかしかったです」

「ティムの女装、もう少し見ていたかったな」

「あ、ライオス様。このままこの部屋で着替えてもいいですか？　またトイレで着替えるのは少し面倒なので……ライオス様？」

ライオスは僕を見て目を丸くしていた。

「な、な、な……ティム！　お前、男だったのか!?」

「はい。あれ、てっきり見破っているものかと……」

「俺が見破ったのは獣人族《ビースト》じゃないってことだけだ！　――ってことは俺は男の尻尾を見てドキドキしちまってたのか……!?」

ライオスはなにやら頭を抱えた。

そして、ベッドに腰を下ろすと呟く。

「……なぁ、お前らに聞きたい。同性に触られてドキドキしちまうこととかってあるか？」

「――あ、ある！　あるわ！　すっごくある！」

ライオスの突然の問いにレイラが元気よく答えた。

「――！　そうか！　レイラはあるのか！　ってことはおかしなことじゃないんだな!?　俺は正常

なんだな!?」

次にライオスは僕とギルネ様に問いかけてきた。

ギルネ様は腕を組んで、少し考えた後に答える。

「まぁ、確かにあるな。うん、おかしなことじゃないぞ。正常だ、安心しろ」

ギルネ様は若干面倒臭がっている様子で答えた。

僕も話を合わせた。

「ぼ、僕もありますよ！　変なことではありません」

「そうかっ！　いや、変なことに悩んでた俺が馬鹿みたいだったな！」

そう言って、ライオスは僕の肩をバシバシと叩く。

（さっきヘーゼル君に抱きついちゃった時とかドキドキしたし……も、もしかして僕、ちっちゃい子が好きだったり!?　やばい、オルタのロリコンなんか馬鹿にできないかも……）

僕が悶々としていると、ライオスが手を叩いた。

「よし、悩みは無くなった！　食い直すぞ！　宴会場に戻る！　ティム、また料理を作れ！」

「ま、まだ食べるんですか!?」

「俺も普段は冒険しているし、ティムもずっとこの国にいるわけじゃないんだろう？　食えるうちにお前の料理を食えるだけ食う！　だがもう〝そんな姿〟で俺の前には現れるなよ。着替えは隣の部屋を使え！」

ライオスはそう言って、僕に部屋の鍵を投げ渡す。

「この後は獣人族《ビースト》たちの出し物もある。俺の好きな曲芸も披露されるからその時くらいはティムも料理の手を止めて見てみろ。アレはいつ見ても凄ぇぞ。いつも、帽子をかぶった若い女が披露するんだけどな」

ロウェル様の曲芸は本当にライオス様に気に入られているようだ。確かに、僕も見てみたい。

「はい！　ライオス様は本当にもう僕の尻尾は触らなくていいんですか？」

いまだに僕の尻尾に視線を感じて思わず聞いた。

ライオスは慌てたようにブンブンと頭を強く左右に振る。

「や、やめろティム！　大丈夫だ！　絶対に触らんぞ！　だから誘惑するな！」

「そうですか？　よく分かりませんが。一応、周りに溶け込むためにこの国にいる間は獣人族《ビースト》の格好のままでいますね」

「あぁ、それがいいかもな」

そう言うと、ライオスは何やら顎に手を当てて考えだした。

「――そう言えば、ギルネの尻尾も作り物なんだよな？」

その呟きを聞いた瞬間、僕は慌てて部屋の扉を開き、ギルネ様とレイラの手を握った。

「――それではライオス様、ありがとうございました！　失礼致します！　さっ、ギルネ様、レイラ、早く出ましょう！　お料理の準備をしなくてはなりません！」

「わわっ！　ティム!?　突然どうしたの!?」

「そ、そうだぞ！　いきなり手を繋ぐなんて、こ、心の準備が……！」

ギルネ様の尻尾が標的になる恐れを感じた僕は、ライオスの返答を待たずに急いで二人とともに部屋を出たのだった。


ライオスから受け取った鍵を使い、熱心に手伝いを申し出るギルネ様をなんとかお断りして、僕は女装からいつもの格好に着替えると部屋を出る。

二人は部屋の外で待っていてくれていた。

「ティム！　まさか女装をするなんてな！　びっくりしたぞ！　また見れるなんて最高だ！」

ギルネ様はそう言って満面の笑みで瞳を輝かせる。

「あはは、どうしてもギルネ様たちが心配で……やむを得ず……」

「とっても似合っていたわ！　すっごく可愛かった！」

「ド、ドレスのおかげですね！　男らしい僕には女装なんて似合うはずがないので！」

僕はどうしても認めずにそう言って誤魔化した。

「確かにドレスも可愛かった〜！」

「そうだな、ティ、ティムの着ていたドレスも着てみたいんだが……構わないか？」

「あっ、はい！　では同じ物をお作りいたしますね！」

僕が作ろうとすると、ギルネ様は慌てて止めた。

「い、いや！　さっきティムが着ていた物をそのまま渡してくれればいいぞ！　また作るのは大変だしな！」

「いえ、そんなに大変では――」

「いや！　スキルの使用は体力を消耗するはずだ！　ティムはこの後も沢山雑用をするだろうし、もしかしたらこのあと、急に大規模な戦闘になったりするかもしれない！　温存しておくべきだ！」

「そ、そういうことでしたら。流石にこうなったらもう戦闘になるようなことなんてないと思いますが……」

僕は先程まで着ていたドレスを【収納《ストレージ》】から出して、ギルネ様にお渡しした。

「ま、まだ温かい……！　これをティムがついさっきまで……！」

ギルネ様は小さな声で何かを呟くと、ゴクリとツバを呑み込む。

「二人とも、私はこの部屋で着替えるから、先に行っていてくれ！　少し、着替えるのに時間がかかるかもしれん！」

「はい、分かりました！」

「アイリとアイラの様子も気になるわね！　ティム、行きましょ！」

ギルネ様を残して、僕とレイラは調理場に戻りアイリとアイラに事情を説明した。

「え～!?　遠目で分からなかったけど、あの可愛い女の子、女装したティムお兄ちゃんだったの!?

絶対にまた見せてね！　絶対だよ！」

「そうなのよ！　ティムったらすっごく可愛かったんだから！」

「ティムお兄様が女装……女王様!?　ティムお兄様、素敵です！」

事情を話す際、レイラは僕が女装をした話までしてしまったせいで、二人も興奮してしまった。

うぅ……馬鹿にされてる、恥ずかしい。

ともあれ、こうして、なんとか僕たちはライオスからの要望に応えてこの国での安全を手に入れることができたのだった。

アルゴノーツでの生活

Ascendance of a Choreman
Who Was Kicked Out of the Guild.

世に『英雄』と呼ばれ、一騎当千の豪傑たちが集まる冒険者の最高ギルド『アルゴノーツ』。

その拠点となるギルドハウスはソティラス大陸中央部にそびえ立つ、『ステラード城』という名の古城である。

そんな場所に連れてこられた僕は英雄たちとの共同生活が始まった。

「ふんふんふ～ん♪」

朝――

僕はテレサに作ってもらっていたエプロンを身に着けて、キッチンで団員たちの分の朝食を作っていた。

リンハールでティムたちに作った目玉焼きとベーコンのトースト、サラダチキンボウルに加えて他にもトマトのスープや切り分けた果物などをお皿に載せていく。

食材はキッチンにおかれた冷蔵箱に保存されている。

貯蔵されていた豊富なあらゆる食材を見る限り、当然ながら英雄たちは日常生活には何不自由していないようだ。

まぁ、冒険者の最高峰たる彼らが食べるに困っているなんてことがあったら夢も何もあったものではないが。

(イスラはあの巨体だ。かなり食べそうだから十人前くらいは作っておいた方がいいな……)

そうして、僕は全ての料理を完成させ、お皿に載せていく。

「ふむ、流石は僕だな。確実に上達している。もうティムたちに振る舞った時のように目玉焼きを焦がすなんてミスはしない」

独り言にしてはやけに大きな声で僕は呟いて高笑いをする。

出来上がった料理を大きな円卓に並べていると、ポンポン付きのナイトキャップをかぶったテレサが大きなあくびをしながら現れた。

「ふわぁぁ〜、オルタ。おはよう」

「あぁ、テレサおはよう。顔を洗ってきたまえ、朝食ができているぞ」

僕がそう言うと、テレサは目が覚めたような表情で驚いた。

「えぇ⁉　オルタが作ったの？　エプロンが欲しいって言われたから何かと思ったけれど本当にお料理をしたのね……」

「僕は新入りだからな。それに住まわせてもらうんだ、雑用くらいなら任せたまえ！」

僕が両手に料理を持ったまま胸を張ると、テレサは眉間にシワを寄せる。

「貴方って本当に態度と行動が一致しないわよね。一見、世話なんて人にやらせるような傲慢な貴族のお坊ちゃんみたいなのに」

「確かに屋敷にいる時、世話は使用人に任せていたな。しかし、僕は一度たりともその苦労や感謝を忘れたことはない。これも先生の書いた小説から学んだ心得だ」

「本当にゲルニカの小説が大好きなのね……。そんなに言うなら私も後で読ませてもらおうかしら？　文字を読むのはあまり得意じゃないんだけど……」

何気なく口にしたテレサのこの言葉を僕は聞き逃さなかった。

目の色を変えると、お皿をテーブルに置いてテレサの両肩に手を乗せる。

そして、テレサの瞳に真っ直ぐな目を向けた。

「テレサ、それはよい考えだ！　それに、安心したまえ、先生の文章は簡単な文字や言葉や表現しか使っていない。それでいて奥深く、キャラクターたちが生き生きと表現されているのだ。オススメは『フレンズ・ディア・ノーブル』だ！　これは全ての人類が読むべき聖典であって——」

「あ、あ～、はいはい分かったわ。好きなことになると早口になるところは貴方もゲルニカとそっくりね。その話は置いておいて、とりあえず顔を洗うついでに私がみんなを起こしてくるわ」

そう言って、テレサが円卓の部屋を出ていく。

「ふむ、この近くに書店はあるのだろうか……購入して、先生の書籍はなんとしても英雄たち全員に読んでもらわなければならないな。いや、先生なら原本を持っているか……畏れ多いな」

布教の計画を立てながら僕はテーブルに料理を載せる作業の続きを行った。

やがてイスラが来て、ゲルニカ先生もテレサの背中に隠れながら円卓のある広間に来た。

「オルタさん、おはようございます」

「オ、オルタ君、おはようっ！」

「イスラ、先生、おはようございますっ！」

僕が挨拶を返すと、先生はテレサにぎゅっと抱きついてまた背中に隠れてしまった。

テレサはため息を吐く。

「全く、ゲルニカったら今朝は部屋でずっと鏡を見てて、『変なところない!?』って私に何度も聞いてきて、なかなかここに――」

「あっ、テ、テレサちゃんっ！　団長さんがまだ来てないよ！」

先生が何かを誤魔化すようにそう提案する。

「あら、本当ね……あいつ、さっき起こしたのに……こうなったら――」

テレサはキッチンからフライパンとおたまを持ち出して邪悪な笑みを浮かべながらアレンの部屋に向かった。

テレサがいなくなり、先生は心細そうに手をもじもじとさせている。

先生はどうやら入念に朝の支度をされる方らしい。

執筆や英雄の活動でお忙しいはずなのに身支度も怠らない姿勢は流石だ。

僕は先生のことを知る度に尊敬の念が強くなる。

「おらぁ！　起きろやぁ！　二度寝すんなぁ！　もう朝食ができてんだよ！」

「はいっ！　すみませんっ！　起きますっ！　起きますからっ！　鼓膜破れちゃう！」

アレンの部屋からフライパンをおたまで叩くようなけたたましい音とアレンの謝罪が聞こえてきた……。


「わぁお！　素晴らしい朝食デスね！　筋肉が喜びそうデス！」

「私たちはいつも別々で勝手に食事をとっているけど、こうして集まって食べるのも悪くないでしょ？　オルタに感謝しましょ」

「す、凄い……！　オルタ君ってお料理もできるんだね！　えへへ、みんなで食べるのは嬉しいな」

イスラ、テレサ、先生はみな、僕がテーブルに並べた料理を見て喜んでくれていた。

そんな姿を見て、関心した表情を見せると、アレンは僕にこそこそと囁く。

「おいオルタ、次からは俺が料理を作る。作り方を教えてくれ、この方法なら俺も失った威厳と信頼を取り戻せる気がする。代わりに入団試験では手を抜いてやるから」

「手を抜かれたら僕が受ける意味が無くなってしまうではないか。料理は教えるからそんな無粋な真似はしないでくれたまえよ？　というか、もっと団長らしい方法で信頼を得たまえ」

「それと、不味い料理ができたら責任を持って自分で食べなさいよ？」

「うっ、テレサにまで聞こえていたか……。まだ耳は遠くないようだな」

「――団長、朝食の前に軽い運動でもどうですか？　私も若いので元気が有り余ってしまって」

テレサは笑顔でまくった腕をグルグルと回す。

よほど歳を気にしているのだろうか、見た目は少女と変わらないのだからどうでもよいことだと思うのだが。

「テレサ、俺と戦う気か？　やれやれ――」

アレンは落ち着き払って、ため息を吐きながら首を横に振った。

いつもこんな調子でもアレンは『アルゴノーツ』のリーダーだ。

たとえ相手がテレサだろうが、自分に歯向かう団員の相手をすることなど文字通り朝飯前なのだろう。

アレンは僕の肩に手を乗せる。

「オルタ、次期団長は任せたぞ。朝食は俺の墓前に置いておいてくれ」

「いや、落ち着いていると思ったら諦めていたのか⁉」

「アレンさん、勝ってやろうとか思わないんデスか？」

「無理だろ、相手はテレサだぞ？　とりあえず今から全力で土下座をして、それでもダメだったら『アルゴノーツ』は任せた。俺の意思を受け継いで世界を平和にしてくれ」

「えぇ……」

先生も呆れ顔だ。

僕はため息を吐きながら説得する。

「二人ともやめたまえ、朝食が冷めてしまう。それにみんなで食べねば集まった意味が無いだろう。

先生もこんな醜い争いは見たくないはずだ」

「それもそうね、みんなでオルタの作ってくれた朝食を食べましょう」

「オルタ、ありがとう……マジで死ぬかと……」

テレサが腕を引っ込めると、アレンは額の汗を拭って僕に感謝を述べた。

「円卓の席ごとに団員の料理が分かれているのね」

「あの一番多い量の食事が置かれている場所が私の席デスね。サラダにはタンパク質が豊富な大量の鳥のササミが……さりげなく糖質も控えてあって、これはわたしの筋肉も喜んでマス」

イスラがニコニコとした笑顔で席についた。

そして、先生が僕のそばにきて小さな声で囁く。

「オ、オルタ君、ご飯作ってくれてありがとう！　わ、私の分の朝食はこれかな？」

そう言って先生はテーブルに置いてある一番量が少ない朝食が置いてある席に視線を動かした。

「そこは、テレサの分の朝食です。すみません、先生の分の朝食はまだお出ししていなくて、こちらの椅子に座ってお待ち下さい」

「う、うん！　私のなんて後回しでいいよ！　先にみんなの分を用意してあげて！」

僕はキッチンに行くと、先生がお召し上がりになるその瞬間まで食材に味が染み渡るよう煮詰めていた特製のハヤシライスと一緒に食されるパンを用意する。

そして、冷めてしまわないようにその隣に置いていた厚切りベーコンのエッグベネディクトのプレートと栄養満点のフルーツジュースをお出しした。

「最後に、デザートはこちら。先生は日夜小説の原稿に向かわれて、執筆でお疲れだと思い眼精疲労に効くアントシアニンが豊富に含まれたブルーベリーのパフェです」

「ちょっ、ちょっと待って⁉　な、なんか私のだけ豪華すぎない⁉」

「いえ、先生の素晴らしい作品に比べればこんなの大したことでは――」

「ちょっとゲルニカ、こっちに来て！」

突然、テレサは何やら先生の腕を取って部屋の端へと連れて行き、こそこそと話を始めた。

「ゲルニカ、これはチャンスよ。オルタは完全に貴方の信者になってるわ！　もう完全に言いなりにできる！」

「だ、だから純粋なファンに変なことはできないってば！　幻滅されちゃうよ！　お、お友達になれれば十分――」

「なに綺麗事言ってるの！　引きこもりの貴方が自信を付けるチャンスは今しかないわ！　貴方の方が少し年上みたいだし、強気でリードするのよ！」

「で、でもどうすれば――」

「いい？　まずはオルタに『次回作で男の子の身体について描写するんだけど、資料が欲しいから協力してくれる？』って言い寄るのよ。オルタなら喜んで何も疑わずに貴方のお願いに応じるはずよ」

「そ、そんな官能小説の導入じゃないんだから！　い、いや！　私はそんなの読んだことないから知らないけどっ！」

　先生は顔を真っ赤にしながらテレサと引き続き何かを話し合っていた。

「オルタはまだレベル1のひよっこだし、貴方の部屋まで連れていけばもうあとは貴方の実力でいけるわ！　そのまま押し倒しちゃいなさい！」

「お、おおおお、押し倒す!?　む、むむむり！　無理だよっ！　というかそれ、犯罪だから！」

「いけるわ！　そして、耳元で殺し文句を囁くの！　『暴れたら二度と小説が読めない身体にしてやるぞ』って」

「それ、文字通りの殺し文句だよね!?　脅迫だよね!?」

「いい、ゲルニカ？　最悪でもオルタで卒業はしておくのよ！　私なんてもう捨てるタイミングを完全に失っていまだに――」

「も、もういい！　大丈夫だから！　私はオルタ君とはもっとちゃんと仲良くなりたいの！」

「そんな悠長に構えてちゃダメ！　オルタが英雄として本格的に活動を始めたら、外でモテまくるはずよ！　おそらく女の子慣れしていないオルタは一瞬で手玉に取られるわ」

「そ、そんな……わ、分かった！　じゃあ、せめて本人に聞いてみるから！　だからもうあまり恥ずかしいことを言うのはやめて！」

「本人に聞く方が恥ずかしいと思うんだけど……混乱してるわね。まぁでもいいわ！　せっかくのファンなんだもの、食っちゃいなさい！」

「く、食う!?　と、とにかく無理矢理はダメ！　オ、オルタ君に聞いてみるから！」

話を無理やり切り上げるようにしてテレサとの話を終えると先生は僕のもとへ戻ってくる。

目をぐるぐると回しながら、顔を耳まで赤くして、両手の人差し指をもじもじさせながら先生はか細い声で僕に囁いた。

「オ、オルタ君……その……た、食べてもいい……かな？　……あれ、私何言ってるんだろうね？あはは……」

頭から煙を出しながら先生はフラフラしてしまっていた。

先生は遠慮がちな性格だ。

だから、わざわざそんなことを僕に聞くんだろう。

僕は満面の笑みで頷く。

「はい、もちろんです！　先生に召し上がっていただけるなら大変光栄です！」

僕の言葉を聞くと、先生は目を見開いて興奮した。

「えっ⁉　い、いいの⁉　本当に⁉　後悔しない⁉」

「はい、後悔などあろうはずがありません！　だって――」

僕はテーブルの先生の椅子を引いた。

「先生に食べていただくための朝食ですから！」

「――へ？」

先生は僕の言葉を聞いて、ポカーンと口を開けている。

これは……開いている口に食べさせてさしあげた方がいいのだろうか。

そんな考えが脳裏をよぎった瞬間に先生はハッとした様子で首をブンブンと縦に振った。

「――そ、そそ、そうだよね！　そのための朝食だもんね！　私、慌てすぎてどうかしてたみたい！　忘れて！　ありがとう、いただきます！」

先生は慌てて席に着くと、顔を真っ赤にしたままムシャムシャとサラダから頬張り始めた。

そんな様子を見て、テレサはなにやら頭を痛めるようにして額に手を当てている。

そして、席につきながら僕にボソリと囁いた。

「オルタもいつかゲルニカにご馳走になりなさい」

テレサがそう言うと、先生はゲホゲホと大きくむせてしまった。

「先生の手料理……確かにいつかは食べてみたい……！」

「いえ、手料理じゃなくてゲルニカ自身を──」

「オ、オルタ君！　お料理凄く美味しいよ！　テレサちゃんもほら食べて！　早く！」

「──っ!?　モゴモゴ……！」

先生は食べかけのパンをテレサの口に押し込んだ。

テレサはジト目で先生を見ながら大人しくムシャムシャと口を動かしている。

「先生ありがとうございます！」

僕もテーブルについて、みんなとともに食事を始めた。


朝食が終わると、僕は朝の運動をするために運動着に着替えて中庭に出た。

幼少期から毎日行っているものだ。

軽くストレッチをしている僕にはテレサとイスラも付き合ってくれている。

「あれ、テレサ。先生はどちらに？」

「すぐそこにいるわよ」

先生はそばにある木の陰から僕たちを見ていた。

僕は少し考えた後に手を叩く。

「なるほど、先生はああして木陰から人間観察をして創作のためのイマジネーションを練っておられるのだな！」

「いや、多分恥ずかしいだけよ。さっきとんでもない誤解をしてたから」

「とんでもない誤解……？」

「えぇ、ゲルニカが本当に食べたかったのは――」

「わ、私もたまには少し運動しようかな！　テレサちゃん、二人でストレッチしよ！」

先生はテレサにとびかかった。

意外とアクティブな一面もある先生も素敵だ。

「――その時、私は得意の魔法を封じられてしまい絶対絶命のピンチに陥ったのデス。ですが、なんとか相手の剣をへし折って、拳で盾ごと殴り抜いて倒すことができマシた。いやー、あの時は危なかったデス」

「いや、イスラの場合は別にピンチじゃなかっただろ、それ。筋肉で解決してしまっているではないか」

「それに並の術者程度の魔封じなんて貴方ならいつでも無効化できたでしょ。絶対に筋力を披露する言い訳が欲しかっただけよね」

「よかったぁ、ハラハラしちゃったよ」

イスラの他愛のない話を聞きながらストレッチを終えると、アレンも中庭に出てきた。

「あの……洗い物、終わりました。これでさっきの失言は許してもらえますでしょうか」

「あら、何のことか分かりませんわ。その皿洗いは団長が自ら進んで始めたことじゃないですか。私はもう『さっきの失言』というのもおぼえていませんわ」

「ほっ、よかった……洗ってる途中でお皿二つくらい割っちゃったけど――」

「じゃあ、〝二発〟で許してあげますわ」

「二発って何⁉　何が二発っ⁉　わ、分かった、ちゃんと皿も補充しておくからっ！」

相変わらず舐められきっているアレンの様子に僕は若干慣れつつあった。

そして、テレサは突然手を叩いた。

「そうだ、オルタの服を作ってあげるわ！　これからここで生活するわけだから何着か必要でしょ？」

「おぉ、テレサが作ってくれるのか⁉　そうか、《裁縫スキル》だな！」

「ここにいる団員たちの服は全部私が作っているのよ。私が好きでやってることだから気にしないでいいわ」

「それはありがたい！　高貴な僕にふさわしいエレガントな服を頼むよ！」

「注文してくれればそのとおりに作るけれど……『アレ』は真似しちゃダメよ」

そう言って、テレサは死んだような瞳でアレンを見た。

「なんだよ？　そんなに見られると恥ずかしいぜ」

「恥ずかしいのはこっちだわ」

「た、確かに、気になってはいたが……」

アレンの服装は白地に『団長』と黒くデカデカと刺繍されたTシャツと短パン姿だ。

背中には『あるごのぉつ』とご当地のお土産Tシャツみたいな文字が刺繍されている。

テレサの口ぶりからすると、アレンがテレサにオーダーメイドしたのだろう。

本当は憐れまれているとも知らずに、〝団長〟と呼ばれ、浮かれてテレサにお願いした姿が目に浮かぶ。

僕はため息を吐いた。

「アレン、キミのセンスはもう少しどうにかならないのか？」

「全くね。仮にも団長なんだから、そんな姿で外の人に見られたらダメよ。変な集団だと思われちゃうわ」

「ま、間違ってはないと思うけど……」

先生は小さな声で呟く。

「さて、テレサ。僕の服は首もとには孔雀をモチーフにした金色の装飾に、胸元には雄々しい獅子の頭を刺繍して――」

「ちょっと待って、オルタのセンスも別の方向に壊滅的だわ」

僕の圧倒的なセンスに嫉妬したのか、テレサは眉間を指で押さえて首を横に振る。

「そうだわ！　じゃあ、ゲルニカに聞いてみましょ！　ゲルニカはオルタにどういう服を着せたい？」

「え、えぇ!?　わ、私はその……き、貴族様みたいな服がいいな……白いスーツで、む、胸元にバラとか――」

「いやいや。そんなコテコテの貴族、現実にはいないわよ。ゲルニカ、妄想の世界だけじゃなくて現実も見なさい」

「バラ！　流石は先生、素晴らしいセンスです！　先生の小説のシルヴィアみたいな感じですね⁉」

「そ、そうっ！　えへへ、オルタ君なら似合うと思うなぁ」

「もしかして……オルタのセンスって半分は貴方の小説のせい……？　とにかく、却下よ。普段着にそんなの着られたらこっちまで疲れちゃうわ」

「オルタさん、タンクトップはどうデスか？　動きやすくて筋肉がよく映えマスよ！」

「タンクトップは一人で十分！　いや、むしろ一人も要らんわ！　ちっ、まともなのは私だけか。もう私が適当に見繕うわね」

そう言って、テレサは僕の普段着をポンポンと作っていく。

どれもこれも地味な服だった、まぁ部屋着だからこれでもよいだろう。

「後は、オルタの分の〝団員服〟も仕立てるんだけど」

「団員服……？　今、先生が着ている服か？」

「そうよ、この白いスーツね。少し時間をもらうわ。あなたはレベル1だから一級品の防具になるくらいエンチャントを付与しないとすぐに事故で死んじゃいそうだし……。あぁ、他の団員服にもやってることだから気にしないで」

「おっ、そうだったのか……俺はテレサにもらった服を調べたことなんてなかったな」

「あ、団長のは『汚染無効』以外のエンチャントは付けてませんよ。二秒くらいで作りました」

「えぇ……」

落ち込むアレンをよそに、僕は気になっていることをテレサに尋ねた。

「先生の団員服は袖が長くてサイズが合っていないようだが？　ちゃんと袖を合わせてくれないか？」

「あっ、そうそう！　私もいつもテレサちゃんにお願いしてるんだけど袖を合わせてくれないの！」

先生も少し怒ったような表情でテレサに詰め寄った。

「ゲルニカはいいのよ、これで。可愛いでしょ？」

「テレサ、偉大なる文豪である先生に『可愛い』だなんて無礼な――」

僕はテレサの呆れた言い分にため息を吐きながら先生を見た。

先生は袖からちょこんと出た指先を胸元で合わせて、髪の合間から見える綺麗な瞳を覗かせている。

「……まぁ、このままの格好でもいいかもしれないな。文学の風を感じる」

「感じないよ⁉」

「でしょ？　それにしてもふむふむ……なるほど、これはアリね」

テレサは何やら妖しい笑みを浮かべた。

翌朝――
「いやぁぁぁ！」

「先生の声⁉」

朝一番に突如聞こえてきた先生の叫び声に僕はステラード城の入り口の掃除を放り出して声が聞こえてきた円卓の間に向かった。

「先生、どうされました⁉」

そこでは、先生が半泣きでテレサに詰め寄られていた。

「ほらほら、逃げないで。大丈夫、痛くはしないわ」

「無理無理無理無理無理っ！　お願い、勘弁して！」

「テレサ！　何をしようとしているのかは分からんが、やめるんだ！　先生が嫌がっているではないか！」

僕が激怒すると、テレサはピクリと身体を動かし、ゆっくりとこちらに振り向いた。

「ふふふ、オルタが来たわね。果たしてこれを見ても同じことが言えるのかしら？」

そう言うと、振り返ったテレサの手にはフリルだらけのゴシックなロリータドレスが握られていた。

「ゲルニカ、昨日確信したの。貴方には〝萌え系〟が絶対に似合うわ。着てみましょ！」

「私、もう二十歳《おとな》だよ⁉　そんな格好、恥ずかしくて死んじゃうよ！」

(んなっ、先生があんな子どものような格好を……⁉)

僕は憤った。

そんなのダメだ、先生は偉大なる文豪だ。

あのような服を着せるなんて行為は先生の尊厳を踏みにじることになってしまう。

「テレサ、今すぐに止めるんだ。でないと僕とて容赦しない！」

テレサを睨みつけて威嚇する。

「オルタ、冷静になって想像してみなさい。ゲルニカのロリータ姿を」

「ふん、何を馬鹿げたことを！　先生がそんなフリフリの服を着るだと!?　そんなの――」

僕は先生の姿を想像する。

ゴシックのドレスを着た先生……。

あどけない先生の顔はきっと恥ずかしがって林檎のように赤く染まるだろう。

「文学の風を感じるな」

「でしょ？」

「感じないよ!?　というか、文学の風って何なの!?」

テレサは鼻息を荒くしてじりじりと詰め寄る。

「お願い、オルタ君！　テレサちゃんを止めて！」

先生の必死のお願いを聞いて我に返った僕は急いでテレサの説得にまわる。

「テレサ、やはりダメだ！　無理やりこんなことをしては！」

「あらオルタ、いいの？　ゲルニカが可愛い服を着た姿が見られなくても？」

テレサが僕に悪魔の囁きをする。

僕は鼻で笑い飛ばした。

「そんな物、僕はいつもの先生のお姿が見れればそれで十分すぎるほどに満足だ！　悪いが止めさせてもらう！　うおぉぉ！」

　僕は全力で駆け出す。

「――あっ、ヘッドドレスやチョーカーもあるわよ？　リボンもきっと似合うわね。ツインテールにしてみてもいいかもしれないわ」

　僕は全力で転倒した。

「くっ、先生すみません……！　昨日の鍛錬の疲れが急に膝にきました！　動けません！」

「そんな発作的に!?　ここまで走って駆けつけてたよね!?」

　人とはなんと弱く脆いものだろうか。

　どうしても僕の膝は言うことを聞かなかった。

「あっはっはっ！　動けないなら仕方がないわ。オルタ、そこで見てなさい」

「テレサ、無理矢理はダメだ！　ちゃんと先生を説得するんだ！　ツインテールをお願いします！」

「もう止める気ないよね!?」

「お〜、なんか面白そうなことになってるな」

　円卓での騒ぎを感じ取ったのか、アレンも笑いながらこの場に来た。

「人が集まってきちゃった!?　もう、絶対に無理！」

「大丈夫よ、ほら！　私も着るから！」

「あはは。ババア、無理すんな」

「アレンは後で殺すわね」

「オルタ、俺はしばらく旅に出る。探さないでくれ……」

そう言うと、アレンはカバンを取り出して食料品を入れ始めた。

「ふわぁ〜、みなさんおはようございマス」

そして、あくびをしながらイスラも円卓にやってきた。

そして、寝ぼけたような瞳で円卓を見回す。

後ずさりしながら泣き叫ぶ先生――

ロリータ服を持って息を荒くしながら詰め寄るテレサ――

足を押さえて倒れ込みながらもその行方を見守る僕――

一人、荷造りの準備を始めるアレン――

イスラは軽く伸びをした。

「――アルゴノーツは今日もいつもどおりデスね！」

シンシア帝国の計画

Ascendance of a Choreman
Who Was Kicked Out of the Guild.

シンシア帝国城内にある巨大闘技場、『コロッセオ』――

戦闘を終えたワシは剣を肩に担いでため息を吐いた。

「――どうしたロイド？　もう終わりか？　まだ戦えるだろう」

「いや！　いやいやいやいやっ！　俺が父上に勝てるわけないでしょう！　これって我が子への虐待ですよ？　訴えますからね！　法廷では僕が勝ちますから！」

「〝手合わせ〟だと言っておるだろうが。全く、腑抜けおって……お前の夢は我らとの世界征服だろ！　もっと気合入れて修行しろ！」

「皇帝だからって子どもの夢を親が決めないでくださいよ！　そうやって勝手にレールを敷かれて子どもは生きづらくなるんですよ！　こんなのロイヤル・ハラスメントです！」

ワシとの模擬戦に負けて駄々をこねているのはシンシア帝国の第七王子、ロイド＝シンシアだ。

歳はまだ十六歳、ティムの一つ上の王子だ。

王子たちはクセ者揃いだが、こいつもまたセシル同様子どもっぽさが抜けていない。

それだけならまだいいが、なんか妙に悟ったような小癪《こしゃく》な言い訳をいつもしてくる。

ワシは眉間を指で押さえながらロイドに歩み寄った。

「――ロイド。ティムの血の恩恵でワシらはあらゆる武器への適性がある。どんな武器を手にして鍛錬をしようともスキルレベルは順調に上がり、様々な技を覚えることができるだろう……」

言いながら剣を床に突き立てて、ロイドにビシッと指を差した。

「だが、なんでそんな物を武器に選ぶんだ！」

ロイドは不貞腐れた表情のまま、両手にけん玉を持って、カンカンと玉を跳ねさせて遊んでいた。

そう、ロイドはあろうことか剣や槍などではなくおもちゃを武器に選んでいた。

そんな物でも武器として成立させてしまうのが神童《デウス》の血の恐ろしいところだ。

けん先で玉を突き刺して、ロイドはやれやれといった様子でため息を吐く。

「父上、子どもが興味を持ったことを否定したり取り上げげちゃダメですよ。将来の可能性の芽を潰してしまいます。多様性が重要なんです」

「よくもまぁ、正論みたいにツラツラと滅茶苦茶なことが言えるな」

「それに父上、けん玉は正確には『剣玉』と書き、実はこれでも剣の一種なんです」

「ほぉ、初耳だ」

「まぁ、嘘ですが」

ワシは剣を手にとって奥義の構えを取った。

ロイドは慌てて頭を下げて謝る。

「まぁまぁ、そんなに怒らないでくださいよ。ちゃんと俺も父上の世界征服のために協力するつもりでいるんですから！」

けん玉を首にかけると、へらへらした様子で笑うロイド。

構えを解くと、ワシはもう色々と諦めてため息を吐いた。

「……まぁ確かにお前は王子たちの中でも特段弱いというわけではない。なんかむかつくから、ここに呼び出してしごいたけど」

「そんな理由で呼ばれてたんですか⁉　父上、俺はティムがいなくなって王子たちの中では一番の末っ子なんですからむしろ甘やかしてくださいよ！」

「いや、むしろ甘やかしすぎたと反省しているところだ……」

ロイドとの会話に頭を痛めていると、側近のセバスがいつものように息を切らしてワシらのもとへと走ってきた。

「お手合わせ中のところ、失礼いたします！　ご報告です！」

ロイドは腕を組んでセバスに不敵な笑みを見せる。

「セバスか、かまわない。今、父上との手合わせが終わったところだ」

「いや、終わっとらんぞ？　何勝手に終わらせてるの？　しかも、何〝よい手合わせした後〟みたいな雰囲気出してるの？　ボロ負けだったよな？　……まぁいい、セバス、報告はなんだ？」

自分より格下な者に対しては強気で見栄っぱりなロイドにしっかりと指摘をしつつ、ワシはセバスに報告をうながした。

「ロイド王子もいらっしゃいましたか……では、エデン皇帝お耳を」

セバスはワシの近くにきて、耳元に小声で報告する。

「どうやら魔族の召喚士、ゲルツが倒されたようです」

「なんだと……⁉」

思ってもみなかった報告にワシは驚きを隠せなかった。

（こんなにも早く……もう英雄たちが魔族によるソティラス大陸の侵略に気がつき、対処に動いたのか？　いや、それともゲルツが勇み足でもしたのか……）

魔族であるゲルツと接触し、手引きしたのはワシだ。

リンハールから東に向かった森林。

その地に住む獣人族《ビースト》がゲルツの言う実験の場所として最適であることはワシが伝えたことだった。

理由は二つ。

魔族たちが唯一脅威としている英雄たちの中に獣人族《ビースト》は存在しない。

他種族から得られる情報量は自然と少なくなる。

それに獣人族《ビースト》は排他的で隠れ住んでいるため、他国へ頼ることがない。

魔族が裏から手を回して獣人族《ビースト》の国に襲いかかろうが、明るみに出ることはないだろう。

たとえ、王都を滅ぼそうが発覚は遅れる。

英雄たちに気がつかれるようなことはない……そう考えていた。

（魔族に手を貸したのは、英雄たちの注意を引かせてワシらシンシア帝国の世界征服の計画を悟られぬように進めるためだったが……さらに慎重になった方がよさそうだな）

ゲルツは危機管理のできないほどの痴れ者だとは思わないが、研究に熱が入って周りが見えなくなった可能性はある。

特に自分の計画どおりに物事が進まないことを酷く嫌うような奴だった。

自尊心の高さが命取りになったのだろう。

（もう少し、慎重に進めた方がよいな。慢心が招くのは破滅だ）

そろそろ、水面下で周辺諸国の侵略に乗り出そうかと思案していたワシはこの報告を聞いて考えを改めた。

まだ、時期としては適切ではないようだ。

「分かった。他に報告はないか？」

「それと……セシル王子とアイリ王妃の件はどういたしますか？　依然として二人とも行方不明のままですが。一応、シンシア帝国内の五大ギルドには見つけた際に報告するよう通達を出しております」

「捨て置け。どうせセシルがそのまま駆け落ちでもしたのだろう。志を違える者は我々の足をひっぱるだけだ。いまやアイリの利用価値もさほどないし、世界さえ掌握してしまえば代わりはなんとでもなるからな」

「かしこまりました！　私からは以上です」

「そうか、では引き続き魔族や英雄たちの動向を見張れ」

「はっ！」

セバスはそう言うとまた慌ただしく走って行った。

ワシは床に突き立てていた剣を引き抜いてその刀身に映る自分の顔を見た。

日に日に若返っている。

力が増す。

扱える武器が、スキルが増えていく。

（他の王子たちのステータスも順調に伸びている。あとは戦闘技術と経験……そしてやる気だな）

すでにけん玉で遊び始めているロイドを見ながら考える。

表立って世界征服に向けて動くことはできない。

まだ王子たちは英雄たちに対抗しうるほどの力はついていないだろう。

必要なのはもう少しの〝時間〟だ。

ティム《デウス》の幼少期に抜いた血液はまだ残っている。

この血液は身体に馴染むのに時間がかかるし、慣らしながら少量ずつ摂取していくほかない。

だが、全ての準備が終わったその時には——

どんな種族だろうが、魔族だろうが、英雄だろうが関係ない。

ワシらこそが全てを手に入れ、世界最強となるのだ。

剣を肩に担ぐと、再びロイドに声をかけた。

「さて、ロイド。では手合わせの続きを——」

「ち、父上！　大変です！」

ロイドは顔面蒼白になってワシに人差し指の腹を見せた。

「見てください、さっきの戦闘でぶつけて血が出ていました！　無理です！　もう戦えません！　すぐに王宮のヒーラーをかき集めてください！　早くっ、手遅れになる前に……！」

「いや、ある意味もう手遅れだろ……頭とか」

床に倒れて駄々をこねるロイドに、ワシは大きくため息を吐いた。

あとがき

いつも本作をお手に取っていただき誠にありがとうございます！　筆者の夜桜ユノです！

さて、これから第二部『世界を変える三人の〝せんたく〟』が始まります！

ティムたちのパーティもいよいよ、世界中の冒険者たちの格付けである〝Ｔｉｅｒランク〟の頂点を目指して戦い、下剋上をしていきます！

といっても、今回ティムはエナドリを飲んで、いきなり冒険者の頂点である『英雄』の宿敵である『魔族』の一角を倒してしまいました！

まだ世間に存在すら知られていないティムたちのパーティですが、これからドンドンと世界中を驚かせていくことになります！

それと今回、ティムには新たな旅の目的もできました！

悪の心に染められてしまった魔族たちを倒し、綺麗に『洗濯』していくことです！

ティムにしかできないことですし、奉仕を生きがいとするティムなら当然放っておけません。

これで世界中の平民を守るためにアルゴノーツに所属しているオルタと目的が重なります！

オルタのことですし、きっとティムたちが絶対絶命のピンチの時にまた高笑いをしながら颯爽と現れて規格外で的はずれな活躍をすることでしょう。ご期待ください！

そして、フィオナやガナッシュたちも動き出します！

フィオナは自分自身が思っている以上に強く、優しく、勇気のある子でした。

そんなフィオナの心の強さが周りの人々を惹きつけ——惹きつけすぎて、誤解や勘違いを多分に誘発し、本人を置いてけぼりにして周囲に過剰な崇拝をされてしまいます。

世界中の名だたる冒険者たちが一同に集まる、世界会議《カンタービレ》に参加することになりましたが、フィオナはまた冷や汗を流しながら縮こまろうと無駄な努力することでしょう。

それでも、ティムや大切な人のためなら声を上げずにはいられないのが彼女ですから。

後は、アルゴノーツの他の団員たちや情けない団長、アレンの実力も謎に包まれています。

それぞれのストーリーがお互いに化学反応を起こし合い、まるでトランプの柄が揃うように革命が起こっていきます。今後の展開を楽しみに第四巻をお待ちください！

本巻からイラストを担当してくださった、ゆつもえ先生。本当にありがとうございます！

ケモケモしたティムたちも、お料理も、新キャラも非常に可愛らしく魅力的に描いていただいて、イラストを目にする度に感動に打ち震えていました……！

そして、自分の作品の読者の皆様に改めて御礼を述べさせていただきます。

駆け出し作家の自分がどうにか、ここまで本を出し続けることができているのはこうして読者の皆様が本作を手にしてくださっているおかげです。

作品をさらに続けて、盛り上げていくためには、今本作を手にしている、あるいはモニター画面の前にいる皆様の応援がどうしても必要です。

どうかこれからも作者ともども、よろしくお願いいたします……！

では、皆様とまたお会いできることを祈ってペンを擱かせていただきます。

二〇二〇年十二月　夜桜ユノ

ギルド追放された
雑用係の下剋上 4
～超万能な生活スキルで世界最強～
Ascendance of a Choreman Who Was Kicked Out of the Guild
夜桜ユノ
ill. ゆつもえ
2021年 発売決定！
全種族の心を一つに縫いあわせます！
多種族国家オルケロンにシンシア帝国軍が来襲！
対立する種族をまとめ、国を守ることはできるのか!?

フィオナ、オルタと再会……だと!?
WEBにて
コミカライズ好評連載中!

〝大飢饉〟回避
の命運をかけた
食べまくって
やりますわ！
さすがは
ミーアさま……！
シリーズ最大・文字量収録！

ギルド追放された雑用係の下剋上 3
～超万能な生活スキルで世界最強～

2021年3月1日　第1刷発行

著　者　夜桜ユノ

発行者　本田武市

発行所　TOブックス
〒150-0002
東京都渋谷区渋谷三丁目1番1号　PMO渋谷Ⅱ　11階
TEL 0120-933-772(営業フリーダイヤル)
FAX 050-3156-0508

印刷・製本　中央精版印刷株式会社

ISBN978-4-86699-117-7